J'écrirai à l'encre de ton sang

Roman

Fantastique - Thriller

PETRAK ALEXIA

ISBN : 9798558907179

Pour Anne,

Je vous souhaite une Belle Rencontre dans ce manoir hanté. Les Fantômes sont ils parmi nous ? cette histoire est purement Imaginaire, mais à chacun ses croyances. Bonne enquête à vous.

Le 28/09/24

A. Petrak

REMERCIEMENTS

Je remercie Evelyne URDY pour le travail de correction, ainsi que François JOLY, artiste peintre, pour la conception de la couverture.

CHAPITRE 1

GRIZEL

Je me nomme Grizel et j'erre comme une âme en peine dans ma maison. Personne n'est venu habiter ma demeure depuis un bon moment. En fait, j'ai perdu la notion du temps depuis que je suis morte. Oui, je suis un fantôme coincé entre deux mondes. Hélas, je ne suis ni au paradis ni en enfer. Bien que je n'aie aucune idée de ce que représentent ces deux univers. Mais finalement, l'enfer c'est peut-être ici. Seule, abandonnée entre les murs de cette maison que j'affectionnais, qui était ma raison de vivre, mais elle ne veut plus me laisser en paix. Je ne peux pas partir. Pourquoi ? J'aimerais tant que l'on me délivre de ces chaînes, de cette prison.

Lorsqu'il y a des habitants, au moins, je ne m'ennuie pas. Je les écoute parler, s'amuser, rire, pleurer. Je les observe dans leur sommeil et les envie de pouvoir se blottir dans les bras de Morphée. Seulement, à chaque fois que je souhaite entrer en contact avec eux, c'est le drame, le même scénario d'épouvante. Ils prennent peur. Parfois c'est divertissant, cela me distrait de les effrayer, mais c'est aussi affligeant. Je désirerais tant partager leurs conversations et leur raconter ce qui s'est passé, mais c'est impossible. Malheureusement, ils préfèrent fuir, quitter le manoir.

Autrefois, j'étais une écrivaine à grand succès. Je m'exilais dans mon bureau et faisais courir ma plume sur des pages entières, avide de plaire à mes lecteurs, de sustenter leurs esprits de récits.

J'avais besoin de silence et de solitude pour entretenir mon imagination. Mes pensées s'évadaient. Maintenant je suis une vagabonde qui maudit le calme, la quiétude de cette demeure. J'ai connu les mondanités, la réussite, le public qui venait à ma rencontre pour une dédicace. Je savourais ce contraste entre ce moment de méditation et enfin je détenais le fil de l'histoire, le dénouement. Puis tout s'enchaînait avec la création de la couverture de mon livre et le contact avec mes lecteurs qui communiquaient leur affection à travers leurs témoignages de sympathie, leur reconnaissance. Toute cette effervescence autour d'un écrivain et son roman. La médiatisation qui grandit un auteur jusqu'à le porter au sommet de son art. Mais quelle pression ! je me devais de ne pas les décevoir.

Je vous parle d'un temps qui me semble étrangement loin. D'une époque où j'étais comblée sentimentalement et professionnellement. Darren, mon époux, partageait ma passion et m'accompagnait dans toutes les festivités. De nationalité écossaise et originaires d'Edimbourg, mon mari et moi, nous nous sommes connus très jeunes. Médecin spécialisé dans la cardiologie, Darren possédait son cabinet médical. Suite à des vacances sur la mythique île de Skye, nous avons décidé de partir vivre dans une petite ville, bordée de falaises et d'eau. Nous étions heureux, enfin je le pensais jusqu'à ce que la mort frappe à ma porte.

▪

IONA

Ce séjour au cœur de la région des Highlands me revigore. J'oublie presque Kenneth et nos disputes. Maintenant que nous sommes séparés, j'ai le désir fondamental de mordre dans ma nouvelle vie, de reprendre goût à ma liberté. Portree, avec ses maisons multicolores et son port, m'enchante particulièrement. J'avais un besoin absolu de dépaysement, d'un contraste énorme avec Glasgow, dynamique, bouillonnante d'art, de culture et tellement vivante la nuit. Glasgow, la ville la plus peuplée d'Ecosse, mais aussi la plus hantée par tous les souvenirs avec Kenneth desquels je veux m'arracher, m'extraire. C'est réussi. Au point que j'aimerais habiter sur ces terres. Ce paradis perdu dans l'archipel des îles Hébrides Intérieures écossaises. Tout quitter. J'ai l'impression et je suis même convaincue que je vais retrouver la passion de l'écriture. Notre histoire m'a détruite complètement au point d'être dépossédée de mes capacités. Mon imagination, ma créativité littéraire ont été englouties par l'incompréhension, la colère et mon dépit amoureux. Je dois me ressaisir. C'est mon métier, je suis écrivaine. Mon éditeur se plaint de ma fragilité, de ma paralysie. Il perd patience.

On dit d'un auteur qu'il se nourrit de tragédie, de sa tristesse, de ses émotions pour raconter. Seulement, lorsque la vie vous semble trop injuste et que le préjudice est catastrophique, il est impossible de refermer dans l'immédiat la plaie. Je ressasse obsessionnellement et en boucle mon drame dans ma tête. Alors impossible de travailler dans ces conditions. Depuis quelques jours, je me sens relativement mieux.

En ce moment, je regarde la vitrine d'une agence immobilière et mes yeux s'attardent sur la photo d'une maison atypique en vente. Elle ressemble à un petit manoir. Le prix dérisoire pour la surface proposée ainsi que le lieu m'intriguent. Cette demeure me plaît fortement. J'ai un coup de cœur et j'aimerais en savoir davantage. J'entre d'un pas ferme dans l'agence. Aussitôt un homme avenant d'une cinquantaine d'années et aux cheveux grisonnants s'avance vers moi.

— Bonjour madame. Je me présente, je m'appelle Victor. Est-ce que je peux vous renseigner ?

— Oui je serais très intéressée par une maison qui me paraît être un manoir.

L'homme m'adresse un sourire rayonnant.

— Oh oui très bon goût, architecture de style victorien. Etes-vous libre pour la visiter aujourd'hui ?

— Oui volontiers. Maintenant c'est possible ?

— Bien entendu, je vous emmène tout de suite. L'homme saisit un manteau beige et échange quelques mots avec sa collègue qui, aussitôt, me regarde avec curiosité.

Victor m'invite à m'asseoir dans son véhicule, une Ford focus noire et nous prenons la route. Nous longeons le petit port avec ses bateaux colorés de pêche et de plaisance.

— Je suppose que vous aimeriez la visiter de nouveau avec votre famille une autre fois ?

Je ressens comme un violent coup de poignard dans la poitrine. Pourtant je devais bien me douter que cette question surgirait.

— Non je vis seule. Je suis séparée de mon conjoint depuis quelques mois. Je vis à Glasgow et suis en vacances ici pour me ressourcer. Finalement, j'ai envie de changer d'air et de vivre ici. Alors lorsque j'ai vu la maison, j'ai eu un déclic, un véritable coup de cœur. Ce qui me surprend c'est le prix !

— Oui 550 000 Livres sterling pour 412 m^2 habitables, c'est une bouchée de pain. C'est une maison qui n'a pas été habitée depuis un certain temps, mais qui a une belle histoire.

Nous venons à peine de quitter Portree et sommes sur les hauteurs. Victor arrête son véhicule devant un grand portail en fer noir. On ne distingue rien de la maison depuis la rue. La bâtisse est cachée par un mur d'arbres. L'agent immobilier descend de sa voiture et, après avoir ouvert le portique, s'engage sur une allée en terre, bordée de fougères. Le petit jardin en friche est jonché de hautes herbes, mais aussi de jacinthes des bois habillées de clochettes d'un bleu mauve. Un hêtre massif se dresse sur la droite du chemin. La demeure en pierre grise de style Victorien apparaît, majestueuse, malgré son aspect un peu abandonné. Le manoir, nom donné à la propriété, lui sied à merveille. L'entrée en arcade s'effectue par une tour carrée s'élevant au centre de la demeure et aboutissant au sommet par une terrasse. Une seconde tour ronde cette fois-ci, coiffée d'un toit en ardoise s'érige à l'angle gauche. Une petite véranda s'avance sur le devant de la tour. La maison comporte deux étages.

Je suis toujours aussi séduite et troublée par cette maison qui m'interpelle.

— Elle est magnifique cette maison ! Elle a quelque chose de romantique et de saisissant. Je crois que je vais être inspirée.

— Inspirée ? s'étonne Victor.

— Oui, je suis écrivaine et je n'arrive plus à écrire depuis un moment, à la suite de ma situation avec mon conjoint.

Victor me fixe tout à coup avec intensité. Ses yeux noirs brillent d'un éclat étrange.

— Alors cette demeure est faite pour vous ! Vous avez un point, un lien en commun avec l'histoire de cette maison, enchaîne Victor d'un ton mystérieux.

— C'est-à-dire ? racontez-moi ce que vous savez, vous ne m'avez pas tout dit.

— La propriétaire de cette maison était, comme vous, écrivaine. Une auteure à grand succès, mariée à un médecin. Ils ont vécu ici une dizaine d'années. C'était une femme extraordinaire, passionnée et très aimée des gens de Portree et de ses lecteurs. Elle n'hésitait pas à recevoir ses admirateurs qui frappaient à sa porte pour la rencontrer. Parfois, les lecteurs venaient de loin. C'était quelqu'un de souriant, de généreux. Elle possédait tout, l'amour de son mari, le succès. Seulement ce qu'elle désirait le plus au monde était un enfant et malheureusement, elle ne pouvait l'obtenir, malgré plusieurs essais. La vie l'a privée de ce rêve. Cela lui a arraché le cœur et elle a fini par se suicider.

— C'est triste et à la fois si beau, dis-je en contemplant le manoir qui me fascine de plus en plus.

— Et son mari n'a pas voulu rester et conserver cette maison ?

— Non, il était effondré et a préféré partir loin d'ici. Tous ses souvenirs lui étaient devenus insupportables.

— Je comprends. Et depuis combien de temps n'est-elle plus habitée ?

— Depuis un an. Monsieur Flemming a mis la maison en location peu de temps après le décès de sa femme et elle a été louée deux fois, mais les gens ne sont pas restés très longtemps. C'est la sœur de monsieur Flemming qui gère maintenant le manoir et l'a mis en vente.

— Pourquoi les gens ne sont-ils pas restés ou qu'elle n'a pas été rachetée ? Elle est splendide et peu onéreuse. Bien sûr j'imagine qu'il y a quelques travaux à faire.

Victor se frotte le menton.

— Oui, il y a quelques travaux à faire mais, aussi étonnant que cela puisse paraître, pas tant que cela. Vous pourrez le constater. De plus la vue sur la baie est somptueuse. Sinon, je ne connais pas vraiment les raisons exactes du départ de ces personnes. Parfois il y a des rumeurs dont il ne faut pas forcément tenir compte, précise-t-il embarrassé.

Je le dévisage, étonnée, puis j'observe à nouveau la maison. Son histoire, son vécu me séduisent, m'émeuvent au plus haut point. Je suis persuadée que je vais apprécier cette demeure avant même de la visiter. Ce lieu m'attire profondément. En tant qu'écrivaine, je ne peux que posséder ce bien. Il sera la source de ma prochaine inspiration. Seulement une question me taraude et je suis curieuse d'en connaître la réponse. En Ecosse, il faut s'attendre à toutes sortes de légendes dès qu'il s'agit de manoirs ou de châteaux.

— Quelles sont ces rumeurs ?

Victor pousse un soupir, puis me regarde droit dans les yeux.

— De toute façon, les gens de la ville vous le diront tôt ou tard, mais le bruit circule que le manoir est hanté par l'esprit de Grizel Flemming, l'écrivaine, raconte Victor avec une expression mélodramatique.

J'éclate de rire. Ah ! l'Ecosse et ses fantômes... Tous ces récits ne m'effraient guère. Bien au contraire, ce sont des pépites, des joyaux pour des romans, mais en aucun cas, ils ne me rebutent. Je ne crois pas aux revenants.

—Victor - vous me permettez de vous appeler ainsi ? -, allons visiter cette maison. Peut-être croiserons-nous le fantôme de

Grizel, dis-je sur un ton mi-amusé, mi-mystérieux. Entre écrivaines, on devrait se comprendre, je pense !

Victor, visiblement agréablement surpris de ma réaction, s'empresse d'ouvrir la porte de ma future demeure. Nous pénétrons dans un hall d'entrée aux murs et plafonds aux poutres apparentes. Face à nous, un magnifique escalier à double révolution en bois, recouvert d'un tapis rouge s'élève. Les deux parties se rejoignent au palier du premier étage. Au rez-de-chaussée, entre les deux escaliers, se trouve une ouverture qui donne sur un salon assez chaleureux, malgré l'absence prolongée de présence humaine, la poussière et la présence de toiles d'araignées. Murs et plafonds sont en bois. Des meubles semblent être d'origine. Ils sont recouverts par des draps pour les protéger de la poussière. Je découvre une belle cheminée de marbre blanc, une moquette marron avec des losanges beiges. A son opposé, se dresse un grand bar taillé dans le bois qui ne paraît pas usé par les années, et de hauts tabourets tapissés de cuir rouge. Un escalier en colimaçon rejoint une passerelle où se trouve une étagère remplie d'ouvrages. Victor me dit qu'il existe au dernier étage du manoir une autre pièce réservée à la lecture. Une bibliothèque impressionnante qui couvre le moindre espace libre de la pièce. Quelques livres écrits par la défunte côtoient d'autres romans en tous genres.

— Comme vous pouvez le constater les meubles sont restés. Monsieur Flemming dans son chagrin, n'a pas souhaité les emporter, ils lui rappelaient trop sa femme sans doute. Les deux familles de locataires n'ont pas souhaité les acquérir et les y ont laissés également, raconte Victor tout en ôtant les tissus blancs.

De magnifiques fauteuils et un canapé de velours rouge trônent au milieu de la pièce autour d'une table basse en marbre. Un piano à queue noir se tient sur une avancée proche d'une grande fenêtre en arche et à petits carreaux. La voûte du bow-window est sculptée et offre un ensemble saisissant. Un divan en arcade positionné contre la fenêtre permet de s'y prélasser devant la vue époustouflante de la baie tout en savourant de la bonne musique. J'emprunte une porte qui donne directement sur le jardin. Je m'approche d'une clôture basse aux barreaux gris. J'aperçois des marches en pierre qui descendent sur la rive du loch, jonchée de cailloux et d'algues vertes.

— En contrebas, vous apercevez une partie de la ville de Portree et son port, explique Victor qui me suit.

Le charme opère toujours sur moi. Je contemple, envoutée, un panorama à couper le souffle. Le lac étincelle sous les rayons du soleil, et à l'horizon, des montagnes imposantes se dressent, coiffées à leurs sommets de nuages épais. Sur ma droite, apparaissent effectivement quelques maisons de couleurs et le port de Portree.

— Rentrons, vous n'avez pas encore vu le reste de la maison. La cuisine, la salle à manger, vous avez trois chambres, deux salles de bain. Vous allez adorer.

Je souris à Victor, à la vie. Nous repartons à l'intérieur

continuer le reste de la visite, mais ce ne sera que formalité et plaisir de découvrir. C'est une évidence ! J'ai hâte ! A mon sens, il est impossible de ne pas acheter ce domaine magique. Grâce à cette maison, je vais renaître de mes cendres et écrire à nouveau. C'est le déclic que j'attendais pour oublier ma douleur, la détresse qui me figeait.

▪

IONA

Trois semaines se sont écoulées depuis mon installation au manoir. J'ai consacré mon énergie, mes journées à astiquer, dépoussiérer, nettoyer la maison. Fort heureusement, deux couples d'amis sont venus de Glasgow pour m'aider à rendre son aspect convenable à la maison. Etant de la partie, les hommes se sont occupés de l'électricité, de la plomberie, ainsi que du jardin. J'ai ajouté ma touche personnelle, mais j'avoue avoir conservé la plupart des meubles. J'en aime le style. Dans les chambres, le papier était à refaire, mais Victor avait raison, le manoir nécessite peu de travaux en comparaison de l'envergure de la bâtisse. Mes amis sont repartis aujourd'hui. Ils sont fort généreux de s'être déplacés, d'avoir pris de leur temps pour contribuer à donner une âme à ce manoir endormi. Nous avons échangé beaucoup de fous rires avec les toiles d'araignées, les jeux d'eau et le fantôme de Grizel. De vrais gamins. Ils ne comprennent pas vraiment pourquoi je m'éloigne de l'effervescence de Glasgow pour le calme romantique de Portree. Ils s'inquiètent également de ma nouvelle acquisition. Une si grande maison pour une femme seule. Ils ont peur que je m'ennuie ou que je m'angoisse pour cette histoire de manoir hanté. Pourtant, ils me connaissent et je leur ai assez dit que je ne croyais pas à ces légendes. Mais comme le précise Shona - une des amies parmi les deux couples venus apporter leur aide -, le moindre bruit étrange à la nuit tombée, peut être source d'angoisse. Elle n'a pas tort, néanmoins, jusqu'à présent, nous n'avons eu aucun phénomène paranormal, ni visite étrange de la fameuse Grizel. C'est assez décevant, mais tellement prévisible. Je persiste à penser que les fantômes n'existent pas.

Dorénavant, la priorité est à mon futur roman. Je dois revêtir ma cape d'écrivain. J'ai décidé de m'installer dans l'ancien fief de Grizel qui apparemment écrivait à cet endroit-là. Mon cabinet de travail, désormais mon antre, est situé au deuxième étage. Il est à côté de la bibliothèque qui recèle, j'en suis persuadée, des trésors littéraires. On a une vue époustouflante sur le loch. C'est la pièce la plus épurée de la maison. Pourtant tout aussi chic avec ses murs laqués de blanc, mais ornementés de moulures et de quelques aquarelles de Portree. Elles sont magnifiquement peintes et je m'interroge sur l'artiste qui a réalisé ces œuvres. Dans un angle, se tient une méridienne à l'étoffe de soie fleurie et une petite table en bois avec un chandelier. Elle donne envie de s'y étendre et d'admirer une fresque colossale et fascinante, dessinée sur une des cloisons. Elle représente le Old Man Storr. L'icône de l'île de Skye évoque une montagne et un monolithe se dressant dans le paysage sauvage écossais. Le lieu se situe à moins d'un quart d'heure de route de Portree. Je l'ai gravi lors de mon début de séjour à Portree. La lumière du jour se diffuse parfaitement par les grandes portes-fenêtres agrémentées de festons. Des rideaux aux tons orangés, retenus par des embrasses, les encadrent. J'ai posé l'ordinateur, mon outil de travail, sur un meuble de style victorien, comme pratiquement tout le mobilier du manoir. Il est en bois et admirablement sculpté. Le sol est revêtu d'un parquet vernis en chêne massif qui grince légèrement à chaque fois que je marche.

J'ouvre par curiosité un des nombreux tiroirs de mon bureau et trouve une photo délaissée au fond du caisson. Une femme aux formes généreuses, aux longs cheveux roux, frisés, prend la pose, le sourire aux lèvres. Le sujet est dans le jardin, un pinceau à la main devant un chevalet. Elle peint le loch sous le coucher de soleil. Ses yeux d'un bleu pâle reflètent une infinie douceur. Derrière le cliché, il est écrit « à ma femme Grizel, la plus grande étoile de tous les temps ». J'ai la réponse à ma question concernant les peintures. Les traits de l'écrivaine m'apparaissent enfin.

Ce fantôme avait une grandeur d'âme. C'était, à n'en pas douter, une artiste très talentueuse. Je ne peux que ressentir de la tendresse et de la peine eu égard à son tragique destin. J'ai l'impression d'être liée à cette femme par l'écriture. Pourtant nos ressemblances cessent instantanément, car nous sommes, physiquement, diamétralement opposées l'une à l'autre. Je possède un visage fin, des yeux en amande marron noisette et de grands cheveux raides, noirs.

Je suis interrompue dans mes pensées par la sonnerie de mon portable. C'est mon éditeur. Tout à coup, je m'aperçois que j'ai omis de signaler mon déménagement.

— Bonjour Iona, c'est Eliott. Comment allez-vous ? Est-ce que vos vacances vous ont requinquée ?

— Je vais beaucoup mieux, merci. Je reprends le dessus. Mon petit séjour à Portree m'a fait un bien fou et j'ai eu un gros coup de cœur pour une maison. J'ai décidé de déménager et de vivre ici. Figurez-vous que cette maison appartenait à une ancienne écrivaine, Grizel Flemming. Vous connaissiez ?

Après un bref silence, Eliott finit par répondre.

— Oui, en effet, je la connaissais de nom seulement. Il a été dit qu'elle se serait suicidée. En parlant de roman, je voulais savoir si, enfin, vous aviez repris l'écriture ? dit-il avec un brin de fermeté.

Sa froideur me saisit. J'ai l'impression que sa patience a atteint les limites autorisées. J'ose abuser d'un petit mensonge pour tempérer ses attentes.

— Oui j'ai commencé un nouveau roman. L'endroit où je suis m'inspire.

— Tant mieux. Je vous ai laissé du temps, mais j'espère pouvoir lire votre prochain manuscrit d'ici six mois. Sans vouloir vous mettre la pression, Iona, je vous rappelle que votre contrat stipule que vous écriviez un livre par an. Et la dernière fois, votre précédent roman n'a pas eu le succès escompté. J'ose espérer que l'esprit de l'écrivaine Grizel vous donnera effectivement l'inspiration nécessaire. La véracité de ses propos me bouscule.

— C'est le cas. Ne vous inquiétez pas. Je comprends vos attentes et je peux vous assurer que mon nouveau manuscrit avance, je réplique avec assurance.

En mon for intérieur, j'espère profondément qu'il ne me questionnera pas sur le sujet de l'histoire, car au moment où je lui parle, je n'ai aucune idée précise, ni vague de mon prochain roman. J'ai bien conscience que je joue ma carrière et qu'il est grand temps que je me ressaisisse. Sinon, je risque de perdre la confiance de mon éditeur mais aussi celle de mes lecteurs, si mon prochain livre ne fait pas l'unanimité.

— Parfait, j'aimerais que vous m'envoyiez d'ici deux semaines une trentaine de pages de votre roman. Je vous laisse Iona et vous souhaite une bonne soirée. A bientôt.

Nous raccrochons. Tous mes sens sont en alerte. C'est la panique. L'angoisse me submerge. Je n'ai jamais douté de mes capacités à écrire même lorsque je glissais dans les abysses, les profondeurs obscures de la déprime. Je reportais toujours à plus tard mes inspirations. Maintenant, ce n'est plus le cas. J'ai un délai imposé. Une pression énorme repose sur mes épaules. Il faut absolument chasser cette terreur de la page blanche, ne pas m'effondrer. Trouve une issue, une brèche, l'étincelle qui m'ouvrira le chemin. Secoue-toi, Iona ! Tu es écrivaine.

Soudainement, je me remémore ma conversation avec l'agent immobilier et les raisons de l'achat de cette demeure. Les paroles blessantes d'Eliott rebondissent. Je ne cesse de me persuader que le manoir est source d'inspiration. L'esprit de Grizel flotte autour de moi. C'est une évidence, une providence. L'univers de mon futur livre s'orientera donc sur un roman fantastique, où un fantôme joue un rôle prépondérant. Je m'exalte. J'allume mon ordinateur, afin de me plonger immédiatement dans l'histoire. Pas de temps à perdre. Je préfère utiliser l'informatique plutôt que l'ancienne méthode, le papier et la plume. J'évite ainsi des brouillons raturés. Une incompréhension de mon écriture devenue illisible, suite à la précipitation de mes idées qui fusent, s'entremêlent.

Je suis à nouveau tirée de mes réflexions par mon portable. Cette fois, c'est Kenneth. Que me veut-il ? Ce n'est pas le moment. Je m'étais enfin libérée de mes inquiétudes et son appel va me tourmenter fortement. Je décide de l'ignorer. Ma priorité est d'élaborer une ébauche, une trame pour mon projet. Il n'est guère suffisant de dénicher un sujet, encore faut-il avoir une intrigue, un scénario plausible. Semblable à une araignée, je tisse ma toile. Petit à petit, les personnages existent, respirent, prennent vie. A mesure que l'histoire avance, je ne suis plus maître de rien. Je m'aperçois que les héros sont les souverains de leur destinée. C'est comme un fil que l'on déroule. Ecrire un roman est assez étrange, surnaturel et surtout grisant. Lorsque mon livre s'achève, j'ai l'impression de conquérir le monde, de posséder le Saint Graal.

La sonnerie de mon portable reprend avec vigueur. Décidément, Kenneth insiste. Je décroche à contrecœur.

— Bonjour Kenneth. Il y a fort longtemps que je n'ai pas eu de tes nouvelles.

— Bonjour Iona. J'ai appris par des amis que tu avais déménagé à Portree. Quelle drôle d'idée ! Qu'est-ce qui t'as pris d'acheter un manoir dans un patelin perdu ? assène-t-il avec arrogance.

— Je vais bien merci. C'est gentil de me le demander. Je ne m'attendais pas à ce que tu comprennes quelque chose. Portree est une petite ville magnifique. Je suis au paradis ici. J'ai voulu me changer les idées, dis-je en ouvrant une des portes-fenêtres.

Je me dirige vers le balcon où j'admire, fascinée, la couleur du loch. Le soleil s'est pratiquement couché, mais le ciel a revêtu un manteau d'un bleu gris argenté, parsemé de rose qui se reflète sur l'eau. De la fumée semble s'échapper du toit des montagnes tant les nuages forment d'étranges volutes. Le tableau est magnifique.

— J'aimerais venir te voir et que l'on parle tranquillement entre adultes réfléchis.

Lorsque j'entends ce dernier mot, j'éclate d'un rire insolent.

— Réfléchis ! Est-ce vraiment ce que tu as fait le jour où tu as décidé de me remplacer, de mettre une autre femme dans ton lit, notre lit ? Je pense que l'on s'est tout dit. Qu'est-ce qu'il y a d'autre à ajouter. Je pensais notre histoire terminée depuis quelques mois déjà, dis-je avec amertume.

Je n'ai aucune envie de sa présence dans ces murs, ce qui me perturberait davantage.

— Je vais être obligée de te laisser, j'ai du travail. Je dois avancer dans mon nouveau roman. Mon éditeur exige de moi du sérieux. Au revoir Kenneth.

Je ne lui laisse pas la possibilité de répliquer, je raccroche sèchement. Kenneth me répugne. Le chapitre est clos concernant notre couple. Nous sommes séparés depuis plusieurs mois. J'éteins mon portable afin de n'être plus importunée et m'absorbe immédiatement dans mon univers imaginaire. Le privilège de concevoir des romans permet d'abandonner le monde réel et d'oublier ses soucis. J'apprécie d'écrire le soir et aussi la nuit. L'atmosphère se révèle plus propice et singulière que dans la journée.

Il y a plus de trois heures que je me suis immergée dans ma nouvelle aventure littéraire. Mon attention vacille et fléchit sous le poids de la fatigue. Mes yeux fixés sur mon écran depuis un certain temps me picotent légèrement. Je commence à voir flou et me frotte les paupières. Je consulte ma montre qui affiche 23h30. Afin de m'extraire de mon apathie naissante, je me propose de faire une petite pause et de boire un thé accompagné de biscuits. Seulement la paresse de se mouvoir est plus forte. La cuisine se situe deux étages plus bas, au rez-de-chaussée. Je regrette de ne pas avoir préparé une théière, ni de gâteaux. Je me secoue, respire profondément, mais la lassitude me terrasse. Je lutte désespérément contre le sommeil, cependant je m'assoupis malgré moi. Mon dernier regard se pose sur la fenêtre où j'aperçois une silhouette blanche et inquiétante qui me scrute du balcon. Je tressaille. L'effroi m'éveille d'un coup. J'inspecte à nouveau les lieux et finalement je ne distingue aucune forme humaine. Je hausse les épaules. Voilà que ma langueur bascule vers l'hallucination. Cette fois, je quitte mon cabinet de travail et descends à la cuisine. Fourbue, les escaliers me semblent interminables et peu rassurants, avec leurs recoins sombres. C'est dans ces moments qu'il est préférable d'avoir tout à proximité. Peu sereine, j'ai l'étrange sensation que l'on m'épie et aussi d'être suivie. Je me retourne brusquement, mais une fois de plus c'est le néant. Ma pauvre Iona, tu divagues. Je pense à Shona qui me déclarait que ce n'était pas un lieu, la nuit, pour une femme seule. Un sourire se dessine sur mes lèvres. Elle n'avait pas tort. Shona me taquinerait face à mes angoisses. Maintenant, une bonne tasse de thé bien chaud avec des biscuits spéculoos me réconforteront.

Je pénètre dans la cuisine équipée de meubles en bois de couleur vert lichen. J'ai un engouement pour cette pièce spacieuse et conviviale. On a envie de s'y attarder, de cuisiner, de goûter à de bons petits plats préparés avec amour. La cuisine a été restaurée toujours dans le style victorien. Chic, élégant, opulent. Au centre de celle-ci se trouve un îlot en bois massif, vert lichen également. Au-dessus sont suspendues des casseroles en cuivre.

Je remplis ma théière bouilloire d'eau, sélectionne mon thé. J'avoue posséder une grande variété de plantes. Ce soir, je privilégie un arôme fort, agrumes et épices, afin de bien rester éveillée. Ensuite, je règle la température de ma théière pour une parfaite infusion selon mes goûts. Pendant que l'eau bout, je prends mes biscuits spéculoos dans un placard puis récupère une tasse et un plateau. Enfin, mon thé est prêt, je m'apprête à rejoindre mon cabinet de travail. Dans le hall, un courant d'air frais me traverse et me glace l'échine. Pourtant, je constate que la porte d'entrée est bien close ainsi que les fenêtres. Le manoir doit être mal isolé. Il y a beaucoup d'espace. Dubitative, je gravis quelques marches et j'entends comme un grincement désagréable provenant du rez-de-chaussée. Aussitôt, je me retourne vers la porte d'entrée qui cette fois est partiellement entrouverte. Quelle imprudence, j'ai omis de tirer le verrou et le vent s'est sans doute engouffré dans la maison. Je descends sur le seuil et avant même de la toucher, la porte se referme d'un coup sec. Le claquement a résonné dans tout le vestibule. Il doit bien souffler dehors. Je verrouille l'entrée et, sans m'attarder, quitte au plus vite ce sinistre lieu. Je remonte l'escalier rapidement. J'ai le choix entre le droit et le gauche. Des frissons me parcourent l'épiderme. Je ne suis pas tranquille.

Arrivée à l'étage, les couloirs sont lugubres. Bravo Iona, tu es une pétocharde de première. J'éviterai à l'avenir d'écrire la nuit puisque je suis une froussarde. Ceci dit, je suis dans l'ambiance du livre. Mes sentiments et impressions ne seront que fortement retransmis dans mes écrits. Lorsque j'entre dans mon cabinet de travail, un effluve, que je n'avais pas capté auparavant, comme un parfum fleuri, me chatouille les narines. Je pose le plateau sur une table et me verse le thé dans une tasse. J'en profite pour humer le liquide aromatisé, mais je connais parfaitement le goût. Ce n'est pas l'odeur qui m'a accueillie il y a quelques instants, et qui entretemps s'est étrangement évaporée. Décidément, cette nuit est bien déroutante. Je m'asseois devant l'écran de mon ordinateur et reprends mon roman. Cela fait un quart d'heure que je travaille sur mon manuscrit, et je sens encore ce parfum qui s'apparente à de la violette. A nouveau, éphémère, il se volatilise comme emporté, balayé par une brise légère. Il n'y a pas de bouquet ici. C'est curieux, je suis troublée, mais je m'efforce de me concentrer. Une faim de loup m'assaille. Il est vrai que je n'ai pas dîné avec tout ça. J'ai laissé le paquet de gâteaux spéculoos sur le plateau qui est derrière moi près de la méridienne. Gourmande, je sais que je vais m'en rassasier, étant friande de ces biscuits, mais lorsque je vais en récupérer un, je reste figée. Hormis un biscuit dont je me suis saisi tout à l'heure pour le tremper dans ma première tasse, la boîte était pratiquement pleine. J'en suis certaine. Or, maintenant la moitié du paquet est entamée. Cette soirée est décidément inquiétante.

J'essaye de me convaincre que c'est la fatigue et le stress qui me jouent des tours sur la perception des événements, sur mon manque de discernement. Je me replonge dans l'histoire de mon nouveau manuscrit, seulement, une fois de plus, je ne comprends pas. Il y a une page entière remplie de points d'interrogation. Je ne me souviens pas d'avoir appuyé frénétiquement sur cette touche. Il est vrai que la dernière phrase s'achève par ce signe, mais tout de même ! Pendant que j'efface mes idioties, j'ai l'impression bizarre que l'on m'observe, que quelqu'un est derrière moi. Sur le moment, je suis comme paralysée. Seul mon regard bouge légèrement sur la droite, sur la gauche puis, effrayée, je me retourne brutalement, mais de même que la première fois, il n'y a personne. Cela suffit pour ce soir, je me sens oppressée, mal à l'aise et décide finalement d'aller me coucher. J'aurai les idées plus claires demain. Je sauvegarde mes derniers écrits et me sauve au plus vite, sans me donner la peine d'éteindre mon ordinateur. Trop long. Je cours presque dans les couloirs pour rejoindre ma chambre qui est au premier étage. Oh Iona, qu'est-ce qui t'arrive, tu es ridicule. Pourtant je n'ai pas rêvé cette sensation. C'était fort désagréable et j'en ai encore des frissons. Je crois que pour un moment, je vais abandonner l'idée d'écrire la nuit. Enfin, je m'introduis dans ma chambre. Pour me rassurer, je ferme ma porte à clé. De plus en plus, n'importe quoi ! J'espère ne plus avoir ce sentiment d'insécurité car cela va devenir atroce. Mon cœur bat la chamade, je dois me calmer et respirer profondément. Enfin, au bout de quelques minutes, je reprends possession de mes moyens. Je vais dormir et demain tout ira mieux.

Cette vaste chambre est magnifique. Elle m'apaise. Le manoir en possède trois dans le style victorien. J'ai pensé que je dormirai une semaine dans chacune d'elles pour profiter de ces pièces qui ont chacune un charme particulier. La chambre que j'ai choisie pour cette nuit possède un lit imposant aux cadres dignes d'accueillir une reine. Paré d'une tête de lit impressionnante et de pieds capitonnés en cuir beige doré brillant. Le tout finissant par un ornement évoquant un voilage torsadé. Un banc princier garni de cuir aussi et dans les mêmes tons se tient devant. Les meubles tels que les commodes, coiffeuse, armoires et miroirs sont de couleur beige également et sont sculptés avec des détails très riches. Les murs sont recouverts de papiers alternant entre le bordeaux et le blanc. J'ai l'impression d'appartenir à la noblesse. Comment pourrais-je mal dormir alors que du sang bleu coule dans mes veines ? Je pouffe de rire à cette évocation que je me suis dite à haute voix. Allons va te coucher ma pauvre Iona. Tu perds la tête. Je me déshabille et me glisse sous la couette. Il est presque deux heures du matin lorsque j'éteins la lumière et sombre dans le sommeil, ivre de fatigue. Je dors profondément, cependant de la musique envahit par intermittence mon sommeil et finit par me réveiller. Je n'entends rien et me dit que ce n'était qu'un rêve. Je consulte ma montre. Il est 4 heures du matin. Au moment où je m'assoupis, la mélodie reprend, mais s'achève aussi brièvement.

Intriguée, je me lève, revêts ma robe de nuit et quitte ma chambre. Le son provient du rez-de-chaussée. J'allume la lumière du couloir et prends une lampe de poche. Je descends les marches et la litanie s'amplifie, résonne dans toute la maison. Je reconnais le son du piano. Ce sont des fausses notes jouées par l'instrument qui se trouve dans le salon. Sans allumer la lumière, avec la luminosité de la lune qui rentre par le bow window, j'entre dans la pièce à pas de loup, angoissée. Que vais-je trouver ? Un intrus qui aurait les clés et se serait introduit dans le manoir ? Je n'ai pas d'arme pour me protéger, me défendre. Afin de me rassurer, je pense logiquement qu'un cambrioleur qui préfère composer de la musique plutôt que de voler ne doit pas être bien dangereux. Un squatteur habitué à se faufiler dans une maison abandonnée peut se manifester le premier jour, mais pas au bout de trois semaines que je vis ici. Le manoir a repris son aspect habituel. A ma plus grande stupéfaction, aucun individu n'est assis face au piano. Mon sang se glace dans mes veines. J'ai la chair de poule, mais je me ressaisis. Devant l'absence de justesse et des gammes jouées si maladroitement, je songe à un rat ou une souris qui aurait galopé sur les touches. Je fonce vers le piano à queue et l'air s'arrête immédiatement. Je ne vois aucune bête mais j'ai probablement dû l'effrayer en m'approchant et l'animal se serait sauvé. Je n'ai que cette explication, logique, à ce mystère. Je suis une artiste, cependant j'aime comprendre ce qui semble impossible. Sinon le second argument n'est pas rationnel et ne m'enchante guère. Je fouille autour afin de dénicher le rongeur mais pas de trace de sa présence. Tant pis. Je n'ai plus sommeil et déteste ce silence. J'ai envie de musique. J'allume la lumière et décide à mon tour de jouer du piano. Un air gai afin de balayer cette ambiance froide et peu rassurante. Peut-être est-il désaccordé, mais lorsque je débute la partition, je m'aperçois agréablement du contraire. J'entreprends un morceau entrainant de The Entertainer de Scott Joplin qui me transporte directement en plein cœur d'un saloon. La chanson fait voyager dans le temps et l'espace. C'est ce qu'il me fallait afin d'oublier mon stress et de me délester du négatif pour du positif. Depuis ma séparation d'avec Kenneth, je n'ai pas eu le plaisir de pratiquer le piano. Mon cher et tendre époux a refusé que je récupère l'instrument. Si un fantôme habite réellement ici, il ne pourra que devenir joie, amour et paix. Pfff, voilà que tu divagues à nouveau. Ce ne sont que des chimères. Je sens encore ce parfum de violette tout aussi éphémère que les premières fois, mais je ne m'attarde pas sur ce détail et préfère m'imprégner de la musique, m'étourdir. Je m'interromps quelques instants afin de réfléchir à la prochaine mélodie lorsqu'un bruit sourd provenant de la mezzanine, où se situe la bibliothèque, me fait sursauter. J'emprunte l'escalier en colimaçon et dès que j'atteins la plateforme, je remarque qu'un livre est sur le sol. Comment a-t-il pu tomber ? Tous les ouvrages sont bien rangés et serrés les uns contre les autres. Je le ramasse et contemple la couverture toute simple de couleur noire. En comparaison, les autres ouvrages sont richement illustrés. La plupart sont de l'écrivaine. Grizel semble avoir écrit sur divers genres. Du policier, thriller, roman d'aventure, mais aussi du fantastique. Alors que celui que je possède dans les mains, n'a pas de titre, ni de nom d'auteur. Curieuse, je feuillette, parcours les pages. C'est un manuscrit. Je comprends au fil de la lecture que c'est un journal intime. Celui d'une femme, de l'écrivaine Grizel. Etrange que ce livre confidentiel où l'on exprime ses pensées les plus secrètes soit parmi sa collection, ses œuvres éditées à la portée de tous. Je vais l'emporter avec moi pour le lire tranquillement. Il est dit que la curiosité est un vilain défaut, mais je ne suis pas d'accord. Il permet de connaître les personnes qui nous entourent, qui nous accompagnent pour un petit bout de chemin. On peut ainsi anticiper, appréhender le probable danger qui nous guette ou nous rassurer sur la nature de certains comportements. Je ne suis pas paranoïaque, toutefois j'ai connu d'étranges situations comme côtoyer des personnes qui mentaient comme elles respiraient. J'ai vécu avec l'une d'elle. Kenneth. Cette fois, j'ai besoin de savoir qui était cette femme dont le destin s'est achevé tragiquement et qui peut-être hante ce manoir. Je ne peux pas nier que depuis hier, il se passe des choses étranges. Ce livre en est encore la preuve. Pourquoi spécifiquement ce journal intime, celui-là même, s'est subitement retrouvé à terre au moment où je suis dans le salon ? Y a-t-il un sens ou est-ce une curieuse coïncidence ? Je préfèrerai la deuxième version. Je ne suis pas prête à entendre ou croire des élucubrations de fantôme. Cela me donne froid dans le dos, dans ma chair. J'ai acheté cette maison. Au moment où je descends de la mezzanine, j'entends soudainement du verre qui éclate. Décidément, cette maison n'est pas reposante la nuit. Je me dirige vers le bar. Je constate en effet qu'une flûte s'est brisée sur le sol qui se trouve être du carrelage à cet unique endroit. Je ramasse les morceaux et dans ma précipitation, je me blesse. Du sang s'échappe de la plaie. Je verse de l'eau du robinet sur mon doigt. Seulement l'hémorragie ne semble pas cesser. Je sens à nouveau comme une présence, et un froid glacial. Lorsque je lève les yeux vers le miroir face à moi, je suis pétrifiée et laisse échapper un cri d'horreur. Une forme étrange et macabre se tient à deux mètres derrière moi avec un semblant de visage, blafard, des yeux vitreux, les cheveux longs dégoulinants de vieux sang, sur la tempe. Je ne saurais dire si elle m'adresse un lugubre sourire ou un rictus. Elle ressemble à la silhouette du balcon en plus morbide. Mon hurlement fait disparaître l'image qui se dissipe, se déplace hors de mon champ de vision. Je suis assommée. Ce n'est pas possible. Est-ce Grizel ? L'agent immobilier m'avait prévenu, mais je n'ai jamais cru aux fantômes. Jusqu'à présent ce n'étaient que des légendes d'Ecosse et rien d'autre. Seulement, il y a quelques minutes, je l'ai vu. Ma phalange saigne abondamment. Il faut un pansement qui bien entendu se trouve dans la salle de bain à l'étage. J'hésite, j'ai peur mais je ne peux pas rester là. Il faut bouger. Je n'oublie pas le journal et l'emporte avec moi. Je me précipite et cours dans l'escalier jusqu'à l'étage. Heureusement, je ne vois personne d'effrayant. Arrivée à la salle de bain, je m'enferme. C'est idiot. Il paraît qu'un fantôme traverse les murs. Je désinfecte ma plaie avec un antiseptique que je manque de faire tomber tant mon agitation est grande. Je tremble et il n'est pas facile de m'appliquer ensuite le pansement. Cela ne s'arrange pas quand des pas précipités résonnent dans l'escalier. A mon plus grand soulagement, ils ne s'attardent pas à l'étage, mais gravissent plutôt le niveau supérieur. Je tends l'oreille et perçoit comme des pleurs, des gémissements qui s'éloignent et s'étouffent. Je sors de la salle de bain sur la pointe des pieds et fonce jusqu'à ma chambre où je me réfugie avec le journal intime. Comment vais-je cohabiter avec un fantôme qui hante mes murs ? celui de Grizel, car c'est bien d'elle que l'on parle. Son spectre qui se dressait derrière moi ne m'inspire rien de bon. Il ne ressemble pas à la personne souriante de la photo qui avait l'air si gentille. Seulement, à l'époque elle était vivante et heureuse. Que s'est-il passé pour qu'elle se retrouve bloquée entre deux mondes ? Je comprends la peur et l'envie de fuir au plus vite des précédents habitants. Comment gérer une situation pareille ? Ils étaient en location et malheureusement j'ai eu la fâcheuse idée d'acquérir ce manoir, parce qu'il m'inspirait. Je n'ai pas écouté l'agent immobilier. Moi qui ne croyais pas aux fantômes. Comment est-ce possible ? Je n'ose pas imaginer nombre d'entre eux qui errent dans le monde ainsi. C'est glauque. Je me recroqueville dans mon lit en fixant la porte et le journal intime. Vais-je réussir à me concentrer, à lire, vu mon état ? Il est 6 heures du matin. C'est la pire nuit de ma vie. Malgré la peur, je me replonge dans ma lecture. Cette fois je ne lis pas en diagonale, mais chaque ligne. Si je dois habiter ici pendant un certain temps, autant comprendre Grizel de son vivant, afin d'être moins angoissée par cette chose immonde qu'elle est devenue. Enfin si j'y arrive. Pour le moment, je découvre une femme épanouie entre sa vie de couple et son métier d'écrivain. Grizel reçoit des lettres, des petits mots de ses admirateurs qui adorent ses histoires et en demandent la suite. Les journalistes l'invitent pour des interviews à la radio, à la télévision pour des émissions littéraires. Dans la vie tout semble lui sourire. Son mari, Darren qui est médecin généraliste, l'accompagne dans les mondanités. Elle est invitée par du beau monde lors de soirées caritatives ou dansantes. Grizel et Darren voyagent. J'aime sa façon de s'exprimer, d'écrire. C'est captivant. Je comprends ses lecteurs. Grizel a quelques chose d'attachant, de charismatique. Le charme opère au fil des pages. Je l'envie pour son succès, son imagination débordante, inépuisable. J'ai connu aussi des heures glorieuses, eu des retours flatteurs et chaleureux pour mes romans. Vendu de nombreux exemplaires. Je commençais à faire partie des écrivains reconnus, mais depuis plus de un an c'est le désert. J'ai perdu la foi, la volonté. Mes idées se sont envolées, noyées dans un océan froid et glacial. J'ai dérivé avec mon lourd fardeau sur les épaules. Conséquences de mes désillusions et déboires avec

Kenneth. Le contrecoup. Même si enfin je retrouve un second souffle, j'ai l'impression d'être encore bridée. Ce n'est pas une raison. Il faut que je me ressaisisse, sinon je vais tout perdre. Mon honneur, ma fierté, un semblant de dignité et surtout mon métier. Je ne sais rien faire d'autre que d'écrire. On m'attend au virage. Mes lecteurs se demandent quelle est la cause de ma chute libre. Ils m'encouragent à m'accrocher. Je ne veux pas décevoir, ni eux, ni moi. Je suis tombée très bas. Il ne reste plus qu'à me relever, à donner un grand coup de cravache à ce mal-être et retrouver ma hargne, ma niaque.

Je retourne à ma lecture du journal de Grizel qui évoque son désir d'avoir un enfant. A cette époque, elle a trente ans. L'écrivaine comprend très vite son impossibilité d'être enceinte après plusieurs tentatives. Grizel réduit sa consommation de thé et de café qui apparemment pourrait être une des causes de son échec à mener à bien une grossesse. Je la comprends, je bois aussi beaucoup de ces petits remontants lorsque la nuit, je dois me maintenir éveillée pour écrire. Seulement son problème persiste. Elle voit plusieurs médecins qui lui confirment son infertilité. L'écrivaine souffrirait d'une lésion au niveau des trompes de Fallope. Grizel prend la situation très à cœur. Cela devient presque une obsession au point que sa joie de vivre s'étiole. L'écriture est son refuge pour oublier sa peine. Grizel ne perd pas son talent. Contrairement à moi, elle fait de son malheur une force. Cependant, l'écrivaine évite maintenant le plus possible les invitations de peur d'être interrogée sur le sujet qui dérange, qui fâche. Elle ne supporte plus les regards des femmes qui s'apitoient, ni les cancans. Encore moins les conseils qui partent d'une bonne intention, mais qui ravivent sa douleur. Grizel ne veut pas entendre parler d'adoption. Être soumise à des entretiens avec des employés des services sociaux ou des psychologues pour examiner son projet, l'insupporte à l'avance. Il reste l'insémination artificielle et en cas d'échec la fécondation in vitro. Seulement, les meilleures cliniques qui présentent le meilleur taux de réussite en fertilité au Royaume-Uni sont situées à Londres. Grizel et Darren souhaitent se donner un maximum de chances de réussite. Ils choisissent une clinique et partent à Londres. Le couple passe deux entretiens. Lors de ces deux consultations, les spécialistes en fertilité réalisent une évaluation personnalisée afin de déterminer le traitement de reproduction assistée le plus approprié. Le traitement qui commence par une stimulation ovarienne s'effectue au domicile et dure 10 à 12 jours. Ensuite un suivi intégral s'opère toujours à Portree par le gynécologue de Grizel. Une fois que les follicules ont atteint le nombre et la mesure appropriés, Grizel repart à Londres pour l'insémination. L'écrivaine décrit tout le processus, chaque étape et ses espoirs. Après deux tentatives sans résultat, Grizel, fatiguée et déçue, a envie de s'échapper du manoir quelques jours pour respirer un autre air. Sans Darren. Elle l'aime toujours, mais l'écrivaine ne veut pas étouffer son mari par son obsession. Darren la comprend, l'épaule, l'aide de son mieux, seulement son époux se sent impuissant face aux désillusions de sa femme. Il ne paraît pas non plus souffrir autant de la situation que Grizel. De plus, à chaque fois c'est du temps et de l'argent perdus, commence à lui dire son mari. Il a un cabinet à gérer et ne peut pas s'absenter ainsi.

La fatigue reprend le dessus. Mes paupières sont lourdes. J'ai dormi par épisodes. La nuit a été rude et forte en émotions. Je ferme le journal intime et décide de me reposer un peu. Je dois récupérer pour être suffisamment lucide afin de définir l'avenir de ce manoir.

CHAPITRE 2

IONA

Je suis réveillée par la sonnerie de la porte d'entrée. Mais qui m'importune aussi tôt et insiste lourdement ? Je regarde l'heure. 10h30 du matin. J'ai bien profité, mais maintenant il faut que je me lève et m'habille à la hâte, afin d'accueillir l'invité qui se croit obligé de détruire ma sonnette. Je remets mes idées en place et me rappelle le fantôme qui malheureusement n'était pas un mauvais rêve, mais mon cauchemar devenu réalité. J'espère que ce n'est pas le spectre de Grizel qui s'amuse. Je descends rapidement et ouvre la porte. Je suis sous le choc. Kenneth se tient sur le seuil, fier comme un paon.

— Que me vaut le plaisir ou plutôt le déplaisir de te voir ?

— Je voulais admirer ton nouveau chez-toi. Déclare-t-il en entrant sans attendre mon invitation.

— Surtout ne te gêne pas. Dis-je indignée.

Kenneth jette un regard circulaire autour de lui et siffle admiratif.

— Magnifique !

— Tu n'es pas le bienvenu ici.

— Je t'en prie Iona, je suis partit très tôt ce matin afin que l'on discute. Tu pourrais m'accueillir un peu mieux que ça, avec la route que j'ai faite, ajoute-t-il en s'approchant un peu trop près de moi.

Je recule écœurée.

— Je n'ai pas envie de parler avec toi. C'est fini. J'aimerais savoir quel ami a divulgué mon adresse ?

— J'ai mes sources que je me garderai bien de dévoiler, répond Kenneth avec arrogance.

Je suis submergée par la colère et le désarroi. Qui m'a trahie ? Maintenant Kenneth connaît beaucoup de monde et à travers ses relations, il se débrouille toujours pour dénicher des informations. Il doit partir. Je ne le supporte plus.

— Va-t'en. Nous n'avons plus rien à nous dire. Il fallait réfléchir avant de me tromper dans notre lit !

— Donc, si je comprends bien, tu m'aurais pardonné si j'avais couché ailleurs avec cette femme ? répond-il avec ironie.

— Ne commence pas. C'est un tout.

Le regard de Kenneth s'adoucit. Il m'effleure la joue avec sa main.

— Ok j'ai eu tort. Je suis franchement désolé. Je suis venu ici car je t'aime encore et j'aimerais recommencer à zéro.

Je le repousse de plus en plus indignée.

— Moi je ne t'aime plus. Tu m'as fait trop souffrir. C'est fini. Ma vie est ici et je ne veux plus avoir affaire à toi. A cause de ton comportement depuis plusieurs mois, je n'arrive plus à écrire. Tu as des effets négatifs sur moi. J'aimerais maintenant que tu partes une fois pour toutes, dis-je en hurlant.

Cet homme me met hors de moi et je n'arrive plus à me

contrôler. Moi-même je suis étonnée par mon emportement. Kenneth me regarde stupéfié.

—D'accord calme toi, je m'en vais et je reviendrai quand tu seras plus calme.

A peine achève-t-il sa phrase que nous entendons tour à tour un fracas assourdissant qui résonne dans toute la maison. Je comprends que c'est un enchaînement de portes qui claquent violemment comme après une dispute. C'est le fantôme de Grizel, j'en suis certaine. Cette fois, je ne suis pas effrayée, même si je suis impressionnée par le raffut et la violence. Kenneth lui se fige atterré. Il me dévisage. Je lui dis d'un air très calme, mais froid.

—Tu as mis en colère le fantôme de Grizel. Va-t'en maintenant. En prononçant ces mots, je ne reconnais pas le timbre de ma voix.

— Qu'est-ce que c'est que ces conneries et ce raffut ?

— Ma maison est hantée et j'ai l'impression que Grizel est fâchée, je lui réponds avec un brin d'ironie.

Aussitôt, la porte d'entrée s'ouvre toute seule dans un grincement fort désagréable. C'est effrayant, mais l'expression de Kenneth me fait vite oublier la situation. C'est à hurler de rire. Il franchit le seuil très rapidement puis se retourne, le visage blafard, le regard plein de folie.

— Je ne comprends pas ce qui se passe, mais je n'abandonne pas la partie, dit-il en s'enfuyant.

Tout à coup, la porte se referme brutalement derrière lui.

Grizel vient de renvoyer Kenneth. Visiblement, elle ne l'apprécie pas. Je pense qu'il ne remettra pas les pieds de si tôt ici. J'ai presque envie de la remercier, seulement sa colère ne paraît pas s'apaiser. Maintenant ce sont tous les volets qui vibrent contre les fenêtres. Le manoir semble fâché. On dirait qu'il respire, vit et tremble de tous ses membres. Des frissons me parcourent le corps. A nouveau, la frayeur me traverse.

— Arrête ! Je hurle.

Malgré mon injonction, le vacarme ne cesse pas. J'ai même l'impression qu'il s'amplifie. Alors je cours à l'étage et me réfugie dans la salle de bain qui au moins ne possède pas de fenêtre. Lorsque je scrute mon reflet dans le miroir, j'ai un air hagard, les traits tirés par l'inquiétude, l'effroi. Comment vais-je faire ? Ma seule satisfaction du moment est que Kenneth soit parti, mais je le connais, il reviendra. Sauf si ce qui vient de se produire l'a terrorisé. Moi qui pensais trouver la paix, renouer avec la vie dans ce manoir... Malheureusement, je suis loin du compte, coincée entre un fantôme et Kenneth qui me harcèle maintenant. C'est un vrai cauchemar. Je me glisse sous la douche où je fais couler de l'eau sur ma peau un long moment, tout en réfléchissant. Est-il possible de communiquer réellement avec un esprit sans pour autant faire briser du verre ou que les murs tremblent ? Je ne peux pas continuer à vivre dans la terreur et je me doute que je ne pourrais pas revendre cette maison avant un certain temps. A moins de rencontrer une personne sceptique comme moi qui ne croit pas aux fantômes. Même si je garde pour moi la menace de ce manoir, le futur acheteur peut s'interroger sur cette maison qui ne reste pas habitée longtemps. Je suis convaincue qu'il y a une solution. Je dois parler avec Grizel. De son vivant, c'était une femme gentille, bienveillante, à l'écoute des autres. Pourquoi changerait-elle dans la mort ? Je finis ma toilette et m'habille. Le silence règne dans le manoir. Je ne capte plus la présence de Grizel. J'ai besoin de me confier à mon amie Shona. C'est la seule personne qui me comprendra et ne me prendra pas pour une folle. Je saisis mon portable et sors du manoir par le salon. Je me retrouve dans le jardin face au Loch. L'air doux et le soleil me caressent la peau. Je me sens bien à l'extérieur face à cette vue majestueuse. J'oublierais presque le chaos de ma vie. Je compose le numéro de mon amie. Shona répond à la troisième sonnerie.

— Iona, ça va ma belle ?

— Non ça ne va pas. Kenneth est venu ici tout à l'heure et tu sais que je ne crois pas aux fantômes. Eh bien il s'avère que le manoir est bel et bien hanté par Grizel. Je l'ai vue de mes yeux, vue.

Je lui explique la situation avec Kenneth et les phénomènes paranormaux qui se sont produits ces dernières heures, ainsi que le spectre de Grizel apparu derrière moi.

— Ma pauvre, que vas-tu faire ? me demande Shona, inquiète.

— A propos de Kenneth, peut-être a-t-il eu la trouille de sa vie. Au pire, il risque de prévenir tous les flics d'Ecosse, des psys ou des prêtres afin d'exorciser la maison ; au mieux, il ne reviendra pas, mais j'en doute fort. Quant à Grizel, même si elle me fait peur, je vais essayer d'entrer en contact avec elle. J'ai trouvé un journal intime. C'était quelqu'un de bien, que peut-elle me faire ?

— Kenneth est gonflé d'être revenu. Maintenant il a fait cinq heures de route pour te retrouver. Je sais que ce qu'il t'a fait subir n'est pas pardonnable et son comportement des derniers mois a été affreux, mais essaye de discuter avec lui. Tu ne l'aimes vraiment plus ? Concernant ton fantôme, je n'aimerais vraiment pas être à ta place. Ça fait peur. Je m'inquiète pour toi. Il serait préférable de voir avec des spécialistes du paranormal qui sauront quoi faire. Je ne rigole pas.

— Non je n'aime plus Kenneth, c'est terminé. Il ne m'inspire plus que du dégoût. Il s'est bien moqué de moi et n'a jamais montré une once de compassion ou de tendresse pendant cette période noire. C'est intolérable. Il a détruit ma vie. Je me fiche qu'il ait fait des kilomètres. J'en ai fait autant pour être loin de lui, pour avoir une nouvelle vie. Pour Grizel, je ne ferai appel à aucun spécialiste. J'ai lu son journal intime et je me sens proche d'elle. Certes ce n'est pas le cas en tant que fantôme, elle me fait peur, mais je vais essayer de parler avec elle. Je ne veux pas d'étranger chez moi, ni de guignol du paranormal. Elle ne mérite pas ça. Grizel est retenue ici, pourquoi, je ne sais pas. Je dois le découvrir. Je ne suis pas sûre d'y arriver, mais si je dois vivre ici, autant être en osmose avec la première habitante de ce manoir.

— Alors bon courage. Appelle-moi s'il te plaît tous les jours et si je n'ai pas de nouvelles de toi, c'est moi qui t'appellerai. Ça me fait froid dans le dos ton histoire !

Je la rassure en lui confirmant que je l'appellerai tous les jours. Son soutien moral sera le bienvenu. Nous nous quittons. Cette conversation m'a fait un bien fou. Je suis descendue sur la rive et j'observe le loch ainsi que les bateaux de pêcheurs voguant sur l'eau. J'aperçois le petit port de Portree sur ma droite et ses maisons colorées où la sérénité semble couler. Je distingue quelques promeneurs marchant tranquillement. Certainement des touristes. Je les envie, ils n'ont pas de fantôme à gérer, à comprendre. Enfin je le pense. Ce n'est pas réconfortant finalement de savoir que nous ne partons pas tous directement au ciel et que certains êtres sont des âmes perdues prisonnières d'un monde parallèle. Je me documenterai sur la façon de communiquer avec un mort. Lorsque je gravis les marches en pierre, le manoir se dresse devant moi comme une énigme. Par quoi dois-je commencer ? Mon éditeur attend d'ici deux semaines une trentaine de pages, mais l'esprit de Grizel me perturbe, m'empêche de travailler dans la quiétude. Le point positif dans cette sombre perspective est que je peux associer mon roman à Grizel. Je détiens le sujet de mon futur roman. Je m'étais déjà orientée dans ce domaine, mais mon manuscrit manquait d'authenticité, de véracité, de piquant. Finalement, Kenneth n'est qu'un détail minime sans importance en comparaison de ce que je m'apprête à affronter. Mon corps se fige. Je viens de voir une silhouette à l'expression macabre se dessiner derrière la fenêtre de mon bureau qui m'épie. Grizel. Une angoisse me prend aux tripes. Comment vais-je réussir à communiquer si je la crains. Rappelle-toi son journal intime et l'image de cette femme avant le drame. Sa douceur. Sa fraîcheur. Ce n'est plus tout à fait le cas maintenant. Je ris nerveusement et puise au fond de moi toute ma volonté pour avancer. Je rentre dans le manoir, terrifiée mais décidée. Je monte les deux étages la peur au ventre. Devant la porte de mon bureau qui est close, j'hésite puis je l'ouvre doucement. Jusqu'à présent ce geste était insignifiant, automatique, mais en cette minute même, il représente l'épouvante. Est-elle là ? La gorge nouée, je franchis le seuil mais je ne la vois pas. Je ne peux pas dire si je suis déçue ou rassurée. Je l'appelle d'une petite voix timide, puis d'un ton plus ferme.

— Grizel ! GRIZEL !

Pas de réponse, bien entendu, ni de présence maléfique. Je m'assieds devant mon ordinateur et regarde autour de moi, mal à l'aise. Je commence à parcourir mon manuscrit les nerfs à vifs, sur le qui-vive. Prête à bondir d'effroi. Je suis nerveuse. Ma respiration est forte. Calme-toi. A la fin de ma relecture, je fronce les sourcils et essaye de déchiffrer la dernière ligne laquelle, d'ailleurs, ne ressemble pas à une phrase, mais à un charabia avec des lettres en moins. J'étais bien perturbée cette nuit pour que les mots soient entrecoupés, écrits à la verticale et en zigzag. Dans mon ardente nervosité, j'ai dû faire une mauvaise manipulation avec les touches de mon ordinateur. Enfin après quelques minutes d'analyse, je décrypte :

«j e u   n e u   v o u s   l   u   p
a   m o r   i r

Je prends le temps d'analyser à nouveau et mon sang se glace. Malgré ma frayeur nocturne, je n'ai pas le souvenir d'avoir écrit un texte pareil. Je comprends :

« Je ne voulais pas mourir »

Je devine que c'est Grizel qui a laissé ce message. Ce ne peut pas être moi. Tout à coup, une aquarelle accrochée au mur s'affaisse. A fleur de peau, je sursaute.

— Grizel ! dis-je avec un manque d'assurance évident.

Je me lève et réajuste le tableau. J'entends des pas derrière moi, le sol grince. Je n'ose pas regarder. Pourtant il faudrait. Je préfère affronter le danger de face. Tout à coup, j'ai froid au point que je grelotte. Je me sens profondément misérable, affaiblie, malheureuse. Ma vie n'a plus aucun sens. J'ai envie de mourir. Qu'est ce qui m'arrive ? Maîtrise-toi Iona. Je dois me délivrer de ce néant qui m'absorbe. Alors je lutte. Je fais appel à tout mon courage, ma détermination et réussis enfin à me retourner. Ce que je vois est horrible. Le cadavre de Grizel se tient à quelques centimètres de moi. Il y a comme un halo autour d'elle. Ses yeux sont étranges. L'iris d'un bleu vitreux occupe pratiquement la cornée devenue jaune et ses pupilles sont anormalement dilatées.

On a l'impression qu'elle a pleuré et que le maquillage a coulé. Je ne saurais dire ce que ses yeux expriment. Tantôt de la tristesse, tantôt de la fureur. Son visage est cireux avec quelques ridules violettes pâles, tandis que les longs et beaux cheveux roux de la photo sont devenus ternes, emmêlés avec du sang qui a séché. Ils dégoulinent le long de son cou et de ses épaules décharnées. Elle semble porter une robe de nuit en dentelle rose délavée. Ses lèvres bleuâtres grises esquissent un sourire morbide ou un rictus. Je ne sais pas. J'ai peur. Ma main tremblante tente de la toucher, mais bien sûr je ne palpe rien de solide, seulement la mort qui m'enveloppe complètement. C'est extrêmement violent. Je m'écroule contre le mur et glisse sur le sol, affaiblie. Le spectre de Grizel recule et s'échappe vers la porte où, d'un seul coup, elle s'évapore comme un nuage de fumée. Je me sens épuisée, alors je reste assise un moment pour récupérer. Petit à petit mes forces reviennent. J'ai à nouveau chaud, mais je suis encore bouleversée par les sentiments ressentis. A part son enveloppe corporelle qui est hideuse et cette sensation au contact de son cadavre, Grizel ne m'a rien fait de mal. Je ne suis pas blessée et en cette minute, bien vivante. A-t-elle voulu communiquer avec moi ? oui par écrit déjà et peut-être a-t-elle essayé de me transmettre un message. Autre invraisemblance, comment peut-elle faire craquer le sol, tambouriner sur des volets, claquer des portes, jouer du piano, écrire des mots. Grizel n'est que de la vapeur, une aura, rien de consistant. C'est paradoxal, irréel et complètement insensé.

Pourtant je ne suis pas folle, j'ai bien vécu ce moment. Je me lève enfin. J'aimerais lui parler, la comprendre, néanmoins si à chaque fois les rencontres sont virulentes, douloureuses, la situation ne risque pas d'évoluer.

Mon ventre me rappelle à l'ordre. J'ai une fringale. Logique, ce matin, je n'ai pas pris mon petit-déjeuner et avec tout ce qui s'est passé, ma montre affiche 13h30. Je descends à la cuisine et me prépare du porridge. Je verse des flocons d'avoine dans de l'eau bouillante et remue avec une cuillère en bois les flocons afin d'éviter des grumeaux. Aux deux-tiers de la cuisson, j'ajoute du sel puis du lait crémeux et enfin un peu de miel pour le côté sucré. Enfin prêt, je dévore mon plat sur l'îlot central. Les émotions me creusent. Je termine mon repas par une tranche de dundee cake, un dessert traditionnel écossais composé de zestes d'orange et de raisins de Corinthe. Je suis bien rassasiée et d'attaque pour le reste de la journée.

Il est nécessaire de finir la lecture du journal intime de Grizel, découvrir la suite de son histoire et le fil de ses pensées. Mon portable sonne. C'est Kenneth. J'aurais été étonnée qu'il abandonne aussi facilement. Je n'ai pas envie de répondre. J'ai d'autres priorités. Me documenter sur internet afin de lire des témoignages de personnes qui ont vécu la même histoire que moi, comment parler à un fantôme, puis attaquer mon roman car je suis extrêmement en retard. Je récupère le journal dans ma chambre et retourne à mon bureau. Je me plonge à nouveau dans le passé de

Grizel.

L'écrivaine est partie, seule, quelques jours à Edimbourg au mois d'août. L'effervescence de la capitale écossaise au moment du festival Fringe, lui permet d'oublier ses soucis, ses longues attentes pleines d'espoir. Elle préfère la frénésie au calme pour éviter de trop réfléchir. Elle se balade dans la vieille ville médiévale, visite le château d'Edimbourg, assiste aux spectacles théâtraux et musicaux qui se déroulent dans la rue. Grizel s'étourdit. Après deux semaines loin de son foyer, elle ressent le besoin de revenir à la maison. Dès son retour, l'écrivaine se remet à l'écriture. Elle s'immerge dans le travail. Mais très vite, Grizel, veut reprendre le chemin de la clinique à Londres pour essayer la fécondation in vitro. Sa dernière chance. Darren refuse de l'accompagner. Son agenda affiche complet pendant 3 mois avec son cabinet médical. Le couple commence à se disputer au sujet de l'argent, du coût financier des traitements à chaque fois mal remboursés. Chacun reproche son attitude à l'autre. Du côté de Darren, son manque d'intérêt et désinvolture d'être père. Du côté de l'écrivaine, ses inquiétudes et son caractère changeant tantôt souriant, tantôt larmoyant. Enfanter est devenu une idée fixe. Grizel trouve injuste toutes ces critiques. Cependant, elle-même ne se reconnaît plus et si la jeune femme persévère dans cette voie, la folie la rattrapera. De plus, sa maison d'édition attend son manuscrit. L'écrivaine a peur de se perdre et de perdre Darren. Elle repousse à plus tard son projet de retourner à Londres et tente absolument de remonter la pente, de se secouer, d'aller de l'avant.

Ces quelques lignes me rappellent étrangement quelqu'un. Apparemment, à un moment donné dans notre vie, nous sommes, tous, obligés de passer par des épreuves difficiles que nous devons affronter et dépasser. Les dernières pages sont parsemées de quelques auréoles. J'ai l'impression que ce sont des larmes de chagrin qui ont séché. Elle me fait de la peine. Le journal intime s'achève sur cette note de combativité. Malheureusement, sa rage de vivre fut temporaire. Des questions subsistent : Pourquoi était-elle bloquée entre deux mondes et avait-elle vraiment envie de mettre fin à ses jours ?

Je parcours internet à la recherche de phénomènes paranormaux. Des témoignages d'individus se révèlent. Certains, par curiosité, invoquent les esprits quand d'autres, suite au décès d'un proche ressentent le besoin de se rapprocher de l'être cher. Il existe des séances de spiritisme, avec des tables qui tournent ou de ouija, une planche sur laquelle sont inscrites, entre autres, des lettres de l'alphabet latin. On y parle également d'effet idéo-moteur. Sans que nous en ayons conscience, nous agissons à cause de notre appréhension sur le mystère de notre environnement immédiat. Le cerveau commande des mouvements presque instinctivement parce qu'il est stimulé par l'ambiance et la peur. Jusqu'à présent rien ne me correspond. Je perds patience à m'éparpiller dans diverses rubriques qui ne concordent pas. C'est l'effet internet. Bien entendu, beaucoup relatent des histoires de maisons hantées, surtout en Ecosse. Seulement, rien sur une conversation de vive voix entre un fantôme et un être humain vivant. A croire que c'est un sujet tabou ou inexistant. Je ne pense pas être la seule au monde à vivre cet étrange phénomène. Enfin, des médiums ont aussi la capacité à entrer en contact avec l'au-delà de diverses manières. Surtout avec l'aide de l'écriture automatique ou intuitive. Cet article m'interpelle. Je me remémore le message écrit sur mon roman. Seulement, je ne me souviens pas avoir été en transe. Bref, je crois que je vais me débrouiller toute seule. Cependant, l'idée de l'écriture me plaît bien. Entreprendre aussi de lui parler normalement en passant outre cette souffrance qui me désarçonne et surtout ne pas m'enfuir à sa vue, serait la solution idéale. Facile à dire, mais à faire, j'en doute. J'y arriverai. Je n'ai pas le choix. Je suis déterminée. Une personne qui meurt brutalement pour diverses raisons est probablement incapable de partir au ciel, car elle n'accepte pas la mort, n'a pas la conscience tranquille ou est trop tourmentée.

Je ferme internet et retourne à mon roman. Je n'efface pas le récit que j'ai écrit auparavant, on ne sait jamais. Je le mets juste de côté. Finalement, j'oriente mon sujet sur l'histoire de Grizel, en changeant son prénom bien sûr. Tout en empruntant une part de son passé, de sa vie, j'imagine, je brode amplement certains passages qui ne sont pas narrés dans son journal, mais que je devine largement. Pendant quatre bonnes heures, je me concentre sur l'écriture. J'ai beaucoup de retard que je souhaite évidemment rattraper. Je suis motivée, inspirée et surtout pas importunée par une quelconque présence troublante ou un appel. Lorsque je lève les yeux vers la fenêtre, je m'aperçois qu'il fait nuit. J'examine l'heure, il est 20h00. J'ai besoin de me sustenter. Je sauvegarde mes dernières notes et laisse ouvert mon ordinateur. Cette fois, c'est intéressé. Peut-être aurai-je un nouveau message. Dans la cuisine, je me concocte une soupe populaire connue sous le nom de Cullen Skink, composée de pommes de terre, d'oignons et de haddock fumé. Je coupe des tranches de pain que je fais griller afin de les déguster avec ma soupe. Pendant que je fais mijoter ma préparation à feu doux pendant 20 minutes, j'allume un feu dans la cheminée. J'ai décidé de dîner dans le salon devant la télévision pour me relaxer. J'ai envie d'une ambiance chaleureuse. L'atmosphère, ce soir, s'est rafraîchie avec le vent qui s'est brutalement levé.

Mon repas accompli, je m'installe sur le canapé de velours rouge et pose mon assiette sur une petite table de style victorien. Je regarde les informations sur la chaine BBC Scotland tout en savourant ma soupe bien chaude, puis passe sur un autre programme. J'ai la surprise de tomber sur une émission qui diffuse une enquête sur le paranormal. C'est étrange, le hasard parfois. Provoquons-nous ces coïncidences ou tout simplement prêtons-nous plus d'attention à ce qui nous touche ?

Ce sont des chasseurs de fantômes situés en Ecosse qui investiguent justement sur des endroits dits hantés, localisés un peu partout dans le monde. D'abord, l'équipe visite la maison ou le bâtiment pour connaître l'histoire du lieu. Ils s'entretiennent avec les personnes ayant vu ou entendu des phénomènes paranormaux. A chaque point chaud où se sont déclenchées des manifestations, ils posent des caméras statiques à vision nocturne. Ensuite, l'équipe se laisse enfermer toute une nuit afin de collecter des preuves auditives ou visuelles d'activité paranormale. Ils utilisent des objets déclencheurs dans le but d'amener une réaction de l'Esprit. Les phénomènes se produisent par des dysfonctionnements du matériel, des batteries inexplicablement vidées, des fluctuations dans le champ électromagnétique, des changements de température, des bruits bizarres, des phénomènes de voix électroniques, d'apparitions ou de possessions. Apparemment, l'intervenant parle parfois de façon autoritaire dans le seul but de faire venir le fantôme. J'écoute et regarde avec attention. Dans le passé, j'aurais ri avec désinvolture et serais passée sur une autre chaîne. Bien évidemment, encore une fois, leurs fantômes ne sont pas franchement visibles et l'image est éphémère. Il faut supposer. N'importe qui pourrait se dire que ce sont des trucages. C'est, certes, très mystérieux et glauque, malheureusement. Cela n'a rien à voir avec ce que j'ai vécu. Malgré tout, je peux utiliser leurs pratiques. Je réfléchis et me dit que le journal intime peut être l'élément déclencheur pour faire venir Grizel.

Je suis dans mes pensées quand soudain, l'image de la

télévision se déforme puis se brouille. Je prends ma télécommande et change de programme. Cependant, sur les autres chaines, je n'ai plus que des parasites. Allons donc. Ma télévision ne fonctionne plus. Je suis sur le point de débrancher et rebrancher le câble lorsque je sens un parfum de violette et un grand courant d'air glacial me pénétrer. Le feu de la cheminée s'éteint brutalement, puis l'électricité a des défaillances comme sur le point de disjoncter. GRIZEL ! Elle choisit le meilleur moment où je visionne l'émission sur le paranormal pour revenir. J'use de toute ma témérité et l'interpelle avec fermeté.

— Grizel, si toutefois c'est toi. Nous pouvons essayer de parler.

Aussitôt, je me retrouve dans l'obscurité complète. Pas très rassurant. Il fait de plus en plus froid. Je ne dois pas glisser dans l'horreur. Je ressens pourtant ce sentiment de mort s'infiltrer en moi, alors je profite du peu de lucidité qu'il me reste pour lancer un ordre.

— GRIZEL. Arrête ce jeu. Je veux communiquer avec toi, mais pas de cette façon. Ne me fais pas peur, s'il te plaît.

La lumière se rétablit, mais clignotante. Je pousse un hurlement de terreur. Grizel est en face de moi avec ce faciès morbide, ce regard dément. Pour le contrôle de soi, c'est un pur échec. J'ai l'impression que mon cri m'a percé les tympans et a résonné dans tout le manoir. A mon grand soulagement, Grizel s'éloigne de moi et part vers le hall d'entrée. Est-ce que je lui ai fait peur ? cela m'étonnerait. Sa façon de se déplacer est singulière. On a l'impression qu'elle flotte tout en marchant au-dessus du sol. C'est un léger voile, de la vapeur. Je suis encore sous le choc. Le cœur battant à un rythme effréné et martelant mes tempes. Le fantôme de Grizel se retourne sur le seuil du salon, me fixe avec un air macabre et tend une main vers moi comme pour me signifier de la suivre. Je reprends mes esprits et rejoins Grizel qui gravit déjà les marches d'escalier. Où va-t-elle et que veut-elle ? C'est déjà un grand pas et beaucoup mieux que précédemment. Je garde mes distances, méfiante et toujours effrayée. J'ai des frissons car la température à l'intérieur du manoir a bien baissé. Nous montons au premier puis au deuxième étage. Nous gravissons l'escalier en colimaçon au fond du couloir pour atteindre une petite porte qui mène à la terrasse du toit de la tour. D'un déplacement digne de celui d'un fantôme, Grizel la traverse. Je ne suis pas assez couverte, cependant il est trop tard pour aller chercher un manteau. Je n'ai pas encore posé la main sur la poignée que la porte s'ouvre toute seule. Le pouvoir de Grizel. Le vent souffle avec force. Comme je le craignais, il fait très froid. 8°. Grizel m'attend debout sur le parapet de la terrasse. A mon grand étonnement, elle pleure, ce qui, à cet instant précis, la rend profondément humaine et vulnérable. La chevelure est ébouriffée par les rafales de vent. La lune, à demi-cachée jusqu'à présent par les nuages, se révèle, d'un coup, bien ronde. Elle brille dans le firmament et illumine davantage Grizel. On a l'impression qu'elle est phosphorescente.

Soudain Grizel vocifère un « non ! » qui sort des profondeurs d'outre-tombe. C'est un son grave, dénaturé qui déchire les tympans et déforme sa mâchoire. Grizel se jette en arrière dans le vide. Je me précipite au bord de la tour et scrute en bas. Rien, Grizel a disparu. Est-ce ici qu'elle s'est suicidée ? Veut-elle me montrer, m'expliquer la fin de sa vie. Je suis fière car j'ai réussi à repousser mes limites et refreiner ma peur. Nous avons communiqué d'une certaine façon et finalement, Grizel a parlé. Je rentre, sinon je vais finir par tomber malade. Dans ma chambre, je récupère un pull que j'enfile car je suis frigorifiée. Il est 22h00. Je dois travailler encore deux bonnes heures sur mon roman puis j'irai me coucher. Les émotions ont été puissantes aujourd'hui, mais j'ai la certitude maintenant que Grizel est inoffensive.

CHAPITRE 3
IONA

Ce matin, malgré la fraicheur de l'air de ce mois de septembre, le soleil brille sur la petite bourgade de Portree. Le vent cette nuit a repoussé les nuages et le ciel s'est habillé d'un bleu azur en ce début de matinée. Je me promène sur la jetée parmi les étals du marché alimentaire à la recherche de produits frais. Je préfère le marché aux magasins car en Ecosse, les fruits et légumes y sont emballés dans du plastique, ce qui ne sert à rien. Portree ne fait pas exception. Quelques bateaux d'excursion partent avec son petit flot de touristes prêts à observer la faune telle que les dauphins, les phoques et les aigles. En bout de quai, les pêcheurs accostent afin de livrer leurs poissons aux restaurants de fruits de mer ou aux villageois qui désirent acheter de la truite ou du saumon. Les prévisions de pêches sont affichées pour toute la semaine. Des grilles de sélectivités, des panneaux avec des mailles sont stockés sur le quai. Des embarcations de plaisance sont amarrées le long du port ou plus au large. Les maisons colorées de rouge, vert, jaune ainsi que les bateaux parés de plusieurs nuances se reflètent dans l'eau du loch. Des badauds assis sur les bancs ou murets dégustent des fish and chips achetés dans les kiosques en bordure du port. Des goélands ou des mouettes offrent un ballet incessant de voltiges. Les oiseaux picorent les miettes abandonnées sur le trottoir ou volent le déjeuner des passants distraits. J'adore déambuler et faire mes provisions ici. Il règne une poésie ainsi qu'une béatitude loin de l'agitation et du stress des grandes villes. Il est indéniable que de nombreux artistes peintres ont été inspirés par tant de beauté et de quiétude. Un joueur de cornemuse en tenue traditionnelle, vêtu d'un kilt en tartan à dominante rouge, joue un air. La mélodie résonne dans l'atmosphère. Elle est emportée au large ou dans les hauteurs de la bourgade pittoresque. J'imagine que de mon jardin, j'entendrai encore la musique.

Je m'arrête près d'un chalutier noir et rouge qui vient de s'ancrer au quai. Le pêcheur qui se prénomme Roy harangue les passants. Sa jovialité me donne envie d'acheter son poisson. J'ai besoin de 2 kg de saumon. Son visage buriné et halé témoigne du temps qu'il passe en mer. Roy n'a pas d'âge. Il porte un bonnet rouge qui cache la couleur de ses cheveux, mais ses sourcils broussailleux et roux le trahissent. Ses yeux bleus sont pétillants. Roy est bavard. Il arbore un grand sourire espiègle qui dévoile quelques petites caries. Le pêcheur raconte des anecdotes croustillantes, passionnantes sur sa dure vie de pêcheur et les aléas de son métier. Il vit depuis de nombreuses années à Portree, alors le charme de chaque saison qui opère sur la nature n'a plus aucun mystère pour lui. Cependant, Roy s'émerveille toujours. Il idolâtre ce petit coin de paradis. Le pêcheur connaît tout le monde et les potins de Portree, à quel moment les touristes affluent le plus. Son récit s'oriente tout à coup sur le manoir qui est hanté par Grizel. Il l'a déjà approché de son vivant. Grizel était une femme adorée, joyeuse avant le drame. Elle venait acheter aussi son poisson. Roy ne croit pas non plus aux fantômes et pourtant il jure l'avoir reconnue une fois sur la terrasse du toit de la maison. Pour lui, ce n'était pas une hallucination. Depuis son chalutier, il voit que la maison est à nouveau habitée. Une rumeur circulerait selon laquelle une écrivaine aurait acquis ce bien. Selon lui, c'est une question de temps, avant qu'elle ne soit à nouveau désertée. Je glousse, amusée, car je m'aperçois bien que Roy ne sait pas qui je suis. Mon expression a dû soudain le rendre curieux car il me demande :

— Mais dites-moi, vous êtes une vacancière ou une nouvelle habitante car je crois bien que c'est la deuxième fois que je vous vois sur le port et la première fois que je vous parle ?

— Je suis la nouvelle habitante du manoir, dis-je en scrutant, amusée, l'effet que cela produit sur Roy.

— Oooh alors c'est vous l'écrivaine ! Mais donc, avez-vous croisé Grizel ou est-ce une légende cette histoire de fantôme ?

— Ce n'est pas une légende. J'ai croisé son chemin plusieurs fois.

— Vous n'avez pas l'air effrayé.

— Moi non plus je ne croyais pas aux fantômes jusqu'à ce que j'entende des bruits insolites et qu'enfin je la rencontre. Elle me fait peur, mais contrairement aux autres habitants, je suis propriétaire, je ne peux pas partir sur un coup de tête et en tant qu'écrivaine, j'ai besoin de comprendre pourquoi cette femme est bloquée dans ce manoir et j'aimerais réussir à communiquer avec elle.

— Communiquer avec elle. Bon courage ! Ce n'est pas sage. Je ne sais pas si je dois vous admirer ou vous trouver un peu folle. En tout cas, venez me voir tous les matins ou faites-moi signe si vous apercevez mon bateau en mer pour m'avertir que tout va bien. Moi je serais à votre place, je ne m'approcherais pas d'elle, dit Roy d'un air halluciné.

Je ris et j'ajoute presque avec désinvolture.

— Je crois que je n'ai pas trop le choix. Ceci dit je n'ai aucune raison de fuir, je me porte bien alors que nous nous sommes rencontrées plusieurs fois. Elle ne m'a fait aucun mal.

Nous nous quittons après que j'aie réglé mon poisson. J'ai le dos tourné, mais je sens encore le regard soutenu de Roy qui me suit pendant que je m'éloigne. D'ailleurs, j'ai l'impression que quelques marchands de fruits et légumes me dévisagent. Ils me sourient étrangement comme s'ils savaient que j'étais l'habitante du manoir hanté. Les rumeurs se propagent vite. Une main vient de me toucher l'épaule, je me retourne et à mon grand regret, je découvre un grand brun. Kenneth. Il n'est donc pas parti. Dommage qu'il s'incruste dans mon environnement.

— Ah bonjour Kenneth ! Dis-je avec froideur.

— Dans quel pétrin, tu t'es fourrée ? Pourquoi as-tu acheté ce manoir qui semble hanté d'après les habitants de Portree ? me questionne-t-il sur un ton bourru.

Evidemment la délicatesse n'est pas un trait de caractère de Kenneth.

— Parce que c'était une écrivaine et que je l'aime bien. Ce n'est pas comme toi. Que fais-tu encore ici ? dis-je spontanément.

— Qu'est-ce que tu racontes ? Tu es devenue dingue ou quoi.

Toujours aussi aimable. C'est un jeu de ping pong entre nous qui peut durer un certain temps.

— Ce n'est pas nouveau. C'était déjà dingue de m'être mise en couple avec toi et ensuite tu m'as rendue encore plus dingue quand tu m'as fait souffrir. Tu n'as pas répondu à ma question. Que fais-tu ENCORE ICI ?

— Très drôle. Je veux que tu rentres à la maison. Je ne l'aurai jamais cru si je n'avais pas vu de mes propres yeux ou entendu des choses bizarres la dernière fois que je t'ai rendu visite dans ce manoir.

— Oui je vais rentrer à la maison, mais au manoir et sans toi. Au revoir Kenneth.

Je me dirige à toute allure vers ma voiture. Kenneth me talonne. Je l'entends ronchonner derrière moi, mais je ne lui prête plus attention. Je verrouille les portes de mon Audi grise pour éviter que Kenneth s'interpose. J'ai eu un excellent réflexe, car effectivement, il tente de s'introduire dans ma voiture. Furieux, il tape à la fenêtre. Je lui fais un petit signe d'adieu de la main et démarre en trombe. J'observe Kenneth dans mon rétroviseur, il demeure sidéré, complètement pantois sur le trottoir. Notre petite altercation n'a pas échappé à des passants. J'ai peur que Kenneth ne s'accroche à moi comme un mollusque sur sa roche. Il est fichu de contacter toute une armada de spécialistes du paranormal. Kenneth est capable du pire. Je veux protéger mon foyer et Grizel, à laquelle je suis maintenant attachée, de toute intrusion. J'arrive au manoir. Il est temps d'agir au plus vite. Après avoir garé ma voiture devant la maison, je range mes provisions dans la cuisine, dépose mon manteau et enfin monte rapidement à mon bureau. Je saisis le journal intime de Grizel, puis j'improvise selon mon intuition.

— Grizel, j'ai ton journal intime entre les mains. J'aimerais comprendre ce qui t'est arrivé. Je voudrais que tu viennes à moi et que l'on parle ensemble ou que, d'une façon ou d'une autre, tu me dises pourquoi tu es piégée ici. Je suis écrivaine moi aussi. Le manoir m'a plu tout de suite et quand j'ai su qu'il avait été habité par une autre écrivaine, toi, j'ai su tout de suite que je devais l'acheter. Je t'attends.

J'ai fait ma déclaration presque en m'égosillant. Je ne sais pas si Grizel viendra à moi, néanmoins, j'ai entrepris une nouvelle méthode. Je patiente plusieurs minutes qui me paraissent interminables. Je n'entends pas de bruit inaccoutumé, ni une sensation de mort imminente ou de froid. Apparemment, mon expérience n'a pas abouti à grand-chose. Grizel apparaît toujours au moment le plus inopportun, de façon hasardeuse et hélas pas sur commande. Je préfère contrôler la situation car ses apparitions aléatoires me déstabilisent au plus haut point.

Je décide de travailler sur mon bouquin. Je suis plongée dans mon histoire depuis une heure, quand soudain la fraîcheur s'installe autour de moi. Je frissonne. J'éprouve un profond tourment, une envie de mourir. GRIZEL. Je l'appelle sans me retourner. Et là, une puissante énergie, une immense vague me martèle, me déchire la peau, me coupe le souffle. Je comprends que c'est Grizel qui se transfère dans mon corps. Afin d'écourter une pénible ascension vers l'enfer, le calvaire, je m'abandonne et me laisse faire même si c'est fort désagréable, laborieux. Se substituer à mon enveloppe est peut-être la seule façon de comprendre, de me projeter dans la vie de Grizel.

Sur le moment, c'est la pénombre absolue, puis ma conscience renaît. Enfin, je vois le jour. Je suis dans la peau de Grizel :

Je couche sur le papier les pensées de mon personnage fictif. Je dois faire avancer au plus vite mon manuscrit car ma maison d'édition attend avec impatience mon roman. Je n'ai pas le droit d'échouer. On m'attend au tournant. Il est 21h30. La porte de mon bureau s'ouvre soudain. C'est Darren. Mon beau mari aux cheveux blond roux vêtu d'un chandail bleu marine et d'un pantalon beige. Il a ce sourire carnassier qui me séduit toujours autant, qui est devenu plus rare ces temps-ci.

— Tu en as encore pour longtemps ? me demande-t-il avec

douceur.

— Non, je finis mon chapitre et je te rejoins d'ici une demi-heure, dis-je en écrivant une ligne que je ne veux pas oublier.

Darren est debout, derrière moi. Il se penche et m'embrasse dans le cou. Je suis surprise de cet élan de tendresse, car ces derniers mois ont été délicats. Ses mains me massent les épaules puis descendent sur ma chemise de nuit rose en dentelle jusqu'à mes seins. C'est agréable cette sensation de désir, de plaisir. Je gémis et frotte ma joue contre la sienne.

— J'aime tes caresses. Je me dépêche et je serai toute à toi tout à l'heure.

— Oui, fais vite.

Le portable de Darren sonne. Il regarde l'écran, contrarié. Il fronce les sourcils.

—Encore un patient qui m'appelle à des heures impossibles. A tout à l'heure, ma chérie.

— Oui à tout à l'heure.

Je me replonge dans mon ouvrage. Je suis heureuse et soulagée. Nos longues conversations et parfois les lettres que nous échangeons Darren et moi portent enfin leurs fruits et gomment au fur et à mesure nos différends. Nous sommes récompensés de nos efforts.

Je me tortille sur mon siège, j'ai résisté, mais mon besoin devient extrêmement pressant et m'oblige à délaisser mon livre. Je sors du bureau. Je me dirige vers les toilettes qui sont au même étage. Un courant d'air me caresse le dos. Je me retourne. Le souffle provient de l'escalier en face qui conduit à la terrasse. Je gravis les marches en colimaçon et effectivement, je constate que la porte est à demi-ouverte. Je suis sur le point de la verrouiller, quand je discerne la voix de Darren. Que fait-il ici ? Apparemment, il est toujours au téléphone avec son patient. Il me tourne le dos et marche nerveusement sur la terrasse. L'entretien est houleux. Il parle bas, mais s'exprime de manière agitée et distincte. Je ne sais pas pourquoi, mais mon instinct me dicte de me cacher derrière la porte et d'écouter discrètement.

— Arrête de m'appeler à des heures indues. Je suis heureux avec toi. Tu sais bien, je ne peux pas la quitter comme ça, du jour au lendemain. C'est ma femme tout de même. C'est compliqué.

Je suis choquée. Je manque de m'effondrer et m'adosse au mur. Le monde s'écroule autour de moi. C'est à nouveau le silence. J'espionne dans l'entrebâillement l'attitude de Darren. Il s'arrête de piétiner et présente son profil de traître. Darren porte sa main libre sur son crâne. Il semble catastrophé.

— Tu es enceinte ! Oh mon dieu. Que comptes-tu faire ?.......tu veux le garder ! Darren soupire puis reprend. C'est la merde ! Quoi ? oui je t'aime, mais tu te rends compte de la situation ? Grizel souhaite avoir un enfant depuis des mois et toi tu es enceinte. Je.. je.....Arrête, je suis heureux. Oui ça me fait quelque chose, mais je ne sais pas comment m'en sortir.

J'étouffe. Je hurle au fond de moi. Mon cœur s'emballe. Il

m'a trahie à tous les niveaux. Trop c'est trop. Moi qui voulais un enfant de lui, il va être père avec une autre femme qu'il prétend aimer. Je n'en peux plus. Je sors de ma cachette et ouvre la porte. Je veux l'affronter maintenant afin de libérer toute ma haine et mon dépit. Darren se tourne vers moi, blême. Ses bras tombent le long de son corps.

— Grizel !

Darren reprend le téléphone à son oreille et dit froidement :

— Je te rappelle. Nous avons un problème.

C'est la goutte d'eau qui fait déborder le vase. Je ne reconnais plus mon mari. J'explose :

— Un problème ! Mais c'est ignoble. Je suis ta femme. Tu as une maîtresse depuis combien de temps, Darren ? C'était de la comédie tout à l'heure ? Comment as-tu pu ? Ma vie c'était toi et moi. Je voulais un enfant de toi. Je me suis rendue malade, je me suis mise dans des états impossibles pendant que tu étais avec ta maîtresse. Tu n'en avais rien à foutre. Tu n'as aucune morale.

— Calme-toi ma chérie. Je ne me suis jamais moqué de toi. J'ai rencontré Gladisse il y a 8 mois dans mon cabinet. C'était une patiente. Nous nous sommes rencontrés ensuite par hasard dans Portree et nous avons bu un verre ensemble. De fil en aiguille, nous nous sommes rapprochés. Tu étais tellement absorbée par le fait que tu ne pouvais pas avoir d'enfant. Il y avait tellement de tension entre nous que j'ai eu besoin d'une bouffée d'air et....

—Sans rire. C'est ma faute bien sûr. As-tu des sentiments

pour elle autant que pour moi ?

— C'est compliqué à expliquer, réplique t-il spontanément.

Sa réponse est affligeante. C'est horrible.

— C'est pourtant clair, m'aimes-tu toujours Darren ?

Il se frotte la gorge. Son hésitation me déchire la poitrine. Mon cerveau se fêle en mille morceaux. Je tremble de tout mon être.

— Sors d'ici Darren. Je ne veux plus te voir chez moi. Nous n'avons plus rien à faire ensemble. Tu m'as trompée et tu lui as fait un enfant. C'est inconcevable.

Darren s'avance vers moi, affolé. Il m'agrippe par les épaules, énervé.

— Je suis désolé. Oui je l'aime, mais tu ne peux pas me chasser comme ça. On peut s'arranger, s'expliquer. Je t'aime toujours. Je suis partagé entre vous deux. Mais effectivement, elle attend un enfant et c'est ce que je voulais le plus au monde. De plus, c'est bien beau la notoriété, l'argent, mais je dois composer avec tes fans, tes livres. Des fois, je me sens petit à côté de toi, nul, inférieur. Je suis un simple médecin. Le mari de la grande écrivaine adulée, au magnifique talent. Gladisse est normale. Si simple, conclut-il.

Je décèle vers la fin de son discours une légère moue de dégoût et une pointe de regret que je ne saisis pas sur le moment. Un sanglot de rage me ronge. Je suis bouleversée par ses aveux. Quinze belles années d'amour qui s'envolent, disparaissent. Ce n'est plus qu'un leurre. Tout un pan de vie réduit à néant.

— Pardon, un enfant c'est ce que tu voulais le plus au monde, alors que tu m'as reproché maintes fois de ne penser qu'à ça ces derniers temps. Tu m'as trahie, Darren. Tu étais bien content d'avoir la notoriété et l'argent de mes ventes de livres. Cela nous a permis de bien vivre, de sortir, d'avoir ton cabinet médical. Certes sans moi, tu aurais eu plus de mal, mais tu aurais réussi avec le temps, sans mon aide. Nous avons eu ce manoir. Alors, je te laisse à ta liberté. Toi qui te sens petit, tu vas grandir sans moi. Je te vire de ma vie. Et puisque l'argent te dégoûte à ce point, je t'enlève de mon testament et de mon assurance-vie. Rien ne sera à toi, ni ce manoir, ni le cabinet médical que j'ai acheté, pas plus que tout ce que j'avais placé de côté pour toi ou notre futur enfant. Je hurle ma peine, mon désespoir. Je me libère de son emprise et m'éloigne de lui.

Il me dévisage comme un fou. Son expression devient méchante et l'enlaidit au plus au point.

— Vous commencez à m'énerver sérieusement toutes les deux. A devoir choisir. Maintenant, je me retrouve avec un gosse, sans fric. De quel droit !

Je suis désarçonnée par cet homme arrogant, blessant que j'ai aimé jadis. J'ai envie de vomir, de le gifler, de le griffer jusqu'au sang.

— Belle mentalité. Fais ta valise maintenant. Je le somme d'obtempérer immédiatement.

Je suis sur le point de quitter la terrasse, les larmes aux yeux, ne supportant plus sa présence, mais à peine ai-je donné cet ordre, qu'il bondit sur moi. Je me débats, effrayée. Bien entendu, Darren est plus fort que moi. Il me bouscule si brutalement que je me heurte au parapet et m'effondre. Je suis déboussolée. Darren me relève en attrapant une poignée de mes cheveux. Je crie de douleur. Il me toise avec dédain et me dit :

— Comment peux-tu me renvoyer comme ça ?

Il pose une main autour de mon cou et serre fort. Je lui murmure de me lâcher.

— Et toi comment peux-tu agir ainsi alors que l'on s'aimait, que je suis encore ta femme ? Qu'est ce qui t'es arrivé ? Je ne te reconnais plus. Laisse-moi partir maintenant, lui dis-je en l'implorant.

Une lueur de conscience apparaît dans les yeux de Darren. Son visage s'adoucit. J'ose espérer, enfin, qu'il réalise son geste. Pour autant, je ne lui pardonnerai pas ce qu'il me fait subir. Darren regarde derrière lui, puis son regard se pose à nouveau sur moi.

— Désolé, pour ce que je m'apprête à faire, mais l'argent est trop important pour moi.

Darren me soulève. Je panique car je comprends qu'il va me pousser dans le vide. C'est impossible. Mon mari ne peut pas commettre cet acte odieux. Comme quoi on ne connaît pas les gens que l'on aime ou avec qui on vit, suffisamment. Je gesticule afin de lui échapper, mais il est infiniment plus robuste que moi. Je le supplie. Darren me précipite sans hésitation par-dessus le parapet, lequel, je constate à mon grand regret, en cette minute infâme n'est pas d'une extrême hauteur. Je tente par tous les moyens de m'agripper au rebord du mur. Malheureusement, j'échoue et je tombe. C'est fini. L'impact est imminent. J'ai peur. Vais-je succomber immédiatement ou agoniser dans d'atroces souffrances ? Je m'écrase dos à terre. Mon crâne explose ainsi que tous mes os qui se fracturent, se brisent. Du sang afflue dans ma bouche. La douleur est immense. Je te hais, Darren pour cette torture supplémentaire. Je suffoque, cherche mon oxygène. Je lutte désespérément, cependant je devrais me laisser emporter par la mort, afin de faire cesser une fois pour toutes, ce calvaire. Tout à coup, je me sens mieux, plus légère comme une plume. Enfin ! Délivrez-moi de cet insupportable supplice. J'ai la sensation que je m'envole, que je rejoins les étoiles. J'imagine que mon cœur s'est arrêté de battre car je ne perçois plus aucune souffrance, ni bruit, ni couleur, ni odeur. Où suis-je ? apparemment nulle part. Je pensais surgir dans ce fameux couloir avec cette lumière blanche au bout du tunnel. Etre accueillie par des proches décédés ou au purgatoire avec Dieu lui-même, ou un de ses plus fidèles collaborateurs pour juger si je mérite le paradis, ou, pire l'enfer. Est-ce qu'il y a une justice au ciel ? si c'est le cas, je me permettrais de lui soumettre une réclamation. J'estime avoir prodigué du bien autour de moi et avoir été assassinée par mon mari. C'est plutôt Darren, le traître, mon meurtrier qui devrait être puni, incriminé, et jeté en pâture dans une prison jusqu'à la fin de sa vie. Que se passe-t-il ? Je suis toujours dans le néant. Ah enfin ! Je me réveille comme après une longue nuit de sommeil. J'hallucine, j'entends Darren. Je suis soulagée, rassurée, c'était donc irréel, un cauchemar. Lorsque j'émerge totalement et scrute mon environnement, je découvre avec effroi que je n'ai pas bougé. La chute a malheureusement bien eu lieu. En revanche, Darren est au téléphone sur le perron. Il me tourne le dos. Darren a bien daigné descendre et contacte sans nul doute les secours. Je me lève d'un bond, furieuse, mais effarée de ne ressentir aucun mal. C'est miraculeux et invraisemblable en considérant la hauteur d'où je suis tombée. Il me faut quelques secondes pour réaliser l'horreur. Je constate qu'une femme gît à mes pieds, étendue, morte, les yeux ouverts sur une très grande détresse. Du sang émerge de sa tête et se répand autour. Les jambes sont repliées bizarrement. On dirait un pantin désarticulé. En fait, je contemple mon propre corps, mon cadavre. C'est insupportable, innommable. Je ne comprends pas. Je me penche afin de me toucher, seulement l'abomination persiste car ma main passe au travers. La sensation est fortement désagréable. Je laisse échapper un hurlement strident puis un sanglot. Suis-je devenue un fantôme ? Je scrute mon nouveau moi, mon anatomie et stoppe rapidement mon investigation. C'est le désespoir.

Darren ne capte pas ma présence. Evidemment, une revenante est supposée être invisible. Il ne prête également guère attention à mon cadavre. Malgré moi, je l'appelle, m'approche de lui, le palpe. Rien que de l'air ou plutôt encore cette perception déplaisante. Darren se tourne brutalement vers moi, troublé, fort mal à l'aise. J'ai un doute qui se dissipe immédiatement. J'ai cru pendant un instant, qu'il m'avait vue. Hélas, il ne me distingue toujours pas. Seulement, il fixe le vide, puis ma dépouille. Manifestement, mon assassin de mari ne regrette pas son geste, pas le moins du monde. Soudainement, Darren entre à l'intérieur du manoir, monte les marche d'escalier quatre à quatre. Je le suis. Il se précipite dans notre chambre, se munit de gants et monte au deuxième étage. Il pénètre dans mon bureau. Darren enfile les gants, prend une feuille blanche et mon stylo du secrétaire. Il rédige un texte très court :

Je ne supporte plus ma vie,

malgré ma douce existence au manoir avec toi Darren, mon tendre époux,

des succès littéraires et des admirateurs qui me comblaient jusqu'ici, cela ne suffit plus.

Je ne veux plus de cette vie sans enfant, désolée de vous faire tous souffrir, surtout toi Darren.

Mais je mets fin à mon existence, qui m'a tant donné sauf ce que je voulais le plus au monde : la maternité.

ADIEU

GRIZEL

Darren s'est bien appliqué. Mon mari a évité de laisser ses empreintes. Il a soigneusement écrit afin de simuler mon écriture et j'avoue qu'il est doué. Darren pense à tout.

— ASSASSIN, dis-je en braillant.

J'ai envie de lui arracher le papier et le stylo des mains, seulement mes gestes sont inutiles, maladroits. Ils n'atteignent rien de précis. Ma rage se décuple. Je lui administre désespérément des coups, or je suis impuissante, incapable. Tu es un fantôme Grizel. Je me sens ridicule, démunie. J'espère qu'une enquête va être menée et qu'il sera poursuivi pour ces méfaits, ce crime. Pourquoi suis-je bloquée ici ? Pourquoi ai-je mérité ce châtiment et ne suis-je pas partie au ciel ? Pourquoi, pourquoi, pourquoi……

Ôte-toi de mon corps, Grizel. S'il te plaît, j'en ai assez vu, entendu et ressenti le mal. J'expulse Grizel de mon enveloppe corporelle. A moins que ce soit mon hôte qui s'éjecte de mon organisme. Je ne peux l'affirmer. Je suis convaincue d'une chose, ce transfert m'a épuisée, vidée. Toutes mes forces m'abandonnent. Je suis en état de choc et m'évanouis. Je ne sais pas combien de temps je reste inconsciente. Quand j'ouvre à nouveau les yeux, Grizel a disparu. J'ai réussi à ne pas m'effondrer de ma chaise, mais je suis complètement engourdie. La luminosité du jour a fléchi. Je scrute ma montre. Il est 17h00. J'ai perdu la moitié d'une journée, mais je connais au moins une vérité absolue. Dommage que Grizel ne soit plus là. Je souhaite tant exprimer ma compassion, ma solidarité et tous les sentiments qui l'accompagnent. J'aimerais l'aider et la venger. Ne pas laisser ce crime impuni.

▪

GRIZEL

Je suis un fantôme et cette existence pourrait paraître désopilante aux êtres vivants. Seulement, personne ne peut soupçonner le chaos, l'ennui, le tourment auquel nous sommes confrontés au quotidien. Tout d'abord, nous n'avons jamais sommeil, ni faim, ni soif. Imaginez-vous errer perpétuellement, confiné. Vous vous posez sans doute la question de savoir pourquoi un fantôme reste niaisement cloîtré dans son lieu de fin de vie ? Je vous répondrai tout simplement que c'est impossible de le quitter, encore plus au début. Un défi de taille et simple s'impose aux novices. Celui de traverser une porte fermée. Le contact d'une substance, une matière solide n'est point une chose aisée. L'apprentissage est douloureux. Les perceptions, les vibrations que nous faisons subir à notre corps sont inédites et insoupçonnables. J'ai testé lentement, mais l'expérience n'a guère été une réjouissance. J'avais l'intime conviction que je resterais encastrée dans une porte. Je conseille à tous les fantômes néophytes de les franchir sans réfléchir, rapidement, en petites foulées.

Une fois que je suis parvenue à cette étape, j'ai tenté à plusieurs reprises de m'évader de ma maison ou de mon jardin. J'ai ressenti immédiatement un cruel besoin de m'enfermer, un très grand remords ou une désespérante envie de renouveler le saut de ma terrasse. Une boucle incessante et infernale. Alors, j'ai banni définitivement cette idée de ma tête.

Aux prémices de mon état, en tant que fantôme, j'ai assisté, désarmée, aux mensonges de Darren auprès des pompiers, de la police qui ont accordé foi à sa duperie. Ensuite, j'ai vu un défilé de proches, de ma famille, de mes amis et aussi certains de mes admirateurs venus présenter ses condoléances à Darren, qui a falsifié à merveille ses sentiments. Egalement au buffet d'adieu au manoir, après mon enterrement. J'ai ainsi participé à toutes les conversations tout en étant transparente à leurs yeux. Ce qui en soi a été cocasse, parfois émouvant et fréquemment agaçant. De mon vivant, j'ai toujours voulu me transformer en une petite souris ou être invisible afin d'espionner les gens. Je suis récompensée. Darren, quel comédien et fumiste ! C'était répugnant.

Malgré ma colère et ma haine envers Darren, tant qu'il habitait le manoir, sa présence donnait un intérêt à mes interminables journées. On découvre que les émotions qui nous gouvernent, telles que la fureur, la rancune, l'aversion ou la notion de vengeance, occupent pleinement notre esprit et nous permettent de nous maintenir éveillés, d'avancer.

Hélas, mon imposteur et criminel de mari ne resta pas longtemps dans notre maison. Il préféra quitter la demeure sans emporter le moindre meuble. Etrange. La culpabilité a-t-elle submergé Darren ou un malaise a-t-il fini par grandir au fur et à mesure du temps ? Je suppose qu'il choisissait de s'éloigner de

Portree avec sa maîtresse et son futur enfant, pour échapper à toutes les médisances ou pour ne plus entendre parler de moi. Bien entendu, après mon décès, tant que Darren a vécu sous notre toit, il n'a jamais commis l'erreur de faire entrer sa nouvelle compagne au manoir.

Durant cette longue absence de vie dans la maison, j'appris à connaître une impitoyable solitude. Alors que j'étais désœuvrée, l'abandon s'ajouta à toutes mes rancœurs puis balaya tout sur son passage. Dès lors pour employer cet exil, cet amer isolement à d'autres fins plus utiles, je mobilisai toute mon énergie à un audacieux projet. Mon ultime objectif : réussir à déplacer ou tenir entre mes mains un sujet solide. Je passais des jours et des nuits à essayer de faire tomber un objet. Je m'exerçais sur divers petits ustensiles. Mon obsession, à mon grand dam, fut vouée à l'échec.

Pour mon plus grand bonheur, de nouveaux habitants louèrent le manoir. Un couple avec deux enfants. Enfin, de la présence, de l'animation. J'observais le quotidien de cette famille. Quelle réjouissance ! Une bouffée d'oxygène dans ma piètre existence de fantôme. Ils bouleversèrent ma monotonie avec leurs rires, leurs disputes, leur grain de folie. Surtout les enfants. Nora, une petite fille de 10 ans et son frère cadet de 8 ans, Kenny. Je constatai toutefois un phénomène qui se déclenchait à chaque fois que je me tenais à proximité des humains, adultes ou enfants. Ils semblaient fébriles, perturbés, inquiets. Un état que j'avais déjà remarqué, mais ignoré, chez Darren. Je fus trop préoccupée et consumée de rage avec mon assassinat.

Un soir, un événement capital se produisit et bouleversa ma situation de revenante. Malgré l'interdiction de ses parents, Kenny jouait à dribbler dans sa chambre quand la porte s'ouvrit. Kenny fut tellement surpris que le ballon lui échappa des mains, rebondit et dériva à vive allure vers la fenêtre. Mon premier reflexe m'imposa de stopper le ballon, afin d'éviter une vitre brisée et par la même occasion une punition à l'enfant. Je rattrapai dans son envol, le ballon. Médusée et évidemment heureuse, stupéfaite, je le contemplais entre mes mains.

Entretemps, l'ainée entra. Les deux enfants se chamaillèrent. Nora menaça de répéter aux parents de quelle manière il se divertissait, si Kenny ne daignait pas s'amuser avec elle au football plus souvent. Mes trop longues réflexions me firent commettre l'irréparable. Un petit détail de la plus haute importance. Je fus un fantôme aux yeux des humains, donc invisible, certes, mais pas le ballon qui resta pendant tout ce temps, figé dans le vide. En effet, leur querelle cessa immédiatement lorsqu'ils remarquèrent le ballon suspendu en l'air. Je commis une seconde erreur en le posant doucement à terre. Les deux enfants se fixèrent, terrorisés et sortirent hors de la chambre en poussant des cris hystériques. Je pris probablement trop à la légère le fait d'avoir révélé ma présence. Sur le moment, mon unique intérêt fut cette magnifique progression que je m'appropriais avec délectation. Lorsque les parents revinrent accompagnés de Nora et Kenny, toujours surexcités, je me tins sur mes gardes. Margaret, la mère, fronça les sourcils, à la fois inquiète et dubitative :

— Bon, les enfants, je pense que vous exagérez ; quant à toi Kenny, je t'avais interdit de jouer dans ta chambre. Le ballon est confisqué jusqu'à nouvel ordre. Maintenant, il est l'heure de se brosser les dents et d'aller se coucher. Vous êtes punis, ordonna-t-elle en confisquant le ballon.

Les enfants toujours survoltés, se lamentèrent sur leur sort. Dès que Harry, le père leur adressa un regard noir, ils obéirent contre leur gré, tout en ronchonnant. Margaret confia à voix basse à son mari :

— Je t'avouerais que je ne suis pas très à l'aise parfois dans cette maison. J'ai l'impression d'une présence et des sensations bizarres. Comme lorsque j'ai pris le ballon tout à l'heure.

— Oui, enchérit Harry, je ne te l'ai pas dit mais moi aussi, je ne me sens parfois pas tranquille, comme observé.

Ils s'éclipsèrent sur cette remarque qui m'amusa au plus haut point. J'intégrais ces informations avec bonne humeur et allégresse. De futures distractions se profilaient à l'horizon. Toutefois, il fut primordial de comprendre pourquoi j'avais réussi à tenir le ballon entre mes mains, afin de le reproduire à l'infini sur d'autres sujets. J'obtins rapidement la réponse. Tout simplement, à cet instant précis, j'oubliais ma condition de fantôme avec mon malheur, mes angoisses et tout son cortège de désillusions, de détresse. Je matérialisai le ballon pour protéger Kenny de ses bêtises, comme une maman qui soutient sa progéniture ou comme un ange gardien. Ma vie de fantôme évolua considérablement. A tous les esprits égarés et débutants, je vous enjoins d'effacer rapidement votre passé ainsi que le marasme qui nous enveloppe de noirceur pour avancer avec plus de perspicacité, et, par conséquent, d'efficacité.

Dans les semaines qui suivirent, le manoir devint ma cour de récréation. J'abusai de mon pouvoir de fantôme pour me divertir. Les occasions ne manquèrent pas pour le badinage intempestif. Au début, les subterfuges furent légers jusqu'à ce que je prenne du galon dans l'exagération. Eteindre la lumière, claquer les portes, jouer avec le feu et les objets, souffler dans les cheveux, écrire dans la buée créée par l'accumulation de vapeur d'une douche bien chaude, etc. Le hurlement hystérique surtout féminin est purement grisant, hilarant. Nous avons une capacité dans les tons aigus qui dépasse l'entendement. Les expressions du visage aussi sont un vrai régal et particulièrement comiques. Seriez-vous en train de me considérer comme un odieux fantôme ou comme un esprit malveillant ? pas de reproche, s'il vous plait ! Que feriez-vous si vous étiez un esprit errant à la conquête du moindre amusement ? je vous fiche mon billet que vous feriez certainement les mêmes sottises. Je pris conscience de mes méfaits lorsque la famille quitta précipitamment et définitivement les lieux en pleine nuit. Mon terrain de jeu fut à l'état d'abandon. Frustrée, je me retrouvai à nouveau isolée.

Quelques semaines ou mois plus tard, une nouvelle famille emménagea dans le manoir. Un couple et une petite fille de 7 ans. Je me tins sage, mais rapidement, mes travers reprirent le dessus. Sachez qu'un fantôme n'agit plus de façon raisonnée, logique. Notre vie de spectre n'est plus qu'incohérence, insignifiance, futilité. Tout nous échappe, même le temps qui s'écoule. Nous en perdons la notion. Ecrire, comme autrefois ? Impossible. Je subsistai dans le désordre, la confusion, la perte d'identité. Alors je repris mon rôle, mes activités à profusion qui consistèrent à faire peur. Je pense, *a fortiori*, que les fantômes se nourrissent de la frayeur des individus. Bien entendu, les habitants du manoir ne s'en accommodèrent pas davantage et fuirent comme les précédents.

Je pensai ne jamais revoir un être vivant lorsque dernièrement une femme vint visiter le manoir avec un agent immobilier. J'entendis cet homme lui dévoiler que mon fantôme occupait les lieux. Je réalisai avec stupéfaction que je demeurais encore dans la mémoire des habitants de Portree.

La réaction de cette femme me surprit agréablement. Elle se présenta sous le prénom d'Iona et se prétendit écrivaine. Cette révélation ouvrit en moi des sentiments enfouis. Son attachement pour le manoir et l'histoire de mon passé me toucha. Je me fis discrète pour observer cet être plein de lumière et de mansuétude. Une aura semble entourer cette femme. J'attendis que ses amis, venus l'aider, partent pour enfin mieux l'approcher.

Apparemment, Iona décida d'occuper mon bureau. L'écrivaine ne craint pas les fantômes, car selon ses propos, ils n'existent pas. C'est bien de l'ignorer. Il serait judicieux pour le moment d'être prudente et de ne pas se faire remarquer comme précédemment, afin de profiter de sa compagnie. Jusqu'à présent, personne n'avait osé s'installer dans mon cabinet de travail. Observer cette écrivaine dans mon fief, où je me nourrissais de mes histoires, mes romans, me heurte, me remue. Mon passé ressurgit et par la même occasion la haine, la tristesse, la souffrance, tous ces sentiments négatifs que Darren m'a inspirés, ce fameux jour. Iona semble en manque d'inspiration et seule. Pourquoi, n'habite-t-elle pas avec un homme ?

▪

L'autre soir, je soupçonne Iona de m'avoir remarquée à la fenêtre. Etrange, aucun des individus ne m'a jamais aperçue. Evidemment, mon penchant pour taquiner, pour le jeu s'est réveillé. J'ai résisté suffisamment longtemps. Je me suis tenue tranquille, privée de ma distraction ; en effet, j'affectionne particulièrement de me nourrir de la peur, de l'énergie des humains. J'ai déployé quelques petites techniques, l'une de mes plus grandes facéties qui méritent d'être dans le guide pratique des fantômes malicieux. Les portes qui s'ouvrent. Les objets qui disparaissent ou changent de place.

Malgré ce petit côté farceur auquel je ne résiste pas, je me suis attachée à Iona. Je m'identifie à elle. C'est une écrivaine et d'après ce que j'ai compris, Iona est séparée de son conjoint car malheureusement, il l'a trompée. D'énormes points communs qui nous unissent, nous rassemblent. De plus, au fil des heures, je m'aperçois qu'elle est vraiment différente de tous ces habitants qui ne cherchaient pas à analyser la situation. Bien sûr, elle est effrayée, mais il y a tellement d'empathie, de bienveillance dans son comportement, dans sa personnalité que j'ai envie de partager mon passé avec elle. Iona respire l'intuition. Elle veut savoir. Je vais la guider, lui donner des indices. J'ai laborieusement écrit, rassemblé des mots, cependant mes idées sont encore trop embrouillées dans ma tête. C'est pénible de parler, de m'exprimer oralement, alors je donne des preuves par d'autres moyens que je connais.

Cette nuit, elle m'a encore vue. C'est incroyable. Malgré mon allure apparemment hideuse, je suis heureuse, de ne plus être aussi invisible. Cependant, je ne maitrise pas mes manifestions apparentes. C'est incontrôlable, ingérable pour ma part. Est-ce Iona qui a ce pouvoir ? à son contact, je me sens plus humaine.

Elle a lu mon journal intime, mais il faut que je lui prouve que j'ai été assassinée. Ce matin, son conjoint est arrivé à l'improviste. Je n'ai pas su contenir ma colère. Il m'a fait énormément penser à Darren. Pour qui se prennent-ils tous pour nous manquer de respect. Je crains d'avoir mal agi.

Je suis venue dans notre cabinet de travail, mais ma présence l'a affecté. Il n'y a pas que mon physique qui l'horripile.

Je n'y peux rien. J'absorbe les ondes, la vitalité, la vigueur de Iona. Je suis comme un vampire qui aspire le sang de sa victime et qui ne sait pas s'arrêter. Je dois respirer la mort. Nos rencontres sont un vrai désastre et ne sont pas saines. Il faut que je trouve une solution efficace, sinon, elle aussi finira par fuir. Comment conquérir sa confiance, établir un climat sans méfiance, sans crainte, sans danger pour Iona ?

Heureusement, Iona ne me reproche rien et persiste à dialoguer. Il y a un moyen, pourtant, qui mérite d'être expérimenté. J'espère que Iona me pardonnera de l'utiliser. Une idée indispensable, perspicace, mais douloureuse. Il s'agit de me transférer dans son corps, afin de lui ouvrir une brèche dans ma mémoire, sur les derniers instants de ma vie. Une issue dont je ne connais pas les aboutissants que cela engendrera pour nous deux. Elle débouchera sur une fin fatale ou au contraire sur une fin prometteuse.

CHAPITRE 4

IONA

Je sors de mon cabinet de travail et cherche Grizel. Instinctivement, je me dirige vers la terrasse où je la trouve. Elle se tient devant le parapet et se retourne à mon arrivée. A mon grand étonnement, Grizel ne correspond plus à ce fantôme effrayant. Le sang de ses cheveux roux a disparu. Elle ressemble à un ange à la peau toujours aussi opaline, mais plus du tout à un spectre décharné, écorché, désarticulé. Ses traits sont réguliers. Grizel m'adresse un sourire. Je la contemple avec intensité. Elle paraît si humaine, belle et à la fois fragile en cette minute.

—Je suis navrée de m'être servie de toi, seulement c'était la seule façon d'agir, à mon sens. C'était risqué car tu pouvais ne pas t'en remettre, mais il fallait que je te montre la réalité des faits. Tu voulais savoir, malgré ta peur. J'espère que tu ne m'en veux pas, déclare-t-elle avec une délicatesse et une bienveillance qui me stupéfient.

— Non je ne te reproche rien, mais tu parles distinctement maintenant. Tu as l'air si ....

Je n'ose pas dire les mots, car je ne veux pas la blesser. Je la dévisage avec insistance. Je suis consciente et confuse de ma maladresse, de ma curiosité.

— Humaine. Oui c'est l'impression que je te donne, mais je suis toujours morte. Je pense que c'est grâce à toi, à ce transfert. Je me sens mieux, revivre, si je puis dire. Ta générosité à vouloir m'aider, ton altruisme m'a libérée de certaines chaînes, d'une prison, d'un carcan et m'a donné d'autres capacités dont je ne me croyais plus capable.

Je suis touchée.

— Je suis heureuse si c'est le cas, mais tellement désolée pour ce qui s'est produit. Tu as été assassinée par ton mari. C'est horrible et injuste. Il faut que ton meurtre soit révélé, que Darren soit puni.

Grizel sourit tristement

— Que veux-tu faire ? Il n'y a aucune trace de ce que tu avanceras. As-tu conscience que si tu avoues que c'est un fantôme qui te l'a dit, personne ne te prendra au sérieux ? Tu risques fort que l'on se moque de toi, d'être prise pour une folle. Pour certains, un fantôme n'existe pas, et pour d'autres, nous faisons peur. J'aimerais être vengée, je suis tellement en colère contre Darren, mais je crains que ce soit impossible.

Je suis persuadée qu'effectivement ma tâche sera périlleuse, ardue, mais je suis aussi convaincue que la vérité doit être divulguée. J'ai une mission que je ne peux décemment pas laisser de côté. Ma conscience ne me le permettrait pas. Je suis certaine que si son meurtre est révélé, élucidé, Grizel pourra partir enfin au ciel. C'est peut être pour cette raison qu'elle est immobilisée ici.

— Bien entendu, je vais mener moi-même l'enquête et si j'ai assez de preuves, j'irai témoigner à la gendarmerie. Je me doute que si je vais voir la police maintenant et parle de fantôme, je perdrai toute crédibilité. Je veux le faire par principe parce que je connais la vérité et aussi pour que tu puisses t'en aller sereinement. Tu t'es déjà posé la question, pourquoi étais-tu toujours bloquée entre deux mondes ?

Grizel soupire et exprime avec une infinie tristesse.

— Un départ trop brutal sans doute. Je ne sais pas. Je suis éternellement en colère, malheureuse, écorchée vive. Mais si tu réussis, je te serais à jamais reconnaissante. Je ne sais pas ce qu'il y a là-haut, pourquoi on ne me laisse pas partir. Je me sens tellement isolée, seule, abandonnée, trahie. En fait il m'a tout volé, ma vie, mon honneur, mon amour, mon argent. Quand je pense que mes droits d'auteur lui sont reversés, car dans mon testament, je lui ai tout légué par amour au cas où... Et ça, il l'a bien compris. J'aimerais tellement que Darren connaisse ce même sentiment de trahison et soit puni.

Le désarroi de Grizel me chagrine et me bouleverse. Comment vais-je procéder ? Témoigner à la police, dès le lendemain, me titille, mais je m'expose fortement à des railleries. Mon histoire peut aisément passer pour des élucubrations. Moi-même, je réalise avec difficulté que j'ai vécu ces derniers jours des situations complètement improbables. De plus, je n'ai aucune preuve matérielle de ce que j'avance. Je demande à Grizel si elle est certaine de n'avoir pas vu Darren cacher des indices, des traces de sa culpabilité comme des petits mots, des brouillons de lettres ou autres. Elle me confirme n'avoir rien vu, mais peut-être que des détails lui ont échappé dans l'agitation du moment.

Je débute mon enquête en recherchant Darren. Où a-t-il déménagé ? C'est un médecin, donc Darren possède probablement toujours un cabinet médical et il est forcément visible dans l'annuaire. Je vérifie sur internet et saisis son nom. Bingo ! Son cabinet médical se situe à Aberdeen, une petite ville portuaire du nord-est de l'écosse qui est à 5h00 de route d'ici. Il a donc quitté l'île de Skye. Cependant, je ne peux pas localiser son habitation. Je me concentre sur l'attitude à adopter. Je vais être obligée de trouver un hébergement là-bas. J'espère que ce n'est pas un homonyme, médecin comme lui. Cependant, Darren est semble t'il le seul à porter ce nom et prénom en Ecosse. Je ne pense pas me tromper. Je regarde les hôtels à proximité. Cela ne devrait pas être compliqué. C'est une ville touristique. Effectivement, c'est le cas. Je sélectionne un appart'hôtel afin d'être encore plus libre dans mes mouvements et consulte la disponibilité des chambres.

Mon portable sonne. C'est mon éditeur Eliott. Pourtant, nous sommes à une heure tardive dans la soirée. J'hésite à répondre, mais je le connais, il s'obstinera, alors je décroche.

— Bonsoir Eliott.

— Bonsoir Iona, je reviens vers vous afin de savoir si votre manuscrit avance.

— Oui il avance parfaitement. Ne vous inquiétez pas, lui dis-je sur un ton un peu trop assuré.

— Parfait, parce que vous êtes attendue et aucune fausse note n'est envisageable. J'aimerais savoir sur quel sujet vous écrivez.

— Sur l'histoire d'une écrivaine et un fantôme qui habite un manoir. Cette fois je n'invente rien.

— Bien, j'ose imaginer que vous pourrez m'envoyer au moins trente pages de votre manuscrit, sinon davantage, pour la fin de la semaine prochaine, conclut-il de manière autoritaire et qui n'invite pas à la paresse.

—Tout à fait Eliott, ce sera fait, ajouté-je sur un ton affirmé, tout en angoissant au fond de moi.

Nous raccrochons. Je me demande comment je vais m'en sortir, car j'ai aussi mes recherches à faire concernant Darren. Mon subconscient ne me laissera jamais tranquille si j'écris uniquement sur mon roman et pourtant c'est aussi une priorité, car sans mon travail d'écrivain, je ne subviendrai plus à mes besoins, à ma vie de tous les jours. Je suis dans mes pensées lorsque Grizel interrompt mes rêveries.

— Je peux t'aider à écrire ton roman, si tu veux. Je te laisse libre cours pour écrire sur moi. J'ai vu que tu avais commencé, mais j'aimerais t'accompagner davantage et travailler avec toi sur certaines vérités. Ne laisse pas mon histoire briser ta vie d'écrivain. Ton éditeur t'attend au détour et je connais ce genre d'homme, ce n'est pas un sentimental, mais un homme d'affaires. Il te laissera tomber si tu n'écris rien d'exceptionnel, me certifie Grizel.

— Oui mais cela m'embête de laisser cette histoire de côté. Je suis témoin d'un meurtre que je ne peux taire.

Grizel me sourit avec bienveillance et ajoute avec une gaieté que je ne lui ai jamais vue.

— Abandonne ton enquête pour le moment. Il faut que tu écrives, cela ne peut pas attendre alors que moi, je suis morte et cela dure depuis ....

— Deux ans et demi.

— Ah déjà ! Donc l'enquête peut attendre encore un peu, mais pas ton livre. Nous ne sommes plus à quelques jours près, en ce qui me concerne. Faisons-nous une promesse. Nous allons travailler ensemble afin que ce soit un chef-d'œuvre, je te donne les éléments et ensuite, quand tu auras bien entamé le manuscrit, tu iras enquêter.

Cette femme, ou plutôt ce fantôme me stupéfie, mais elle a parfaitement raison. Ce pacte me convient et me donne des ailes.

— Très bien, affaire conclue. Cela me plaît bien car nous allons nous entraider mutuellement, dis-je toute excitée.

— Oui parfaitement et l'écriture commence maintenant.

Il est tard, mais nos énergies communes nous poussent au meilleur. Grizel me demande de relire mes notes dès le départ. Par moments, elle exprime une grimace et me conseille de reformuler, en me laissant le soin de trouver mes propres tournures de phrase, mon écriture. A d'autres instants, Grizel apprécie le style et applaudit. Mon fantôme me révèle des anecdotes, des vérités croustillantes sur sa vie que je ne pouvais pas déceler avec son journal intime. Grizel m'autorise à employer le pronom personnel JE. Elle m'insuffle du renouveau, du piquant.

Nous travaillons toute la nuit et le lendemain. J'en oublie de me laver et grignote entre deux. Grizel possède une vitalité hors normes, ce qui est logique pour un fantôme. Elle ne connaît pas la fatigue, ni la faim ni la soif. Cependant, ce n'est pas mon cas et Grizel a tendance à l'oublier. Cela fait presque vingt-quatre heures non-stop que nous rédigeons. Je commence à ressentir de la lassitude, de l'épuisement. Grizel me regarde étrangement. Je lui rappelle que je suis un être humain avec des besoins comme de se laver, manger et dormir. Nous avons extrêmement bien avancé. J'en suis fière. Après une rapide collation et fait ma toilette, je vais me coucher et laisse Grizel dans sa méditation. J'imagine que cela doit être particulièrement long et ennuyeux d'être constamment éveillé, sans être animé d'un moindre désir spécifique tel que l'appétit, l'envie de goûter à un mets ou expérimenter une boisson. Grâce à mon roman et à ma future enquête, Grizel est au moins stimulée par une activité, qui la pousse à oublier sa solitude et à ne pas se sentir inutile. J'ai dormi une nuit complète ce qui agace Grizel. Dès le réveil, elle s'agite comme une enfant impatiente d'ouvrir son cadeau de noël. Avant, je dois m'apprêter et prendre mon petit-déjeuner. Je m'active afin de repartir vite dans l'écriture du roman. J'avoue ne plus être habituée à travailler à ce rythme, aussi longtemps. J'ai perdu cette bonne habitude, car je me suis relâchée, abattue avec ma dépression. Nous reprenons sa biographie, car mon roman n'est plus de la fiction, mais la vie intégrale de Grizel avec ses secrets, ses bonheurs, malheurs et déboires. De sa rencontre avec Darren à son succès flamboyant dans le monde littéraire jusqu'à son désespoir de ne pouvoir engendrer. Je pense que ce futur livre va plaire à tous ses fans. Mon fantôme souhaite absolument que ce soit un succès et moi aussi, bien entendu. J'écris sans discontinuer tout au long de la journée, en grignotant des biscuits ou en m'abreuvant d'eau et de thé. Je m'interromps juste en fin d'après-midi afin de téléphoner à mon amie Shona et l'avertir que tout va bien, comme promis. Lorsque je lui relate les derniers événements qui se sont déroulés avec Grizel, Shona est ébahie par la tournure de la situation, mais heureuse pour moi que tout se passe bien. J'abrège la conversation car Grizel me fait de grands signes et les yeux ronds. C'est la discipline militaire qui règne ici !

Lorsque Grizel narre son histoire, elle revit les moments et ses émotions sont intenses. C'est exceptionnel pour un auteur de pouvoir ainsi décrire, retranscrire en direct l'authenticité des sentiments d'un personnage. On ne pourra pas dire que j'ai triché, trahi l'héroïne. Je suis transportée. Il est près de minuit, lorsque la fatigue se fait à nouveau ressentir. Je propose alors de faire un léger somme sur la méridienne. Je suis si enthousiaste que je n'ose pas m'interrompre trop longtemps. J'ai l'impression que la force de Grizel s'est transcendée en moi. Après une heure de repos, je me réveille et repars à l'assaut de mon aventure. C'est si agréable et grisant d'écrire sans avoir peur de la fameuse page blanche. Bien entendu, Grizel est perfectionniste. Si la structure de la phrase ou la formule grammaticale ne lui convient pas, elle n'hésite pas à me le signaler. Je ne lui reproche rien, je suis exactement pareille. Une seconde journée défile et nous poursuivons la rédaction du manuscrit ou plutôt du tapuscrit. Je m'offre de temps à autre une pause pour me sustenter. En début de soirée, j'ai écrit une soixantaine de pages au format A4, ce qui signifie environ une centaine de feuilles pour un livre. Nous débutons la partie où Grizel découvre que Darren vient de la tromper. Cela devient compliqué pour l'écrivaine de relater à nouveau ce moment délicat et atroce. J'ai été témoin de ce pan de vie. Je peux aussi le décrire avec mes mots, les sensations, les impressions. La colère de Grizel est bien présente, palpable et je la comprends. Nous n'en avions pas discuté auparavant, mais il est évident pour nous deux que le livre ne doit pas s'achever sur sa mort, mais se prolonger sur l'après en tant que fantôme. Ce livre est saisissant et poignant. Il va choquer, émouvoir, heurter les âmes les plus sensibles, les plus rebelles. Les croyances, les convictions et opinions de chacun, chacune sur le sujet de l'au-delà vont être bousculées, renversées ou se conforter. Probablement que des lecteurs hermétiques à la religion, au monde de la spiritualité ou les athées comme bon nombre de citoyens écossais penseront que c'est un simple roman dans le style fantastique inédit. Toutefois, je suis convaincue qu'il va bouleverser le public.

Je découvre les débuts de Grizel en tant que fantôme. Je pénètre dans son apprentissage maladroit et à la fois effrayant. Ses inclinations ont sans cesse chahuté, joué sur les nerfs des habitants. Son caractère révolté, indocile, indiscipliné. Dans le cerveau de Grizel, je ne sais pas comment j'aurais réagi et supporté certaines situations. Je l'admire et suis empathique à la fois. Pourquoi accéder une carrière professionnelle artistique réussie, une renommée méritée pour être assassinée et finir comme fantôme abandonné et désœuvré ? C'est étrange et incompréhensible.

Je n'ai plus aucune notion du temps. Il n'y a que le coucher de soleil et l'aurore qui m'alertent sur les heures qui défilent ou lorsque mon estomac crie famine. Ce n'est pas Grizel, bien entendu, qui nous arrêtera dans notre élan.

Nous entamons une nouvelle matinée et avons bien progressé dans le roman. Nous nous offrons un entracte et relâchons la pression. Nous ne pouvons plus poursuivre étant donné que le récit aboutit au transfert de Grizel dans mon corps. Je suis impressionnée par les décisions de Grizel, les transformations dont je suis à l'origine. Il est temps de partir enquêter et de tenir ma promesse. Grizel m'a aidée, en tant qu'auteure déchue, à m'élever, à dépoussiérer ma plume d'écrivain. A moi de lui rendre service en dénonçant le crime dont elle a été victime. Nous pourrons ensuite écrire la fin de l'histoire. Pour le moment, j'imprime les pages de mon tapuscrit qui ont honorablement dépassé le nombre escompté par Eliott et glisse le tout dans une enveloppe que j'enverrai demain.

Je réserve une chambre dans un appart'hôtel que j'ai choisi à proximité du cabinet médical de Darren. J'opte pour un séjour de quatre jours. Je n'ai aucune idée de l'attitude à adopter ni si ce laps de temps suffira. Il faut que je réfléchisse afin de dresser un plan de bataille. Je prendrai la route demain en début d'après-midi pour Aberdeen. La situation est ardue, complexe, mais j'ai hâte de l'affronter. Grizel me donne des conseils sur la marche à suivre et sur le caractère de Darren afin que je commette le moins d'erreurs possible. Sans Grizel à Aberdeen, nous ne pourrons pas communiquer ensemble, car nous serons toutes les deux, à notre façon, isolées.

▪

Ce matin, j'ai posté avec fierté mon roman, fait le plein d'essence et préparé un sac de voyage. J'ai contacté également Shona pour lui faire part de mon départ imminent et de mes intentions. Mon amie me demande de l'informer quotidiennement de l'évolution de mon enquête et du moindre souci. Sur le point de partir pour Aberdeen, je rassure une dernière fois, Grizel qui est profondément angoissée. Mon fantôme ne se livre pas complètement, mais je me doute aussi que mon voyage va lui paraître infiniment long, une éternité. D'après son vécu, ses descriptions, il n'y aucune différence, pour un fantôme, entre le jour et la nuit. Mon absence de quatre jours va correspondre finalement au double. Les heures et secondes sont suspendues en vol. Grizel sera dans la contemplation, à nouveau seule, sans occupation particulière, ni besoin. Lorsqu'un fantôme est délaissé à son triste sort, il se perd dans une éternelle litanie, complainte. Etant donné la conjoncture, la principale obsession de Grizel sera la menace qui peut planer au dessus de ma tête comme une épée de Damoclès et qui s'appelle Darren. Je lui promets d'être prudente et d'obtenir le plus de renseignements possibles, puis je prends la route le cœur lourd, avec la pluie comme compagne.

Je parcours l'A87 bordée par les montagnes, les collines à la végétation d'un vert éblouissant, malgré le ciel terne. Des rochers énormes s'élèvent dans le panorama sauvage, à la beauté brute. Les sommets du mont Glamaig à la forme conique dont le relief étrange, fascine entre sa croupe pelée et la mousse qui enrobe ses jupes, ainsi que Beinn na Caillich se dressent, se succèdent. Tandis que la route longe le détroit intérieur (Inner Sound) séparant les îles de Scalpay, de Raasay et South Rona qui se logent sur ma gauche. L'île de Skye possède un littoral accidenté de péninsules et de lochs étroits rayonnant depuis des zones intérieures plus montagneuses. Les averses cessent et le soleil surgit parmi les nuages qui semblent enfin se déchirer. La monotonie du paysage, dûe aux ondées, disparaît et donne un petit coup de fouet à la lande écossaise, couverte de bruyère mauve, de fougères ainsi que de tourbières. Le détroit perd sa grisaille. Il se ragaillardit d'un manteau bleu foncé. Au bout de trois-quart d'heure de route, je franchis le pont qui permet de quitter l'île de Skye. J'atteins Kyle of Lochalsh, un petit village se trouvant à l'entrée du Loch Alsh. Il sert de principal passage pour l'île de Skye vers l'autre rive. C'est la solution idéale, sans avoir à se préoccuper d'une traversée en ferry. Je continue sur l'A87, où se prolonge le loch. Je rejoins plus de civilisation, de circulation. Lorsque je traverse l'estuaire où se trouve la ville de Dornie, construite de l'autre côté de la grève, je remarque une forteresse qui surplombe le loch. Le château d'Eilean Donan. Il est juché sur un îlet que l'on peut rejoindre à pieds par un petit pont en arches de pierre. Celui-ci est baigné par l'eau d'où émergent des algues. L'édifice romantique se dresse au milieu de landes mauves et de la pelouse. J'aperçois de nombreux visiteurs qui se promènent et photographient le monument. Je laisse derrière moi ce célèbre château. Des cumulonimbus ressurgissent, mais partagent le zénith entre ciel bleu et gris menaçant. Sur la Old Military Road, après quelque temps, les bras de mer intérieure se sont éclipsés pour une étendue de cimes, de massifs imposants à la flore d'une teinte verte toujours aussi soutenue. Les lichens, les fougères abondent, ainsi que des roches qui s'agrippent au paysage. Les rayons du soleil jouent avec les nuages et offrent une luminosité singulière au panorama sauvage. Des cascades dégringolent des falaises tandis que des sapins s'érigent, fiers, par endroits. Une rivière creuse un chemin serpenté sur les quelques plaines apparentes pour se jeter dans le Loch Cluanie. Après ce lac, je quitte les cimes énigmatiques et paysages mystérieux pour une route plus ordinaire, boisée, bordée de pins. Des montagnes se dessinent toujours à l'horizon, mais beaucoup moins abruptes et impressionnantes. Je roule depuis pratiquement deux heures et atteins l'illustre Loch Ness. Je longe ce lac qui s'étend sur 39 km, enclavé dans une forêt de conifères. Dès que je peux, je m'offre un petit moment de répit en m'arrêtant à un restaurant-pub. Je me délasse en marchant quelques minutes, puis entre dans le pub et commande un thé avec quelques biscuits. Des affiches illustrant le monstre du Loch Ness décorent les murs. L'écosse arbore de fourmillantes légendes entre la magie, les fantômes et les monstres. Je souris beaucoup moins à l'évocation de revenants. Combien sont-ils finalement à errer dans nos châteaux ? Ma pause achevée, je reprends la route qui après le Loch Ness, est beaucoup plus monotone avec ses étendues de champs, de prairies. J'arrive à destination en fin d'après-midi.

Aberdeen est une ville portuaire du nord-est de l'écosse à l'estuaire des rivières Dee et Don qui se jettent dans la mer du Nord. Je me sens un peu dépaysée par rapport à Portree. J'ai quitté un petit havre paradisiaque atypique et coloré pour une zone urbaine aux bâtiments de granit gris. D'ailleurs, Aberdeen possède plusieurs surnoms : « la ville de granit », « la ville grise » ou encore « la ville argentée aux sables d'or », cela étant dû au granit utilisé justement pour la construction des demeures et édifices, mais aussi pour le sable de ses côtes. Je suis sur Union Street, la rue principale de la ville ou plutôt une avenue selon moi, à cause de la distance qui donne le vertige. On y trouve des bars, restaurants, boutiques et monuments à l'architecture de la fin de l'époque victorienne. Si nous la prolongeons, nous parvenons à des cathédrales jusqu'à la ville portuaire. Le charme d'Aberdeen opère sur moi. Je cherche mon appart'hôtel qui se situe dans Union Terrace, une rue adjacente à Union Street. Enfin, je le localise grâce à mon GPS. C'est dans un endroit sympathique face à un grand jardin public qui est très arboré. Aberdeen, ne manque pas de parcs verdoyants et boisés. J'ai envie de flâner, de me balader dans les rues, mais je ne dois pas oublier mon objectif premier. Je repère assez rapidement une place de parking à proximité de mon hôtel, suite aux instructions lors de ma réservation. Je me présente à l'accueil afin de prendre au plus vite ma chambre nichée au 2ème étage. Elle possède un joli petit coin cuisine aménagé au style épuré, moderne et lumineux comme le reste de l'appartement. Je suis étourdie de fatigue et j'aspire à m'allonger quelques minutes sur mon lit afin de me reposer de cette longue journée de voyage. Je m'assoupis rapidement, plus longtemps que je ne le veux. Lorsque je me réveille, la nuit est tombée. Il est plus de 19h00. Je quitte hâtivement ma chambre pour repérer le cabinet médical de Darren, que je rejoins à pieds très aisément. J'ai favorisé mon logement en fonction de sa situation géographique grâce à la photo satellite. J'accède en cinq minutes à Gordon Square, une place de configuration ronde comme une horloge. Une statue du Duc de Gordon s'érige au centre du square, qui sert de parking clôturé avec de la pelouse aux extrémités. Quelques arbres occupent l'espace. Des maisons de granit qui n'excèdent pas deux étages et accolées les unes aux autres ceinturent cette esplanade. Elle semble loin de l'agitation de Union Street, pourtant en parallèle. Je localise le cabinet médical malgré la nuit, mais le lieu est bien éclairé.

Darren a choisi avec intelligence et intérêt son environnement pour faciliter la visite de ses patients. Proche du centre ville, des commodités et pratique pour se garer, ce qui n'est pas toujours évident dans les lieux urbains. J'entrevois encore de la lumière par les fenêtres. Je compose le numéro du secrétariat que j'ai enregistré dans mon portable, afin de solliciter un rendez-vous. A la troisième sonnerie, à mon grand regret, mais sans grand étonnement, une femme à la voix douce répond. Pourtant, je m'attendais à ce que la secrétaire soit partie et que monsieur Flemming daigne décrocher.

— Secrétariat du docteur Flemming, bonsoir.

— Bonsoir, je souhaite prendre rendez-vous pour demain si possible.

— Demain ! Je vais regarder, mais son agenda est assez bien chargé. C'est urgent ? Vous avez une ordonnance ?

— Oui et c'est urgent et même si c'est tard le soir. Oh le vilain mensonge, je pense, mais je n'ai pas le choix. Trop d'honnêteté, étoufferait mes projets, les tuerait dans l'œuf.

Je l'entends qui consulte son planning avec des soupirs. Les minutes me paraissent interminables. Je croise les doigts. J'avais réfléchi à cette alternative. Un bon cardiologue a forcément un calendrier complet pour plusieurs jours, voire des semaines. S'il n'y avait aucune possibilité de le rencontrer sur son lieu de travail, il faudrait que je réfléchisse à une autre éventualité pour lui parler. Le contacter par téléphone serait une autre solution, mais il pourrait trouver des prétextes et encore faudrait-il avoir son numéro privé. Je doute fort que la secrétaire me le confie même avec un gros mensonge à l'appui, en me faisant passer pour quelqu'un de sa famille qui a perdu ses coordonnées. L'attendre à la sortie de son bureau, pourquoi pas, mais l'option serait trop vindicative. Enfin au bout d'un temps trop long pour mes nerfs, la secrétaire me dit :

—Vous avez de la chance, un rendez-vous a été annulé pour demain à 18h00.

— Parfait

— Je vais prendre votre nom et prénom, ainsi que votre numéro de téléphone.

— Iona Murray

— Vous n'êtes pas une de ses clientes habituelles.

— Non mais c'est important, mon médecin traitant m'a conseillé de le consulter, Dis-je sur un ton ferme qui n'admet pas le refus.

— Ah, normalement le Dr Flemming ne prend pas de nouveau patient, mais si vous me dites que vous avez été CONSEILLEE et que c'est URGENT, alors c'est une exception.

Votre numéro s'il vous plaît ?

Son inflexibilité et l'intonation que la secrétaire emploie m'insupportent. Je lui transmets mon numéro de portable et elle me confirme de nouveau l'heure du rendez-vous. Je raccroche sur une première petite victoire. La faim réveille mon estomac. Je convoite un restaurant sur Union Street. Demain, j'irai faire les courses pour préparer mes petits-déjeuners et repas, mais ce soir, j'ai envie de me faire plaisir. Un restaurant indien à la façade bleu électrique me tente. Le lieu est chaleureux, décontracté avec des murs de pierre blanche et des plinthes qui rappellent le bleu de la devanture. Je commande un plat de coquilles Saint-Jacques au tandoori accompagné de pois chiches, yaourt et pommes de terre. Le tout bien pimenté puis un dessert, un gâteau au chocolat. Dans l'attente de mon plat, j'envoie un SMS à mon amie Shona pour l'informer de mon arrivée. Après mon repas, je retourne à mon hôtel et me couche, rompue de fatigue. Avant de sombrer dans le sommeil, je parcours mon carnet rempli d'annotations et relis les étapes du plan que Grizel et moi avons échafaudé.

Le lendemain, j'effectue quelques courses pour mon déjeuner et dîner, puis je pars me balader à pied dans Aberdeen en attendant 18h00. Je prolonge Union street jusqu'à Castle Street où s'élèvent un palais de justice et un musée avec des tourelles toujours dans l'architecture de la fin de l'époque victorienne. Le soleil irradie, malgré la fraîcheur de l'air et quelques nuages, alors je continue ma balade jusqu'à la baie. Je contemple la plage de sable doré qui s'étend à perte de vue et la mer du Nord dont les vagues viennent mourir sur la grève.

L'heure de mon rendez-vous avec le Dr Flemming approche. J'ai récupéré ma voiture et cherche une place de stationnement à proximité du cabinet, afin de pouvoir l'épier et le filer lorsqu'il quittera son cabinet. J'espère qu'il n'y a pas d'autres issues. J'avais hâte de le rencontrer et maintenant je suis nerveuse. Je vais me retrouver en face d'un criminel sans scrupules, dont j'ai eu connaissance des actes. Je me présente à l'accueil. La secrétaire m'invite à patienter dans la salle d'attente. L'enceinte du cabinet est élégante tout en étant épurée. Les murs sont blancs et les plinthes ornées de gris. Les meubles raffinés s'habillent d'une couleur aubergine. Comme tout médecin qui se respecte, il est en retard. J'entends des voix qui se rapprochent. Je prends rapidement mon portable et le positionne sur enregistrement sonore, car j'ai l'intention à son insu, d'enregistrer notre conversation. La porte s'ouvre enfin. Darren libère la cliente précédente et pose son regard sur moi. Je trouve qu'il a du charisme et au premier abord, semble charmant. C'est un homme de grande corpulence et de carrure imposante. Ses cheveux d'un blond roux lui adoucissent les traits.

— Madame Murray.

Il me fait signe d'entrer. Je me lève et pénètre dans son cabinet qui est chaleureux.

— Asseyez-vous, je vous prie. Que puis-je faire pour

vous ?

— Et bien en fait, je suis venue vous voir docteur, vous m'en excuserez, non pour raison médicale, mais tout simplement parce que j'ai un projet dont j'aimerais discuter avec vous. Je ne veux pas vous faire perdre votre temps, alors je vais aller droit au but. Je suis écrivaine et je souhaiterais écrire une biographie sur votre épouse Grizel Flemming. J'aimerais avoir votre accord.

Sa réaction bien sûr est immédiate. Le sourire aimable, mais professionnel s'évanouit. Ses yeux de couleur noisette s'assombrissent.

— Sur Grizel. Paix à son âme. Vous savez que mon épouse est malheureusement décédée ? Elle s'est suicidée, me dit-il sur un ton très convaincant.

— Oui je le sais, j'en suis fort désolée. J'admirais votre épouse. Je ne la connaissais pas personnellement, mais sa vie m'intéresse au plus haut point. Alors je me suis dit qu'il serait bien que vous me parliez d'elle, de votre vie à deux, lorsque vous avez fait connaissance jusqu'à ce drame. Vous êtes la meilleure personne pour témoigner et ainsi rien ne sera déformé. Tout sera sous votre contrôle.

— C'est fort gentil de penser à moi, mais je n'ai guère le temps avec tous mes patients et je pense ne pas être capable de revivre cette tragédie. J'ai eu beaucoup de difficultés à me remettre de sa disparition, c'est pourquoi je suis venu vivre ici.

Darren s'exprime avec une certaine émotion dans la voix.

Ses épaules s'affaissent tel un homme qui s'apitoie et semble réellement triste. Quel beau jeu de dramaturgie puisque je sais que ses belles pensées sont nourries de mensonges.

— Je comprends tout à fait, c'est pourquoi je pensais m'entretenir avec vous le soir, après vos consultations ou ce weekend. Peu importe l'heure, chez vous par exemple. Je suis ici pendant quelques jours pour visiter la région, mais nous pouvons finir par téléphone en visioconférence si vous préférez. Nous prendrons notre temps. Je ne veux surtout pas vous blesser.

— Le soir, je finis en général à 19h30 et j'avoue être un peu fatigué après une journée de travail fort intense. Il faut que j'y réfléchisse. Quand repartez-vous ?

— Dans quatre jours.

— Je vous recontacterai. Avez-vous une carte de visite ?

Je ne suis pas surprise de sa réponse, alors j'appuie cette fois dans la plaie bien profondément. Je lui tends ma carte avec mes nouvelles coordonnées. Darren la saisit, mais n'y prête guère attention. Je soupçonne que ce n'est que du bluff, alors j'ajoute :

— J'habite Portree.

Cette fois, Darren a un léger sursaut. Il porte son regard sur le papier glacé. Son corps se raidit.

— Mon manoir ? pourquoi ne pas m'avoir dit plus tôt que vous étiez la nouvelle habitante du manoir ? me demande-t-il froidement.

— Je ne voulais pas vous importuner davantage. Je sais que

c'est déjà dur pour vous de parler de Grizel, alors je ne voulais pas en rajouter. Mais c'est pourquoi, je souhaite écrire la biographie de Grizel. Le manoir m'inspire depuis que j'y habite avec tous ses livres qui sont restés.

Le docteur Flemming opine de la tête, se pince les lèvres puis se lève de son siège. J'ai l'impression que c'est le moment de prendre congé. Toutefois, je reste assise, je ne vais pas lui faciliter la tâche.

— Comme je vous le disais, je vous recontacte au plus vite. Je suis fort désolé, mais je crains ne pas être la personne idéale pour votre roman. Je me remets douloureusement de cette perte et le seul fait de parler du manoir me bouleverse. Je vous raccompagne.

Il ouvre la porte de son bureau.

— Je comprends monsieur Flemming, c'est pourquoi, je vous ai laissé mes coordonnées afin que vous y réfléchissiez à tête reposée. Je suis à Aberdeen jusqu'à dimanche soir. Appelez-moi vite, même si c'est négatif. Après, nous le ferons selon votre emploi du temps et à votre rythme.

Il m'escorte jusqu'à l'entrée du cabinet médical et ouvre la porte tel un gentleman.

— Je vous appellerai demain matin pour vous donner ma réponse, me dit-il en me donnant une poignée de main bien ferme.

Pour quelqu'un qui est bouleversé, il arbore une certaine assurance et confiance en lui.

—Très bien, j'attends votre appel. Bonne soirée monsieur Flemming.

Je le quitte avec la certitude qu'il ne me recontactera jamais. Je coupe l'enregistrement sonore. Je me dirige vers ma voiture et monte à l'intérieur. Je vérifie qu'il ne m'observe pas. J'abandonne ma place de stationnement et me gare quelques mètres plus loin de façon à ne pas être visible lorsqu'il sortira. Je vais devoir patienter un certain temps, plus d'une heure avant son ou sa dernière cliente. Darren, me glace, il possède un sang-froid et une capacité d'affirmation hallucinante. Pourquoi suis-je étonnée ? Lorsque Grizel s'est transportée dans mon corps pour me montrer les derniers instants de sa vie, Darren n'a jamais fléchi devant Grizel, sauf quand il s'agissait d'argent. Il détient un aplomb et maîtrise les situations les plus critiques soient-elles. Il n'a pas hésité à précipiter Grizel du toit. Sa mort ne lui a guère donné de remords ni de regrets. J'allume la radio et feuillette des brochures sur Aberdeen pour tuer le temps. Tout à coup, à ma grande surprise, j'aperçois Darren sortir une demi-heure plus tard. J'ai failli ne pas le voir, heureusement que j'ai levé la tête à ce moment là. Il a l'air pressé. Soit il a menti au sujet de l'heure du dernier rendez-vous, soit notre entrevue l'a hautement perturbé. Il rejoint son véhicule qui est un magnifique coupé, une Aston Martin Vantage de couleur noire. Rien que ça ! Il ne s'est pas privé de s'offrir un beau bijou. Je connais bien cette marque car mon cher et tendre Kenneth était fasciné par les voitures. Je démarre, mais je veux être la plus discrète possible dans ma filature, alors je lui laisse une petite marge d'avance et au moins une voiture entre nous. De toute façon, son véhicule n'est pas quelconque, donc aisément reconnaissable. Malgré tout, avec la circulation dans Aberdeen et les feux tricolores, je dois être prudente pour ne pas être distancée. Darren rejoint Beach Boulevard, puis l'esplanade avec le bord de mer sur notre droite et un grand terrain de golf sur notre gauche. La plage de sable blond s'étire à l'infini. Nous franchissons un pont qui enjambe la rivière Don pour passer de l'autre côté de l'estuaire. Nous sommes toujours à Aberdeen. Cette fois, la mer a laissé place à des habitations, des zones industrielles. Enfin, la campagne se dessine avec des champs, cependant nous avons rejoint l'A92 une autoroute avec beaucoup de circulation, mais assez fluide dans l'ensemble. Heureusement, Darren conduit de manière mesurée. La mer du Nord se profile à nouveau. Le soleil se couche progressivement. Pour le moment, nous prolongeons la route qui file tout droit. Le clignotant droit du beau coupé s'affole. Je le suis toujours à distance. Darren semble tourner sur le village de Balmedie qui borde la côte et la longue plage. Il se faufile dans les rues aux multiples résidences et continue vers la côte. Balmedie est derrière nous. C'est étrange, j'ai l'impression que nous rejoignons la plage. Soudain, Darren tourne à gauche sur une petite route et s'arrête devant un portail automatique. Sa demeure est bien cachée par des pins sylvestres qui encadrent sa propriété. Je continue tout droit jusqu'à la plage dont les effluves d'air marin m'accompagnent. Je m'arrête, car il serait dommage de ne pas profiter du cadre. Des dunes de sable bordent le littoral. La fraîcheur s'est installée. Le ciel flamboie et s'habille de nuances rouges, roses et jaunes avant de sombrer petit à petit dans l'obscurité de la nuit. Je parcours un petit chemin de lattes de bois entre les collines de sable aux grains très fins et les plumeaux, des plantes majestueuses qui ondulent au gré du vent. Je rejoins la plage qui est large et étendue. Des petits bras d'eau s'insinuent sur le sable humide là où la mer finit sa course et lèche la terre. La côte est somptueuse. Darren a bien choisi son environnement. Il vit dans un joli havre de paix et assez loin du tumulte de Aberdeen. Avant que la nuit ne tombe littéralement, je remonte jusqu'aux dunes et tente de voir la maison. Mes pieds s'enfoncent dans le sable. Le coupé Alston est garé devant la propriété. Un majestueux cottage au toit de chaume avec un étage aux murs blancs, plutôt moderne en forme de L. Cette aile de la maison est une véranda. Rien de comparable, ni à envier au manoir de style victorien, mais tout aussi cossu. Côté face littorale, la demeure n'est pas protégée par un mur d'arbres. Un jardin avec un authentique gazon bien vert à l'anglaise, zébré au cordeau comme un green de golf, s'étire devant la maison. Darren a probablement un jardinier pour l'entretenir ainsi. Une balançoire verte et rouge avec siège pour enfant trône au milieu de la pelouse. Il y a donc bien un enfant en bas âge qui vit ici. Un peu plus vers la droite, dans un recoin proche d'un parterre de fleurs et de pins, s'élève un kiosque romantique de forme ronde. Une clôture basse en bois blanc de plus d'un mètre délimite le domaine d'une petite prairie avec un tapis de plantes : des mertensies maritimes aux pétales violets qui s'étalent jusqu'aux pieds des collines ensablées. Un sentier formé de planches de bois donne accès aux dunes, puis des marches permettent de gravir plus aisément la colline. Demain, je reviendrai pour inspecter les lieux et prendre des photos. Il est temps de rentrer. La nuit a revêtu de son linceul obscur le paysage du littoral.

▪

Le lendemain milieu de matinée, je retourne à Balmedie afin de photographier la façade de la maison et le jardin. Je zoome sur la balançoire évolutive avec sa barre frontale afin d'évaluer l'âge approximatif de l'enfant. Peut-être aurai-je la chance d'apercevoir sa femme et son enfant. Je m'assieds sur une dune et profite de la vue. Pour le moment, le ciel ne fait pas grise mine. Le soleil joue avec les nuages. La douceur de l'air parfume l'atmosphère saline. La chance est avec moi. Une femme d'une trentaine d'années, aux cheveux bouclés et châtain clair vient d'ouvrir la porte-fenêtre de sa véranda. Un petit garçon à la toison blonde qui marche sans l'aide de sa maman, la suit. Il porte un seau rempli d'ustensiles. Des jouets, je suppose. Tous les deux sont couverts d'un manteau. Je prends rapidement des photos. L'enfant doit avoir un peu moins de deux ans. Voilà qui prouve bien, aux yeux de la police, que Darren avait une relation extra-conjugale et que sa maîtresse est tombée enceinte au moment de la mort de Grizel. L'enfant décide de faire de la balançoire. Je prends discrètement quelques clichés. A peine trois minutes se sont écoulées que le petit garçon descend de sa balançoire et s'apprête à courir. Sa maman l'appelle. Le vent déporte sa voix et j'entends que le petit garçon se nomme Irvin. La mère lui prend la main et l'entraîne vers la clôture. Peut-être se rendent-ils sur la plage. Effectivement Gladisse, il me semble me rappeler que Darren avait cité ce prénom, franchit la porte du jardin avec Irvin et emprunte le chemin du rivage. Je réfléchis. Dois-je l'aborder maintenant ou attendre que Darren me contacte ? Je suis quasiment certaine, comme Grizel l'envisageait, qu'il ne le fera pas. D'ailleurs, il est presque onze heures du matin et je n'ai reçu aucun appel de sa part.

Je suppose que Gladisse a ses petits rituels. Il faut que je revienne chaque matin afin qu'elle s'habitue à me voir. J'ai vu un hôtel à proximité. Je peux avoir pris une chambre ici pour quelques jours. Il faut d'une manière ou d'une autre me faire inviter chez eux. Concernant Darren, méfiant et manipulateur, il se doutera éventuellement que ce n'est pas le fruit du hasard, mais après tout, c'est un lieu de villégiature. Sinon, pourquoi l'aurais-je rencontré à son cabinet ? Je quitte ma dune et marche sur la plage en prenant l'air de flâner. Gladisse apparaît avec son chérubin. Le petit Irvin dévale la colline de sable en gloussant, sous le regard émerveillé de sa maman. Je ne peux m'empêcher de rire. Sa joie est communicative. Quelle belle innocence ! Sans doute ne conserverais-tu pas cette candeur si tu savais quel monstre est ton père ! J'ai l'intention de t'enlever une partie de ton enfance. J'ai des frissons. Il est si mignon et pourtant un meurtre a été commis en partie pour cet enfant. Je ne peux l'ignorer. Grizel est morte assassinée et je suis témoin de ce crime. Si je n'agis pas, si je ne le dénonce pas, je me sentirais complice de cet homicide. Ma conscience se briserait en mille morceaux. Je ne pourrais pas vivre sereine. De plus, je veux venger Grizel que j'affectionne pour, au moins, qu'elle puisse partir en paix.

L'enfant achève sa cavalcade sur la plage pratiquement à mes côtés. Il s'esclaffe heureux et me regarde à peine essoufflé. Un petit râteau tombe de son seau qu'il a toujours à la main. J'en profite pour le ramasser et lui dis naturellement, avec un grand sourire.

— Bonjour bonhomme, belle course. Tiens tu l'as fait tomber.

— Merci madame, balbutie-t-il de sa voix de petit garçon.

Extrêmement poli cet enfant, pensé-je. Il me dévisage avec ces grands yeux bleus espiègles.

— Irvin, n'embête pas la dame, ordonne sa mère qui marche vers nous.

Juste avant que Gladisse nous rejoigne, je profite de ce court instant pour saisir naturellement mon portable, qui se situe dans la poche de mon pantalon. Je consulte un SMS imaginaire, alors qu'en fait je déclenche l'enregistrement sonore.

— Non, il ne m'ennuie pas. Il est si mignon, lui dis-je avec bienveillance.

— Je préfère, tant mieux. Bonjour, je suis sa maman.

— Bonjour, je m'en doutais, il y a une ressemblance entre vous, bien que vous ne soyez pas blonde.

— Oui il tient de son père pour les cheveux.

J'enchaîne afin de ne pas couper court à la conversation. On ne sait jamais, d'autres occasions ne se présenteront peut-être plus. Irvin, comme tout enfant qui se respecte, ne nous écoute plus. Il s'est agenouillé et creuse avec une petite pelle dans le sable. Très bien. Il me laisse du temps pour parler à sa maman. J'avoue avoir un don pour poser les bonnes questions et faire parler mes interlocuteurs à qui je donne confiance. Est-ce ma vocation d'écrivain qui ressort ?

— Quel âge a-t-il ?

— Vingt et un mois. C'est espiègle à cet âge. Je peux vous assurer qu'il faut lui courir après et il est curieux de tout. Croyez-moi, ce n'est pas de tout repos. Vous avez des enfants ?

— Non mais j'imagine. J'aime beaucoup les enfants. Il doit bien s'amuser sur cette plage qui est grandiose. Je suis à l'hôtel à Balmedie pour quelques jours et je découvre cette côte.

— Ah c'est pour ça. Votre visage m'était inconnu. Nous habitons la maison juste derrière les dunes. Souvent, nous nous baladons ici et Irvin joue bien avec son petit seau. Surtout le weekend, son père lui fait souvent des châteaux de sable. Quand le temps le permet bien sûr.

— Votre maison est magnifique. Je l'ai aperçue en parcourant les dunes.

— Elle est à mon mari. Nous l'avons acquise il y a un peu plus de deux ans lorsque nous sommes arrivés dans la région. J'étais enceinte d'Irvin.

C'est une brèche dans laquelle je dois me glisser. Gladisse m'offre une belle opportunité d'orienter spontanément la discussion.

— Vous avez eu le coup de foudre, je comprends. Pour un enfant, c'est une aubaine d'habiter dans une maison. Vous habitiez où auparavant ? je lui demande avec un sourire enjôleur.

— A Portree, répond instinctivement Gladisse qui semble aussitôt regretter sa franchise.

Ses yeux couleur noisette se rembrunissent. Elle a l'air songeuse et se mordille les lèvres. Je me précipite avec une jovialité que je veux communicante.

—De Portree ! C'est incroyable. J'habite Portree depuis un mois on va dire maintenant. Je me suis séparée de mon conjoint et je n'étais pas dans mon assiette, alors j'ai eu envie de prendre quelques jours de vacances. Je suis de Glasgow qui est une ville plutôt remuante. J'ai adoré Portree et son côté romantique. J'ai eu le coup de foudre pour un manoir et je l'ai acheté. Ce manoir appartenait à une grande écrivaine qui s'est suicidée et étant moi-même auteure de roman, la maison m'a inspirée et plu.

Les joues blanches de Gladisse rosissent. Elle semble mal à l'aise, mais se reprend aussitôt.

— Ah oui c'est incroyable. Je connais l'histoire de cette maison effectivement. Et vous restez combien de temps ici ?

Zut, je suis en train de perdre la partie de cette première manche. Je n'ose pas lui dire que je sais qui elle est, ni la menacer. Gladisse risque de se braquer, de partir ou même de porter plainte.

— Je suis ici jusqu'à dimanche soir. Lundi matin, je repars. En fait, je suis en vacances et en même temps c'est pour le travail. J'aimerais convaincre l'ancien propriétaire du manoir de Portree d'écrire la biographie de Grizel avec son aide.

Gladisse se frotte le cou nerveusement. Elle gigote, ne paraît plus tenir en place et regarde sa montre.

— Oh déjà, nous allons rentrer. Je dois préparer à manger pour mon mari. J'ai adoré discuter avec vous. Cela doit être passionnant d'écrire des romans et j'espère que ce monsieur acceptera. Ceci dit, vous n'avez peut-être pas besoin de lui. Bon, on y va Irvin. On rentre, commande-t-elle en ramassant et rangeant les jouets du petit dans le seau.

Irvin dévisage, ébahi, sa maman face à ce revirement brutal, puis ronchonne. Gladisse saisit fermement la main du petit et l'entraîne loin de moi. Le gamin commence à pleurer devant cette autorité soudaine et les réprimandes de sa mère.

— A bientôt peut-être, je lui lance, déçue d'échouer si près du but.

Gladisse me fait un signe de la main afin de clore l'entrevue et pour me gratifier d'un adieu. Subitement, elle se retourne vers moi. La jeune femme ouvre la bouche. J'ai l'impression qu'elle va me dire quelque chose. Va-t-elle me faire une proposition, me demander de la suivre, m'inviter à dîner, avouer que Darren est son mari ? Elle hésite mais hélas, cet instant suspendu à ses lèvres ne dure pas. A nouveau, Gladisse s'éloigne et monte la colline. Que s'est-il passé dans sa tête à cet instant précis ?

Il est évident qu'elle ne pouvait pas révéler l'identité de Darren. Gladisse s'est déjà beaucoup épanchée à propos de l'époque de leur emménagement, sur l'âge de l'enfant et sur le père qui profite de la plage avec son bambin, alors qu'il est censé avoir perdu sa femme. Je coupe l'enregistrement sonore. Oui, je peux me féliciter d'avoir obtenu de belles confidences, des dates qui coïncident et des attitudes troublantes. Toutefois, il n'y pas assez de preuves pour la police. Je n'ai pas le nom de Darren dans la bouche de Gladisse qui s'est méfiée. Maintenant, pourquoi a-t-elle failli flancher et qu'a-t-elle voulu me dévoiler ? J'ai déjà beaucoup de chance de l'avoir rencontrée et pu échanger avec elle. Cependant, je ne vais pas m'en satisfaire, car ce n'est pas suffisant. Je vais provoquer une troisième rencontre, mais cette fois quand Darren sera présent. Je ne lui laisserai plus le choix. Je veux davantage de détails, d'aveux, le confronter à ses travers, le piquer dans sa curiosité. Je consulte rapidement la météo sur mon portable afin de vérifier le temps. Elle prévoit, pour samedi et dimanche, un temps plutôt agréable avec du soleil ainsi que de la douceur. Parfait. Darren aime s'amuser avec son fils sur la plage, je vais m'y promener. Il est proche de midi et Darren ne m'a toujours pas contactée. C'était à présager.

Je m'interroge sur ce couple diabolique. Darren a-t-il discuté de ma visite hier dans son cabinet avec Gladisse ? Bien entendu. Qui décide dans ce duo de choc ? Darren. Gladisse sait-elle que Grizel ne s'est pas suicidée et a été assassinée par Darren, le père de son enfant ? Lui a-t-il menti pour qu'elle ne panique pas, qu'elle ne le dénonce pas ou est-elle complice de son acte ? Regrette-t-elle, a-t-elle peur de Darren ou est-elle aussi machiavélique que lui ? Je ne sais quoi penser. Toutefois, en y réfléchissant bien, Gladisse semble plus fragile, sensible et moins dans le contrôle que Darren. Elle ne sait pas mentir et le souvenir de Portree la touche. Peut-elle être une alliée ? Probablement, mais cette hypothèse est à prendre avec des pincettes. Sans doute, protège-t-elle son enfant en assurant son avenir et le sien avec l'argent, les biens que possède Darren. Quand je vois la demeure, j'en conclus que son métier rapporte beaucoup, ainsi que le testament, l'assurance-vie de Grizel et les droits d'auteur perçus à chaque livre vendu. Tout cela me laisse dubitative. Gladisse ne peut ignorer que Darren a assassiné Grizel qui avait surpris leur conversation téléphonique. Selon moi, elle sait tout. Gladisse garantit son destin car c'est une femme vénale, calculatrice. Elle ne travaille pas, alors autant s'asseoir sur un bon matelas de billets. Donc finalement qui est le plus dangereux entre Darren, le meneur, prêt à tuer pour de l'argent ou Gladisse, la suiveuse, la soumise, mais manipulatrice dans toute sa splendeur ? Une chose est sûre, Gladisse est une mère qui veut protéger son enfant. Il y a peut-être quelque chose à creuser. Je retourne à ma voiture. Avant de quitter Balmedie, je m'arrête devant leur boîte aux lettres. Je doute fort que le couple se soit marié. Il aurait été peu opportun, sage d'attirer l'attention. Je constate en effet que deux noms y figurent. Darren FLEMMING et Gladisse DUFF.

▪

Dans l'après-midi, je me rends à la mairie d'Aberdeen au service Etat Civil. Irvin est forcément né à l'hôpital. Je peux obtenir un acte de naissance. D'après mes sources, mes recherches sur internet, il est possible de se procurer un extrait sans filiation, sur place et rapidement, sans avoir à justifier ma requête ou mon identité. Sur le document, seront normalement indiqués le nom de la mère et celui du père si ce dernier l'a reconnu. Un indice crucial de haute importance. A l'Etat Civil, je commence par demander l'extrait d'acte de naissance au nom d'Irvin Duff. La dame qui me reçoit pianote sur son clavier et me répond par la négative. Alors, j'essaie au nom d'Irvin Flemming. Ma déception est immense lorsqu'à nouveau mon interlocutrice ne trouve rien. Face à mon désappointement, la femme me suggère.

— Peut-être que la dame a préféré accoucher à domicile

dans son cocon familial avec l'accompagnement d'une sage femme. Cela arrive plus fréquemment que l'on ne croit. C'est un choix en Grande-Bretagne qui est assez répandu. Je vous suggère de voir cette question auprès de la mairie de leur domicile, me déclare-t-elle avec bienveillance.

Je la remercie avec diligence. Heureusement, que je me suis déplacée, sinon sur le site en ligne de la mairie, je n'aurais pas forcément songé à cette éventualité. Grâce à ce précieux conseil, je fonce à la mairie de Balmedie. Effectivement, on me fournit le document. Je vérifie et constate avec bonheur que Darren est bien inscrit comme étant le père d'Irvin. Une petite victoire et une grosse erreur de sa part.

Il ne me reste plus qu'à attendre demain pour provoquer Darren dans son antre.

CHAPITRE 5
DARREN

Je n'ai ni remords, ni regret d'avoir commis ce crime. J'ai aimé profondément Grizel. Cependant, j'ai fini par la mépriser au point de la tromper et de la tuer. Etre le faire-valoir de Grizel, la grande écrivaine, use au fil du temps. Dans les mondanités ou simples rencontres, je n'étais aux yeux des autres que le mari de l'auteure à grand succès. La situation s'est fortement dégradée lorsque le désir de Grizel a été d'avoir un enfant. Tous nos amis et relations l'ont plainte de ne pouvoir engendrer. Il n'y avait que Grizel dans la bouche de mes interlocuteurs. Et mes problèmes, mes sentiments, parlons-en. Lorsque j'ai rencontré Gladisse à mon cabinet, j'ai ressenti un vent de douceur souffler sur moi. Elle venait de perdre son emploi et avait des douleurs thoraciques. Je l'ai appréciée immédiatement. Gladisse n'a aucun don particulier. Elle est simple, intelligente et comprend vite la situation. Elle avait besoin de moi, semblait m'admirer. Gladisse s'est présentée dans ma vie au bon moment et cela m'a suffit.

Je n'ai pas prémédité le meurtre de ma femme, ni le fait d'avoir un enfant avec Gladisse. Grizel m'a nargué, poussé à bout ce jour-là en me dépossédant de tout, en me hurlant dessus. J'étais acculé. Je ne sais pas ce que j'aurais fait, ce qu'aurait été ma vie si Grizel n'avait pas surpris notre conversation sur la terrasse. J'avais malgré tout de profonds sentiments pour elle. J'ai agi à l'instinct et j'assume pleinement mon acte. J'avoue que la folie s'est emparée de moi. J'ai ressenti une émotion, une rage foudroyante jamais éprouvée auparavant. Je ne le souhaite à personne, mais je ne culpabilise pas non plus. Ensuite, je me suis tout simplement protégé de mes agissements. Infâme, oui sans doute, mais je n'allais tout de même pas me dénoncer à la police. Finalement, les événements se sont enchaînés et déroulés parfaitement.

Depuis deux ans, je pensais être tranquille, vivant dans le confort de ma maison dont je suis le maître à bord. Etre le mari et le père idéal qui domine la situation et conduit sa famille au plus haut sommet. Bien sûr, je n'ai pas oublié mon crime. Je ne suis pas un monstre. De plus, je reçois les droits d'auteur de Grizel, qui malgré sa disparition, vend encore ses livres. Dernièrement le manoir a été vendu. Enfin. Jusqu'à présent, j'ai laissé ma sœur gérer la location du manoir, car je ne voulais plus en entendre parler, ne plus avoir affaire avec cette maudite baraque. Je suis censé aussi être un homme effondré de douleur, donc il me paraissait judicieux et logique que ma sœur s'en occupe jusqu'à ce que je me fâche avec elle.

Seulement, l'ironie du sort s'acharne sur moi. Une femme, cette écrivaine - décidément elles me poursuivent - se présente à mon cabinet pour me soumettre son idée abjecte d'écrire une biographie sur Grizel. Mais, combien de temps va-t-elle m'empoisonner la vie celle-là avec son talent ? Il est hors de question, bien entendu, que je fasse partie du projet, que j'aide cette Iona et encore moins qu'elle entre chez moi. Elle comprendra vite ma situation quand elle verra Irvin. Je peux bien sûr, ce jour là, faire en sorte que mon fils soit loin de la maison, mais pas question, quand même, qu'elle mette un pied à l'intérieur. De plus, cette écrivaine habite le manoir, comme par hasard. Je n'ai pas confiance en cette femme. Que me veut-elle vraiment ?

▪

GRIZEL

Iona est partie à Aberdeen. J'ai peur pour elle car Darren est rusé, sournois, manipulateur. J'ai l'impression qu'il s'est passé une décennie depuis son départ et que je ne la reverrai plus. Je ne cesse de ressasser dans ma tête toutes les horreurs et perfidies qui peuvent se dérouler. Je suis heureuse que nos chemins se soient croisés. Cette rencontre m'a apporté un second souffle. L'aura positive de Iona pleine de bon sens, bienveillante m'a aspirée. Elle m'a donné l'énergie nécessaire pour renaître d'une certaine façon, pour chasser la colère, la déchéance, mes démons qui m'envahissaient. J'ai craint le résultat du transfert dans son corps. Comme je m'y attendais, il m'a effectivement affaiblie, assommée sur le moment. J'ai eu juste la force de sortir sur la terrasse et de m'écrouler, démunie de toute volonté. Revivre en boucle, encore et encore, ce fameux soir me chagrine, me bouleverse, me tue perpétuellement. Le plus important c'est que Iona ait supporté aussi la substitution. Elle s'est évanouie car le choc a été rude, mais le transfert a été efficace. Iona ne m'en a pas voulu. Elle est intelligente. Elle m'a soutenue. C'est pourquoi, à mon tour, je l'aide à se relever, à s'élever dans l'histoire de son roman qui finalement sera ma biographie. Nous sommes maintenant liées par le sang et l'écriture. Seulement, Iona est à Aberdeen pour enquêter. Je me sens seule, abandonnée avec mon éternelle souffrance et, comme si cela ne suffisait pas, mes inquiétudes la concernant. Je me sens à nouveau inutile et ridicule. Pourvu que rien d'affreux ne se produise et ne saborde l'avenir.

▪

IONA

Nous sommes samedi. Finalement, j'espère que Gladisse n'a pas confié à Darren la teneur de notre conversation lorsque nous nous sommes vues sur la plage. Cela risque fort de compromettre mes plans. Darren ne viendra pas jouer avec son fils sur la plage pour ne pas me croiser. Je retourne à Balmedie aux alentours de 11h00. Malheureusement, à part quelques promeneurs, je ne vois pas le couple, ni l'enfant. Je m'attarde en me promenant sur la plage. Il y a quelques nuages, mais le soleil est présent. Cela fait une bonne demi-heure que je marche sur le sable et à ma grande deception, personne ne se présente. Je décide de faire une longue balade. Je ne pense pas qu'ils mangeront sur la plage à midi, même si la douceur de l'air est assez agréable, il ne fait pas assez chaud. Je me déchausse et longe le bord de l'eau sur la plage pendant plus de deux kilomètres, puis je décide de le faire dans l'autre sens, mais cette fois sur les dunes. Je découvre surprise, derrière les collines de sable, le golf international de Donald Trump ! J'ai mon estomac qui crie famine d'avoir foulé le sable et la plage de long en large. Je retourne donc à ma voiture, chercher un sandwich préparé le matin et une serviette de plage. Je vais m'installer sur le sable sec, attendre patiemment que Darren daigne venir. Pendant que je croque dans mon casse-croûte, je réfléchis à une autre stratégie.

Il est plus de 14h00 lorsque mon téléphone portable sonne. C'est mon éditeur. Je décroche sans aucune hésitation.

— Bonjour Eliott, avez-vous reçu mon tapuscrit ? je lui demande, enjouée.

— Oui, je l'ai bien reçu et j'ai lu une cinquantaine de pages de votre roman, qui d'ailleurs à ma grande stupéfaction est une biographie de Grizel Flemming. Je suis étonnamment et agréablement surpris.

— C'est une bonne chose.

— Oui c'est une bonne nouvelle. Je vous retrouve Iona. L'air du manoir et de Portree vous sied à merveille. Je dirais même qu'il a amélioré votre plume. C'est un travail remarquable et votre recherche est pointilleuse. D'ailleurs d'où tenez-vous autant de détails ?

— De Grizel, elle-même.

Eliott éclate de rire.

— Ne riez pas Eliott, c'est le cas. Le manoir est vraiment hanté par Grizel. Vous le verrez au fil du livre. Je vous réserve une grande surprise.

— Nous verrons cela. Vous m'étonnerez toujours Iona. Peu importe d'où vous tenez toutes ces informations. Vous avez un talent fou et je trouvais dommage de le perdre, de le gaspiller en déprime.

— Merci Eliott. Il est vrai que je n'avais plus confiance en moi et maintenant je reprends … Ma phase reste en suspens, car je viens d'apercevoir Darren, Gladisse et Irvin sur la plage. Ils me tournent le dos et ne m'ont pas vue. Je suis en retrait.

— Oui vous avez repris le contrôle de votre vie. Je l'entends à votre voix. Je vous rappelle dans quelques jours. Au revoir Iona.

— Ok Eliott, je vous remercie encore pour ces compliments. Bonne journée à vous.

Nous raccrochons. C'est évident, la suite du roman risque fort de surprendre Eliott, de le choquer. S'il ne croit pas aux fantômes, son admiration soudaine va se transformer en colère noire, car j'accuse le mari de Grizel de meurtrier. Il est temps d'accélérer ma quête de justice. Je n'ai pas une minute à perdre. J'allume l'enregistrement sonore de mon portable et me dirige droit vers le couple qui s'aménage une petite place avec chaises pliantes. Irvin a déjà étalé tous ses jouets sur le sable et Darren s'est agenouillé auprès de lui.

— Monsieur Flemming, bonjour ! Je suis surprise de vous voir ici. Bonjour Irvin. Je suis ravie de vous revoir, dis-je en dernier à Gladisse qui blêmit.

Darren dévisage d'un air surpris et méprisant, Gladisse, puis me contemple à nouveau. Je ne lui laisse pas un moment de répit.

— Je suis hébergée à l'hôtel de Balmedie. J'ai rencontré votre conjointe sur la plage, hier et, apparemment, elle ne vous l'a pas dit. Je savoure la bombe que je déclenche sur le couple. D'ailleurs, je ne savais pas que vous habitiez ici. Je suis déçue, j'attendais votre appel ou un SMS de votre part. Même si c'était négatif. Mais je comprends que vous soyez fort occupé avec votre fils. Je conclus en accentuant sur le dernier mot.

Peut-être en ai-je trop fait. Cependant leurs réactions sont si jubilatoires, que je profite de cette minuscule victoire sur ce duo de menteurs et tueurs. Visiblement, ce couple ne communique pas sur certaines informations. Gladisse n'a donc pas révélé notre entrevue. Etrange. Elle sait sans doute qu'elle a trop parlé et a peur des conséquences, du comportement de son mari. Darren ordonne aimablement, mais fermement, à Gladisse de s'occuper d'Irvin, puis se lève et me fait face. Son regard chargé de réprobation quelques instants auparavant, se transforme et devient plus cordial. Il sourit même. Très fort cet homme !

— Non ce n'est pas mon fils, c'est celui de ma compagne, qui est tombé enceinte de son petit ami de l'époque. Celui-ci n'a pas voulu le reconnaître et comme nous étions amis, mais perdus, malheureux chacun dans notre situation, nous nous sommes entraidés. Je considère Irvin comme mon fils, maintenant. Celui que je n'ai pas pu avoir avec Grizel, paix à son âme.

Quel toupet, il ne manque pas d'arguments celui-là et du coup Irvin, distrait par sa mère et ses jouets, n'a rien entendu. Quelle belle leçon de maîtrise de soi et d'imposture.

— Mais c'est tout à votre honneur. Ceci dit, ce n'est pas ce que j'avais cru comprendre hier de la part de votre compagne. J'aimerais toutefois écrire ce livre avec votre participation. Une partie des droits d'auteur vous seront reversés. Sachez que j'ai retrouvé dans votre manoir, le journal intime de Grizel, je n'ai pas fini de le lire, mais vraiment il me tient à cœur de le faire avec vous. Je suis assez tenace et je ne vous lâcherai pas comme ça, j'ajoute, espiègle et conquérante.

— Vous pourriez venir dîner ce soir à la maison, pour en discuter plus posément, suggère tout à coup Gladisse à la surprise générale.

Je ne m'attendais pas du tout à cette invitation, mais je ne suis pas la seule. Darren, la mâchoire crispée, regarde étonné, hébété, sa femme. Gladisse lui renvoie un sourire plein de complaisance et lui dit avec assurance :

— Mais oui Darren, tu me parles sans arrêt de Grizel, de cette vie pleine d'amour, de passion d'écriture. Il serait bien d'en parler autour d'un repas et d'écrire cette biographie. Tu serais libéré de beaucoup de choses au fond de toi.

— Oui bien sûr, répond-il songeur.

— Alors je suggère que vous veniez diner à 20h30. Vous savez où se trouve notre maison. Vous êtes partante ?

— Je suis partante, avec plaisir. Je ne vous dérange pas plus longtemps. Je vais retourner à l'hôtel et vous dis donc à ce soir.

Je m'éloigne de ce couple infernal, reprends ma serviette laissée sur le sable puis me dirige vers la voiture, en leur faisant un petit signe de la main. Lorsque je suis assez loin, je me retourne seulement. Ils ne me regardent plus. Darren a entraîné Gladisse à l'écart d'Irvin. Le revirement de la part de Gladisse m'étonne, me stupéfie. La décision de m'inviter est de sa propre initiative au grand dam de Darren. En fait, je ne suis plus certaine que Gladisse soit si fragile et soumise. Je m'inquiète et m'interroge pour ce dîner. Que va-t-il se passer ? Quel jeu joue cette femme aux abords délicats et sensibles ?

▪

DARREN

La malchance s'abat sur moi. Cette maudite écrivaine est sur cette plage. Comment vais-je me sortir de cette situation ? En plus, Gladisse ne m'a pas dit l'avoir rencontrée hier, sinon, il est évident, que j'aurais été plus méfiant. Evidemment, Irvin aurait insisté pour aller sur la plage, mais pourquoi ne m'a-t-elle rien dit ?

En outre, Iona sait qu'Irvin est mon fils. De mieux en

mieux ! C'est malin, il faut une fois de plus mentir pour me sauver de ce naufrage. Ah ! tu peux blêmir, Gladisse, nous en reparlerons une fois seuls. Bon je lui ai servi mon baratin. Mon bluff a-t-il fonctionné, je l'espère. Mais qu'est-ce qu'elle me raconte celle-là, un dîner, et puis quoi encore ? Oh tu n'es pas en forme, mon vieux, tu perds complètement le contrôle de la situation. Gladisse a probablement une idée pour faire ce genre de proposition aussi saugrenue. Enfin, elle nous lâche l'écrivaine, c'est ça, à ce soir. A nous deux ! Je suis furieux. Je saisis violemment le bras de Gladisse, loin d'Irvin qui joue innocemment avec ses jouets. J'ai envie de la cogner, de lui tordre le cou. J'avoue haïr de ne plus rien contrôler, la rage qui explose en moi et me fait ressentir la fureur ingérable de ce fameux soir sur la terrasse. Il est préférable que ma rancœur éclate maintenant.

— Tu es folle ou quoi, de l'avoir invitée ! Qu'est-ce qui t'a pris ?

— Tout simplement, parce qu'elle en sait trop, par ma faute, je sais, hier, j'ai gaffé mais je ne pouvais pas savoir qui elle était. Si tu ignores ses demandes, si tu la rejettes, elle va se poser des questions et ce sera d'autant plus suspect à ses yeux. Ce soir, on en saura un peu plus et on pourra mieux gérer, contrôler la situation, voir ce qu'elle sait et ce qu'elle veut vraiment. On avisera ensuite. Tu ne trouves pas que c'est un drôle de hasard qu'elle loge à l'hôtel à Balmedie et qu'elle nous croise ici ?

— Oui c'est assez étrange. Je n'aime pas cela. On verra, tu

as intérêt à avoir raison. Mais pourquoi ne m'as-tu pas dit que tu l'avais rencontrée hier, alors que je t'avais prévenu qu'elle s'était pointée à mon cabinet ?

— J'ai eu tort, je n'ai pas osé te le dire de peur que tu t'inquiètes et que tu te fâches. J'en ai un peu trop dit à Iona, mais heureusement pas assez pour que tu puisses rattraper la situation avec ton plausible mensonge.

— Mouais, combien de fois, je t'ai répété que tu parlais trop, que tu montrais considérablement tes émotions ?

Gladisse opine de la tête. Ma colère fléchit car les arguments de Gladisse sont acceptables et percutants. Elle n'essaye pas de trouver d'excuses, ni d'échappatoire. Cependant, je ne sais pas comment j'aurais réagi si nous étions rentrés à la maison. Seul à seul, sans aucun regard extérieur. Je pense que je l'aurais giflée sans aucune retenue.

Il y a autre chose qui m'inquiète, à propos de ce soi-disant journal intime que Grizel écrivait. Je ne connaissais pas l'existence de ce livre. Pourvu que je n'ai laissé aucune trace compromettante au manoir. De toute façon, Grizel n'a pas eu le temps d'écrire quoi que ce soit sur ma relation cachée, elle est morte avant. A moins d'avoir eu des doutes et de les avoir couchés sur le papier sans m'en parler précédemment. Comme le nom l'indique, un journal intime couvre toutes les pensées secrètes de son propriétaire jamais dévoilées. Je n'aime pas cette Iona. Cette femme est intelligente. Ah, je déteste les écrivaines. Elles ont un côté détective, à fouiner partout. Je sens l'entourloupe à plein nez. Peut-être que je me trompe. Nous le saurons ce soir.

— A l'avenir, même si tu t'es bien débrouillée sur ce coup-là, laisse-moi gérer la situation et ne me fais plus de coup dans le dos. Préviens-moi de toute anomalie. Compris ?

▪

IONA

La nuit est tombée. L'heure du diner approche. Je suis sur la route à Balmedie. Quelques minutes plus tard, je stationne mon Audi devant le portail noir de la maison du couple. Je remarque la présence d'une caméra. A peine ai-je fini de presser le bouton de l'interphone que la porte s'ouvre. Je pénètre dans le jardin et gare mon véhicule devant le porche. Un éclairage automatique illumine le jardin et la façade de la maison. Darren m'accueille à la porte de leur demeure. Il est habillé d'une chemisette blanche à manches courtes et d'un pantalon noir. Le maître de maison me libère de mon manteau. Une musique classique accompagne mon entrée. Je reconnais le concerto pour piano n° 21, en ut majeur, andante, de Mozart. C'est un air délicieux et à la fois intriguant surtout dans ce contexte. L'entrée donne directement sur le salon moderne au volume et hauteur de plafond spacieux. Un grand canapé d'angle de couleur marron taupe, ainsi que des fauteuils, trônent devant une impressionnante cheminée en pierres sèches qui siège au milieu du séjour. Je devine derrière l'âtre, un espace convivial dont je comprends très vite qu'il s'agit de la salle à manger ainsi que de la cuisine. Des poutres en rondins de pin clair traversent le salon. Le sol est composé de parquet en bois exotique marron foncé. De hautes fenêtres, portes-fenêtres en bois également apportent une luminosité, un esthétisme au salon. Bien entendu, elles donnent une grande ouverture sur l'extérieur et probablement une vue extraordinaire sur les dunes en plein jour. C'est une demeure chaleureuse, luxueuse, au confort exubérant. Je m'y sentirais tout de suite bien si je ne savais pas que l'homme qui m'accueille est un criminel. Ils sont là tous les deux. Le petit est couché, me dit Gladisse. Darren m'invite à m'asseoir sur le canapé. Gladisse vêtue d'une robe rouge droite, cintrée à la taille, installe, sur une grande table de salon, un plateau avec diverses boissons et gâteaux apéritifs. Je suis tentée par un gin Blackwood.

— Alors, dites-moi tout. Depuis combien de temps habitez-vous le manoir ? me demande Darren, d'emblée, avec un grand sourire.

L'interrogatoire commence. Bien entendu, je n'ai pas oublié d'enclencher l'enregistrement sonore de mon appareil.

— Un mois et demi maintenant. J'étais venue passer quelques jours de vacances pour me changer les idées, à la suite de ma séparation d'avec mon conjoint. Je viens de Glasgow et Portree m'a énormément plu. J'avais besoin de m'aérer la tête. Je n'étais vraiment pas bien. J'ai décidé de rester et suis tombée sur l'annonce devant une agence immobilière. Le manoir m'a tout de suite fascinée. J'ai décidé de l'acheter sur un coup de tête.

— Mais vous vivez toute seule dans cette grande maison ? m'interroge, étonnée, Gladisse.

— Oui.

— Courageuse. Et qu'est-ce qui vous a tant fasciné dans cette maison ? poursuit Darren.

— Eh bien, au premier abord, je suppose, comme tout bien que l'on veut acheter, qu'il y a des choses qui ne s'expliquent pas. On se sent bien. Et puis ensuite l'histoire de ce manoir m'a charmée. Le fait d'avoir été habité par une écrivaine m'a conforté dans l'idée de l'acheter. Je me suis sentie proche de cette personne, étant moi-même écrivaine. Je me suis d'ailleurs installée dans son bureau pour écrire.

Je porte à mes lèvres le verre et savoure le liquide parfumé tout en jaugeant mes interlocuteurs. Darren ne montre aucune nervosité et Gladisse reste impassible. Pour le moment, c'est un aimable échange entre gens civilisés. Cependant si je ne le provoque pas, il ne se passera rien d'intéressant ni de révélateur.

— Avez-vous lu le journal intime et l'avez-vous en votre possession ici ? questionne Darren.

— Oui je l'ai lu. Elle parle de votre vie de couple, de son désir d'avoir un enfant, mais je ne l'ai pas achevé. Je ne l'ai pas avec moi. Il est resté à Portree. Il y a une chose que vous devez savoir lorsque j'ai voulu acheter le manoir. J'espère ne pas vous choquer, mais l'agent immobilier m'a dit à propos du manoir qu'il était hanté par Grizel. Je ne comprenais pas pourquoi, son prix était si peu élevé et pourquoi il n'était pas habité, quand il m'en a révélé la raison. Cela m'a beaucoup amusée, car je ne crois pas du tout aux fantômes.

Gladisse pâlit. Quant à Darren, il éclate de rire. Un air de Jean-Sébastien Bach résonne dans le séjour.

— C'est un très mauvais agent immobilier pour vous dire cela. Il faudra que je lui en parle la prochaine fois. C'est ridicule. Nous sommes bien en Ecosse pour avoir ce genre d'ineptie, pff !

— Pourquoi lui en parler ? Je ne souhaite pas quitter le manoir et je ne pense pas que ce soit un mauvais agent immobilier. Imaginez, j'achète le manoir et je constate qu'il est hanté, c'est une très mauvaise publicité pour l'agence, alors que là au moins je suis prévenue et je ne peux m'en prendre qu'à moi-même.

Un froid glacial traverse le salon. Gladisse commence à se frotter les doigts, le sourire figé.

— Les fantômes n'existent pas, répond-il froidement. Il me semble avoir entendu ma sœur me parler de ce genre de sornettes. C'est pourquoi je me suis fâché avec elle. Je ne voulais plus entendre parler du manoir, mais elle n'arrêtait pas de me dire que les locataires avaient peur et fuyaient cet endroit. Je pense surtout que le fait que ma femme se soit suicidée là-bas épouvante les gens, surtout les Anglais, les Ecossais. Ils s'imaginent des choses et c'est ridicule. Le moindre bruit devient suspicieux. Dans ces cas-là, qu'ils achètent une simple maison ou un appartement, conclut-il agacé avec de grands gestes, puis tout à coup, il me regarde hautainement.

— De toute façon, là n'est pas le sujet ou la question, vous avez dû constater qu'il n'était pas hanté.

— Certes, je ne crois pas aux fantômes, sauf que, au risque de vous bouleverser Darren, de remuer des sentiments, j'ai vu et entendu des choses inexpliquées, étranges qui se passent dans le manoir. Je crois même l'avoir aperçue.

— Mon dieu ! s'exclame épouvantée Gladisse.

Darren dévisage Gladisse. Il fronce les sourcils, secoue la tête.

— Je pense que ce manoir a une trop grande histoire et un lourd passé à cause de Grizel qui s'est suicidée. Moi-même, je suis parti car je ne supportais plus de vivre sans elle et sa mort devenait pesante. Le bois craque, travaille dans cette maison. On peut vite s'imaginer des choses.

— C'est pourquoi vous êtes partis si vite avec Gladisse à Balmedie ? Vous êtes en couple maintenant ?

Darren sourit et réplique.

— Oui, enfin, n'allez pas croire que nous étions amants. Gladisse est une amie de longue date et nous avions besoin réciproquement d'une présence amicale pour se confier, pour s'entraider dans cette épreuve douloureuse. Il se trouve que Gladisse est tombée enceinte dans cette même période. Le père n'a pas voulu de l'enfant et a laissé tomber Gladisse. Je voulais absolument quitter Portree qui me rappelait de trop grands souvenirs. J'ai décidé de partir loin. Gladisse m'a suivi. La vie a fait que nous nous sommes rapprochés et sommes tombés amoureux. Je me suis occupé d'Irvin comme s'il était mon propre enfant et je le considère comme mon fils.

Aux yeux de la police, son témoignage semble cohérent, crédible, mais un test de paternité peut briser son mensonge.

— Vous avez accouché à l'hôpital d'Aberdeen ?

— Oui répond spontanément Darren à la place de Gladisse.

Quel beau mensonge ! Gladisse semble gênée et moi je jubile en mon for intérieur car j'enregistre tout. J'ai toutes les preuves qui contredisent ses assertions.

— Mais dites-moi, Darren, si réellement Grizel était un fantôme, ne seriez-vous pas heureux de communiquer avec elle ?

La mâchoire de Darren se crispe. Il pousse un profond soupir.

— Heureux ! drôle d'idée. Pourquoi insistez-vous autant ? Les fantômes si on imagine qu'ils existent, ne sont-ils pas des âmes en peine qui errent sans but. Comment voulez-vous communiquer avec ce genre de choses….

Gladisse se lève brutalement.

— Et si nous passions à table ?

— Oui très bonne idée. J'aimerais savoir, êtes-vous venue ici pour parler du prétendu fantôme de Grizel ou pour me proposer d'écrire sa biographie ? me demande Darren en me fusillant du regard.

— Pour écrire la biographie de Grizel. Avez-vous réfléchi à mon offre et êtes-vous d'accord pour m'aider ?

— Voyez-vous, je n'avais aucune envie de replonger dans mon passé. Grizel a mis fin à sa vie de façon dramatique, dans notre maison. Je lui en ai voulu de vouloir mourir car elle ne pouvait pas avoir d'enfant. Grizel m'avait, moi, dans sa vie et apparemment cela ne suffisait pas.

Nous passons derrière la cheminée et je découvre l'espace salle à manger ainsi que la cuisine ouverte. Un lustre en corne de bois illumine la pièce. Gladisse me propose une chaise. Darren s'assied en bout de table, en maître de cérémonie entre sa femme et son invitée. Darren continue son chapitre.

— Je dis que je n'avais pas envie jusqu'à ce que Gladisse me convainque du contraire. Cependant je suis encore hésitant. Cette histoire de fantôme me déplait au plus haut point. Cela remue des émotions que j'avais enfouies au fond de moi et je crains de devoir encore y réfléchir.

— Pourtant tu devrais vraiment t'intéresser à ce roman, je t'assure. Quant aux histoires de fantôme, ce ne sont que des rumeurs ou des impressions n'est-ce pas ! dit Gladisse en posant sur la table, chacun devant nous, une assiette de saumon mariné à l'aneth, accompagné de pommes de terre. Vous aimez le saumon, j'espère ?

— J'aime le poisson. J'ai acheté du saumon sur le port de

Portree l'autre jour, alors oui j'apprécie.

Darren me propose d'accompagner le poisson par un vin blanc, du Chablis. J'accepte volontiers. Il verse la boisson dans mon verre.

— C'est vous qui avez préparé ces plats et qui vous occupez de cette grande maison ? je demande à Gladisse en passant outre le sujet sur le fantôme. Je préfère y revenir plus tard.

— Oui c'est moi, je ne travaille pas, donc j'ai le temps. Il arrive que nous fassions appel à une femme de ménage, quand nous voulons sortir, voyager.

— Félicitations, c'est extrêmement bien tenu. Mais vous n'avez pas envie d'une vie plus sociable, de travailler, d'avoir plus de responsabilités ?

— Grands dieux, non. Je suis heureuse ainsi.

— Pourquoi ? Gladisse a tout ce qu'elle désire et c'est si agréable d'avoir une femme qui s'occupe de vous, qui vous bichonne, qui se contente des choses simples de la vie. Je lui apporte le confort et elle, en retour, m'apporte de l'amour. Elle est derrière moi, m'accompagne dans mes décisions, mes choix de vie.

Nous y voilà.

— Oui contrairement à Grizel qui était une auteure à grand succès. Vous étiez derrière elle ou à ses côtés. On la voyait, mais peut-être pas vous. J'imagine que cela peut être dur à supporter des fois, malgré l'amour que l'on porte à sa femme. Je lui rétorque.

Les traits de Darren se durcissent, un rictus mesquin

apparaît sur son visage. Il se redresse sur sa chaise. Gladisse pose tendrement sa main sur son bras, le regard compatissant ou implorant, je ne sais dire.

— Il est certain que Grizel était quelqu'un. Bien sûr, j'étais le mari de la grande écrivaine, c'était effectivement souvent.... difficile à gérer. Seulement n'allez pas croire que je ne l'aimais pas. Bien au contraire. Je ne vois pas ce que vous voulez insinuez ?

— Rien de bien méchant. Simplement que vous préférez être le maître plutôt que l'accompagnateur.

— Evidemment. Dites-moi, sur ce journal intime, que raconte Grizel ? Etait-elle heureuse avec moi, est-ce qu'elle parle de moi en des termes élogieux ?

— Elle parle de votre rencontre, de vos carrières respectives, de sa vie d'écrivain et vous de médecin, de la notoriété. De votre vie conjugale riche en émotions et enfin de son désir d'enfant. Bien sûr, elle mentionne lors de cette période difficile, votre mésentente et son ressenti sur votre façon, chacun, de gérer la situation, de voir les choses différemment à ce moment. Pourquoi vous inquiétez-vous ?

— Je ne m'inquiète pas, je m'interroge car vous semblez dire des choses, insinuer des sentiments que peut-être Grizel a crus de moi, sinon, je ne vois pas pourquoi, comment .....

— Oui pourquoi, comment ....J'attends, amusée, la suite qui ne vient pas.

Les yeux bleus de Darren me foudroient. Je crois qu'il

n'aime pas ce petit jeu.

— Vous avez l'air de savoir, de lire en moi comme dans un livre ouvert. Normal, vous avez ce journal intime dont je ne connaissais pas l'existence. Vous avez une longueur d'avance sur moi et des pensées de ma femme que je ne connais pas. Cela me déplaît fortement évidemment. J'ai l'impression d'être mis à nu. Mettez-vous un instant à ma place.

— Mais si vous n'avez rien à vous reprocher, tout va bien.

— Je n'ai rien à me reprocher à part n'avoir pas su l'empêcher de se jeter du toit.

— Vous ne pouviez pas connaître ses intentions. Je suppose que c'était affreux. Où étiez-vous ce soir-là ?

Darren martèle la table de ses poings. J'ai sans doute un peu trop usé sa patience. Gladisse sursaute.

— Je n'aime pas la direction de cette conversation. On dirait que vous m'interrogez comme.. Êtes-vous flic ou écrivaine ?

— Désolée, ce n'était pas mon intention. Voyez-vous, je ne peux pas me mettre à votre place, mais plutôt à celle de Grizel. Mais si je vous avais à mes côtés pour écrire, j'aurais aussi votre version des faits, votre côté narratif qui ajouterait du sel à ce livre.

— Je comprends, mais, à l'heure qu'il est, je préfère réfléchir à tête reposée et vous rappeler pour vous donner ma réponse. C'est encore douloureux et ce dîner m'a rappelé à quel point rien n'est facile.

— Un dessert nous ferait le plus grand bien, interrompt

Gladisse.

Tandis que je dévie la conversation sur Irvin afin de faire redescendre la pression, le soufflet, Gladisse nous apporte le dessert dans des verrines.

— Présenté ainsi, vous ne le reconnaissez peut-être pas, mais c'est du Cranachan avec framboises, crème et granola. Habituellement chaque ingrédient est placé sur la table, mais j'ai voulu ajouter ma touche personnelle. Ne vous inquiétez pas, il y a toujours une note d'alcool, nous explique-t-elle.

Je félicite encore la maîtresse de maison qui est une fine cuisinière. Le Cranachan est une recette traditionnelle écossaise. Effectivement, chaque élément est disposé sur la table pour que chaque convive compose lui-même son dessert. Gladisse reprend le contrôle de la conversation et me pose des questions sur ma vie, sur mon histoire avec Kenneth.

— Que s'est-il passé pour que vous le quittiez ?

— Je l'ai malheureusement surpris dans les bras d'une autre femme dans notre lit. Imaginez-vous l'effet que cela m'a fait. Je me suis sentie trahie, humiliée, injuriée. J'ai été dépressive, incapable d'écrire pendant un certain temps.

— Oui j'imagine fortement. Je détesterais, admet Gladisse qui glisse un regard vers Darren placide, imperturbable.

— C'est assez curieux, car il ne s'est jamais excusé. Il était arrogant. Nous avons finalement décidé de vivre séparément et l'autre jour, Kenneth est venu me rejoindre à Portree, dans l'idée de me récupérer. Mais c'est fini, je ne reviendrai pas en arrière. J'ai trop souffert. Je commence seulement à souffler.

— Est-il reparti à Glasgow ? se renseigne Gladisse.

— Malgré mon refus, non. C'est pourtant quelqu'un qui a un orgueil démesuré. Je l'ai rencontré à nouveau sur le marché et il m'a demandé de rentrer avec lui, me trouvant folle d'avoir acheté ce manoir dont les rumeurs, à Portree, se diffusent vite et prétendent qu'il est hanté.

— Baliverne. Encore cette idiotie ! balaie du revers de la main Darren, agacé.

Dois-je lui avouer que j'ai vraiment vu Grizel et corriger le fait d'avoir cru apercevoir quelque chose ? Ce serait imprudent et peu judicieux de ma part de tout révéler. Etant dans la maison du couple, j'ai peur des conséquences. Ma vie est entre leurs mains. Toutefois, jouer un peu avec leurs nerfs est amusant.

— Ce ne sont pas tant que cela des idioties. Moi-même qui ne crois pas aux fantômes, j'ai entendu des bruits ou des choses, comme je vous l'ai dit, inexpliqués. Des notes sur le piano la nuit, le journal intime qui tombe de la bibliothèque, du verre qui se casse, des portes qui claquent sans raison, un parfum de violette qui traverse la pièce et disparaît aussitôt. Alors il y a de quoi se poser des questions. C'est troublant.

Darren réagit à l'évocation du parfum à la violette. Gladisse qui observe les moindres signes, faits et gestes de son conjoint, qui semble respirer au rythme du pouls de Darren, lui demande :

— Cela te rappelle apparemment quelque chose la violette ?

— Oui c'était le parfum de Grizel.

Parfait, Gladisse travaille, sans le savoir, pour moi. Au moins, cette question aura été posée par sa propre femme. On ne m'accusera de rien cette fois-ci. Je savais que j'allais toucher une corde sensible. Cette fois, Darren paraît vraiment soucieux, contrarié.

— Vous dites également que le journal intime est tombé de la bibliothèque. C'est donc là qu'il se trouvait.

— Oui c'est d'ailleurs assez étrange, à la façon dont les livres sont rangés, serrés les uns contre les autres. Il est délicieux votre dessert, Gladisse, ajouté-je à la fin pour glisser une note de légèreté.

— Comme si Grizel avait poussé le journal volontairement pour que vous le lisiez. Commente Gladisse, songeuse.

Darren fronce les sourcils et dévisage Gladisse.

— Bon je crois que j'ai assez disposé de votre temps. Je vous remercie de m'avoir invitée et pour cet excellent dîner, mais je vais pendre congé, dis-je en me levant.

— Je suis ravie que le dîner vous ait plu, dit Gladisse.

Le couple se lève et m'accompagne jusqu'à l'entrée. Darren me rapporte mon manteau puis m'escorte jusqu'à ma voiture.

— Je vous recontacterai d'ici deux ou trois jours pour vous

donner ma réponse. Je vous souhaite un bon retour à Portree. Quand repartez-vous ?

— Lundi matin. Oui s'il vous plaît, appelez-moi même si c'est négatif. Bonne soirée à vous et merci encore pour l'invitation.

Je monte dans mon Audi et laisse la maison du couple infernal loin derrière moi. Ai-je piqué l'attention de Darren en parlant des phénomènes paranormaux ? Il ne croit pas aux fantômes, c'est un médecin, il a besoin de concret, mais en citant le parfum à la violette, il a été troublé. Ce dîner va-t-il guider Darren jusqu'à Portree. J'ai tout intérêt, dès mon retour, à foncer voir la police. J'ai suffisamment d'éléments pour sa culpabilité, mais je crains d'en avoir peut-être trop fait et m'être mise en danger. Je gêne maintenant ce couple dans leur vie pleine de béatitude. Je suis une menace.

▪

IONA

Sur le chemin du retour à Portree, je réfléchis à la façon dont je vais présenter mon histoire à la police. Je pense que cela ne va pas être facile, mais je n'ai plus le choix. Pour deux raisons, je ne peux pas laisser ce meurtre impuni et depuis hier, j'ai l'impression d'être suivie. J'arrive à Portree aux alentours de 15h00. Je rentre au manoir afin de voir Grizel et me détendre un peu avant ma déposition. Dès que j'ouvre la porte de la maison, j'appelle Grizel mais le silence règne. Je monte immédiatement à notre bureau. Je la retrouve assise sur le sol, le regard atterré et le teint aussi blafard que les premières fois. Lorsqu'elle m'aperçoit, mon fantôme m'adresse un triste sourire. Grizel se lève. Je suis heureuse de la voir, mais hélas, je ne peux pas la serrer dans mes bras. C'est impossible. Je garde même mes distances, car l'éloignement m'a fait perdre l'habitude de ce sentiment de mort qui rôde. Son apparence presque humaine que j'avais laissée avant de partir, a disparu. J'ai l'impression que Grizel a replongé dans ses démons, ses pensées les plus obscures.

— Tout va bien ? je lui demande.

— Ton absence m'a paru hélas une éternité et j'ai cru mourir à nouveau, mais d'ennui et d'inquiétude cette fois-ci. Me confie-t-elle avec dérision. Alors, que s'est-il passé avec Darren ?

— Je pense en avoir trop fait.

Je lui raconte toute l'histoire. Grizel m'écoute avec attention et reprend même des couleurs comme si c'était possible. Ses yeux bleus empreints d'une grande mélancolie, expriment une certaine tendresse à l'évocation de l'enfant. Quand je lui demande si elle veut écouter les enregistrements, Grizel refuse. Elle n'est pas prête à entendre le son de la voix de Darren, ni ses mensonges. Cependant, elle sait tout car je lui narre tout par le menu.

—Tu as éveillé sa curiosité. Tu es en danger, car nous sommes une menace pour lui. Il ne croit pas aux fantômes, certes, mais tu as parlé de parfum de violette, tu as insisté sur des faits étranges. Il va vouloir vérifier pour soulager sa conscience et éliminer tous parasites. Darren ne laisse rien au hasard. Tu as intérêt à tout raconter à la police. Tant pis si cela risque d'être contraignant, pénible. Regarde bien derrière toi quand tu quittes le manoir. A l'intérieur, je suis là pour te guider, prendre soin de toi, mais à l'extérieur c'est une autre histoire. Va au plus tôt voir la police. Tu as fait du bon travail et donne-leur tout ce que tu sais. Pour Gladisse, je ne sais pas si elle sait tout, car Darren est très fort pour manipuler et noyer le poisson.

— Oui je m'en suis aperçue. Il est très fort pour se maîtriser, gérer une situation compliquée. Gladisse est plus sensible, fragile, mais je pense qu'elle n'est pas plus innocente. Elle a son fils à protéger. Je ne sais pas quoi penser d'elle.

Nous établissons un plan. Je dois convaincre l'inspecteur chef Reed McNeal du C.I.D (Département d'Investigation Criminelle) de la police judiciaire. Nous avons regardé à qui il fallait s'adresser pour une affaire comme la nôtre. C'est l'homme de la situation. Le problème est qu'il ne dirigeait pas cette équipe à l'époque du meurtre. Il est fort peu probable qu'il connaisse l'histoire. Peut-être est-ce mieux ainsi. Je dois me préparer au pire. Nous envisageons tout un éventail de questions embarrassantes et difficiles. Grizel se fait l'avocat du diable. Alors, j'ai un panel de réponses possibles avec justificatifs à l'appui. Je suis prête pour un interrogatoire. Je préfère travailler sur mon entretien plutôt que d'improviser et d'y aller en touriste, car il est évident que je vais souffrir. Persuader un officier de police qu'un fantôme vous a révélé avoir été tué, n'est pas ordinaire, ni une mince affaire, mais pour lui, certainement une belle utopie.

Avant de partir à la police, je téléphone, comme chaque jour à mon amie Shona. Je lui communique mon rapport quotidien des faits, des évènements qui se produisent dans ma vie depuis ma rencontre avec Grizel. J'avoue que me confier me rassure et me conforte dans l'idée de continuer dans cette voie. Shona est ma psychologue. Le pouvoir de parler, de se livrer est libérateur. Elle me suit à distance dans mon aventure. Si j'étais seule, j'aurais l'impression d'être folle, d'avoir eu des hallucinations. C'est tellement invraisemblable. Shona me pousse aussi à divulguer ce crime à la police, mais elle me conseille plutôt de le faire demain matin. Shona me dit que mes idées seront plus claires, après une bonne nuit de sommeil, même si je suis disposée à le faire maintenant. Le voyage m'a fatiguée et ce soir le lieutenant aura sans nul doute accumulé une masse d'informations d'enquêtes en cours ou de plaintes. Bien sûr il est probable que le lieutenant Reed McNeal travaille la nuit, mais il écoutera vraisemblablement d'une oreille distraite les élucubrations d'une jeune femme en détresse, me souligne Shona avec force et humour.

•

IONA

Il est 9h00 du matin. Je viens de stationner devant le bâtiment de la police locale de Portree (Police Service of

Scotland). J'inspire une profonde respiration pour me motiver. Je suis maintenant devant la porte de l'établissement que je regarde avec défi. Derrière cette entrée qui arbore l'emblème du chardon et de la couronne de la reine d'Angleterre, il y a le destin d'une femme qui doit être vengée. Je me présente devant la deuxième plus grande force de police du Royaume-Uni après le Metropolitan Police Service, dit le Met, qui se situe à Londres, alors j'ai intérêt à être convaincante.

— Je peux faire quelque chose pour vous ? me demande un homme.

Je me retourne vers mon interlocuteur que je n'avais pas vu arriver, étant dans mes pensées. C'est un homme d'une grande prestance, aux cheveux châtain clair. Il porte sous son blazer noir, une chemise blanche. Son regard d'un bleu foncé me contemple avec profondeur. Il dégage un certain charisme et doit être âgé d'une quarantaine d'années.

— Euh oui, je voulais m'entretenir avec l'inspecteur Reed McNeal pour une déposition.

— Vous avez beaucoup de chance, vous l'avez devant vous, mais habituellement il est préférable de franchir la porte pour me rencontrer, me dit-il avec un sourire bienveillant.

Oui j'ai de la chance. Mon hésitation m'a permis d'éviter sans doute des explications avec des intermédiaires ou de l'attente.

— Il faut dire que mon histoire n'est pas simple, lui dis-je en préambule.

— Eh bien entrons, vous allez m'expliquer tout ça. Aucune histoire n'est simple, vous savez. Si je puis vous aider.

L'inspecteur entre. Il y a une forte affluence dans le hall d'entrée. Deux personnes attendent déjà dans la salle d'attente. Reed McNeal s'entretient quelques instants avec un jeune policier au point accueil puis s'adresse à moi.

— Suivez-moi, on va dans mon bureau.

Nous montons des marches qui mènent à l'étage supérieur. Entretemps, nous croisons deux officiers qui saluent l'inspecteur. Reed McNeal ouvre la porte de son bureau et m'invite à y entrer.

— Installez-vous.

Je m'assieds face à lui devant son bureau où s'empilent des dossiers et un ordinateur portable. Une grande fenêtre illumine la pièce. Celle-ci est meublée d'étagères remplies de classeurs, de livres de droit et de chemises classées de manière ordonnée. Le mur est blanc et le revêtement de sol du linoléum marron clair. Un petit bureau se tient dans un coin avec un second ordinateur. Pour le moment, l'accueil de l'inspecteur et sa disponibilité sont agréables. Il me donne confiance.

— Je vous écoute.

Tout commence, je dois être claire et directe, afin d'être prise au sérieux.

— J'ai été témoin d'un meurtre. J'habite le manoir à Portree en-haut de la colline. Je suis écrivaine et je me suis installée il y a un peu plus d'un mois dans cette maison. L'agent immobilier m'a dit que cette maison était hantée par l'ancienne écrivaine Grizel Flemming. Ce qui m'a fait plutôt rire sur le moment, je ne crois pas aux fantômes, mais l'histoire du manoir m'a inspirée alors je l'ai acheté. Je ne me moque pas de vous, mais il s'avère que le manoir est vraiment hanté et habité par Grizel. J'ai commencé par entendre des bruits bizarres puis je l'ai vue. J'ai voulu en savoir plus, je ne voulais pas fuir comme les précédents habitants. Je suis propriétaire de ce domaine, alors j'ai voulu entrer en contact avec elle. J'ai réussi. Je ne vois pas l'intérêt de raconter n'importe quoi. Vous n'êtes pas obligé de me croire, mais je ne suis pas ici pour vous faire perdre votre temps, ni le mien. Surtout si c'est pour passer pour une folle. Grizel s'est transférée dans mon corps et m'a montré les derniers moments de sa vie. Il y a deux ans et demi, elle a surpris son mari Darren au téléphone en pleine conversation avec sa maîtresse sur la terrasse. Sa maîtresse lui a dit être tombée enceinte. Ils se sont disputés violemment et lorsque elle a dit qu'elle ne voulait plus le voir et qu'elle l'enlevait de son testament, il l'a précipitée du toit. Darren a écrit une lettre en se faisant passer pour Grizel et en déclarant qu'elle se suicidait car elle ne pouvait pas avoir d'enfant.

Je marque une pause. L'inspecteur ne m'a pas interrompue lors de mon récit. Il a pris des notes sur son ordinateur. C'est une histoire à dormir debout. Il faut que je lui laisse le temps de digérer. Trop d'information tue l'information. Reed McNeal hausse les sourcils et m'adresse un sourire pas moqueur, mais embarrassé.

— Effectivement, votre histoire n'est comparable à nulle autre. Je ne m'attendais pas à cela. Il faut avoir une certaine ouverture d'esprit.

— Je vous l'avais dit, c'est pourquoi j'hésitais à entrer, mais au moins vous ne vous êtes pas moqué de moi.

— Ce n'est pas mon genre. J'écoute toujours les gens avec sollicitude. J'ai en effet, entendu parler de ce manoir hanté, mais je ne prête pas attention à ce genre d'histoires, car je ne crois pas non plus aux fantômes. Je ne travaillais pas ici lors du décès de madame Flemming. Je ne la connaissais pas personnellement mais de par sa notoriété. C'est mon prédécesseur qui s'est chargé du dossier. Madame ...Quel est votre nom ?

—Iona Murray

—Madame Murray, vous m'avez l'air d'une personne sincère, saine d'esprit et intelligente. Cependant, comprenez ma position. Admettons que ce fantôme existe, ce qui, vous le comprendrez aisément, est assez irrationnel, avez-vous des preuves matérielles qui justifieraient cet acte criminel mis à part que Grizel Flemming soit entrée dans votre corps pour vous faire connaître le meurtre dont elle a été victime ? Car si je dois mener une enquête, je dois savoir où aller et toute accusation doit s'appuyer sur un minimum de preuves palpables.

—J'ai des preuves. J'ai cherché le lieu de travail et la résidence actuels de monsieur Flemming. Il vit à Balmedie, un petit village près d'Aberdeen avec Gladisse, la femme qu'il fréquentait en cachette et son fils qui à vingt-et-un mois. L'âge de l'enfant correspond exactement à l'époque du soi-disant suicide. Lorsque Grizel a surpris son mari en pleine conversation avec sa maîtresse qui l'informait qu'elle était enceinte de lui. Elle a accouché dans sa maison à Balmedie. J'ai pu acquérir l'extrait d'acte de naissance qui prouve que Darren Flemming a reconnu être son père.

Je donne l'extrait d'acte de naissance à l'inspecteur qui le vérifie.

— Il peut avoir reconnu être le père sans pour autant que ce soit son fils. Cela arrive, il y a de bons gentlemen dans notre monde, mais dans ce cas la femme doit avoir un lien particulier avec lui, dit Reed.

— Il a nié être le père, affirmant que c'était l'enfant non voulu du petit ami de l'époque de Gladisse. Gladisse aurait été une amie au moment du meurtre et qu'il aurait aidée car elle était désœuvrée. De plus, Il a affirmé que l'accouchement s'est déroulé à l'hôpital d'Aberdeen. C'est faux. La preuve en est avec ce document où c'est inscrit. Pourquoi mentir si on n'a rien à se reprocher. J'ai enregistré toute la conversation sur mon téléphone. Je me suis arrangée pour rencontrer le couple et j'ai été invitée chez eux. J'ai dit que j'étais écrivaine, ce qui est vrai et que j'habitais le manoir. Etant inspirée par l'histoire de Grizel Flemming, je veux écrire sa biographie avec son aide. J'attends son appel. J'aimerais vous laisser l'enregistrement afin que vous écoutiez nos conversations et vous faire une idée du personnage, du nombre de contradictions et de mensonges. Tout coïncide. Croyez-moi, j'ai discuté avec Gladisse sur la plage, bien avant d'être invitée sans dire qui j'étais et elle me disait que Darren était le père de son petit garçon. Ecoutez la conversation. Sachez aussi que j'ai pris des photos de la maison et de l'enfant.

—J'écouterai la conversation. Vous souhaitez que monsieur flemming vous rappelle, mais ensuite que se passera-t-il ? Vous vous mettez en danger si, réellement comme vous le soupçonnez, c'est un criminel. Dans le cas contraire, s'il s'aperçoit que vous enquêtez sur lui, il peut porter plainte pour atteinte à la vie privée.

— J'écris sur la vie de Grizel, donc il n'y a rien de faux. Je vous demande votre aide pour élucider ce meurtre. En plus, depuis mon retour lundi de Balmedie, j'ai la désagréable impression d'être suivie.

—Normal, c'est psychologique. Restez prudente dorénavant et ne faites plus rien d'inconsidéré. Consacrez-vous à l'écriture de votre roman. Dîtes-moi, quel serait le mobile du meurtre commis par monsieur Flemming ?

—L'argent. Grizel voulait l'enlever de son testament, l'enlever de son assurance-vie et le priver de biens. Il l'a tuée sans préméditation. Il a agi sur un coup de sang, mais avant tout il aime l'argent, le pouvoir. Il vit de son métier c'est un cardiologue, certes, mais c'est un homme qui a besoin de beaucoup de ressources financières. Il vit des droits d'auteur de Grizel, du manoir. Il ne la supportait plus car Grizel était, aux yeux des gens, quelqu'un et il n'avait plus aucune considération pour lui-même. Elle dominait la situation. Gladisse est son contraire.

— Je ne vous promets rien. Il faut que j'écoute les enregistrements. Pour accuser, il faut un maximum de preuves. C'est une affaire délicate et plutôt inédite dans le genre. De plus, j'ai une autre affaire en cours, criminelle également.

— Je comprends, mais faites-moi confiance. Je ne peux pas laisser cet homme impuni. Je sais que c'est difficile à croire, mais j'ai vu ce qui s'est passé. Autre chose, je suis aussi surprise qu'aucune trace de bleus ou de coups n'ait été trouvée qui n'ont aucun rapport avec sa chute et que personne ne se soit posé de questions sur la façon dont le corps était positionné. Elle s'est heurté le dos au parapet avant qu'on la pousse.

— Le coroner aurait fermé les yeux ou aurait détourné des preuves. Ce sont de graves accusations.

— S'il vous plaît, faites quelque chose. Quel serait mon intérêt de vous raconter cette histoire si je ne l'avais pas vécue ?

L'inspecteur me contemple avec intensité. Je ne baisse pas le regard, au contraire. J'ai l'impression qu'il pénètre mon cerveau, mes pensées, mais je suis honnête et je veux qu'il le sache.

— Bon, écoutez, je vais voir. Avez-vous une carte de visite avec vos coordonnées et je vais également noter l'adresse de monsieur Flemming à Balmedie ?

Je lui donne ma carte de visite et lui fournis l'adresse de Darren.

—Permettez-moi d'emprunter votre portable afin d'enregistrer les conversations. Je vous demanderai de patienter dans la salle d'attente et je reviens vers vous. M'explique-t-il toujours avec sérénité et courtoisie.

Je lui donne mon portable et quitte le bureau, accompagnée de Reed McNeal. J'observe autour de moi, nerveuse. Un officier en uniforme discute avec l'inspecteur. Celui-ci, un homme avec un fort embonpoint, jette un coup d'œil vers moi. Les deux policiers entrent dans le bureau de Reed McNeal. Je ne sais pas si j'ai été persuasive, toutefois, il ne m'a pas éconduite. Une bonne demi-heure s'est écoulée lorsque l'inspecteur sort de son bureau avec son collègue. Je n'aime pas le sourire en coin de l'autre policier. Reed me rejoint et me tend mon portable.

— Madame Murray, je vous rends votre portable. Je reviendrai vers vous d'ici quelques jours. Soyez prudente, n'enquêtez plus. Prenez soin de vous et consacrez-vous à l'écriture de votre livre. Je viendrai vous rendre visite au manoir. Je vais voir ce que je peux faire car votre histoire est délicate et nous rentrons dans le monde du paranormal.

— Oui, comme ça tu verras peut-être le fantôme et elle te rentrera dedans aussi, plaisante son collègue d'un air graveleux. Son rire est gras et son clin d'œil abusif.

Reed McNeal secoue la tête et n'a pas l'air d'apprécier la

raillerie de l'officier.

— Ne vous inquiétez pas, je ne suis pas comme mon collègue. Tu ne devais pas partir Logan ?

L'intéressé marmonne dans sa barbe puis quitte les lieux.

— Tous les policiers ne se comportent pas ainsi, s'excuse Reed. Je vais vérifier et enquêter personnellement sur votre affaire. Ne vous attendez pas à avoir tout de suite de mes nouvelles car, comme je vous le disais, je suis sur une autre affaire. Restez discrète, ne prenez pas de risques et avertissez-moi dès que monsieur Flemming vous contacte ou que vous vous sentez en danger, me dit-il soucieux, en m'accompagnant jusqu'à la sortie.

— Je vous remercie Lieutenant. Venez me voir au manoir, vous verrez que je n'invente rien.

Nous nous séparons. Je rejoins ma voiture. J'aperçois l'officier Logan en pleine conversation avec un autre policier en uniforme, les deux s'esclaffent, et me regardent partir. Je suis soulagée de la réaction, du comportement de l'Inspecteur Chef. J'espère, maintenant que le lieutenant ne fait pas semblant de me croire en agissant ainsi par professionnalisme, par devoir. Je préfère, ceci dit, cette attitude à celle de la moquerie, de la niaiserie comme je m'attendais à avoir de la part de son collègue. L'avenir nous le dira. Dans les prochains jours, je verrai si Reed McNeal m'a prise au sérieux.

•

REED MCNEAL

J'ai auditionné ce jour Iona Murray, témoin d'un meurtre qu'un fantôme lui aurait révélé. Durant ma carrière, j'ai été confronté à plusieurs individus. Je les cerne plus ou moins grâce à une méthode qui trahit mon interlocuteur. Les expressions faciales, les mimiques et la gestuelle permettent de savoir si la personne ment ou est sincère. Bien sûr, il ne faut pas se fier à cent pour cent à ce procédé. J'avoue que son histoire est troublante, voire insensée. J'ai rencontré des criminels pour homicides volontaires ou involontaires, mais jamais je n'ai été confronté à ce genre de situation. L'écrivaine est nerveuse, mais me paraît honnête. Elle ne semble pas souffrir de mythomanie, ni de schizophrénie. Ses réponses sont cohérentes, réfléchies. Toutefois, je vais me renseigner sur elle avant de commencer l'enquête. Mon intuition me pousse à l'aider, à ne pas rejeter son affaire. Pourtant, je ne crois pas aux fantômes et en plus si on me parle de transfert dans un corps, mes poils se hérissent. Je suis quelqu'un de rationnel, de cartésien, ce qui est logique chez un policier. Bien des enquêtes par le passé m'ont surpris par leur déroulement étrange et le comportement humain. Un flic qui enquête doit être ouvert et avoir du flair. Un bon détective est souvent guidé par ses pressentiments, ses ressentis. Alors, j'écoute mon intuition et Iona Murray, je la trouve, ma foi, bien courageuse pour venir témoigner. Lorsque j'ai vu cette jeune femme brune devant la porte du poste de police, hésitante, j'ai bien compris que quelque chose la tracassait, un incident grave était arrivé. Toutefois, je ne m'attendais pas à cette révélation ce matin.

Quand j'ai emprunté le portable d'Iona Murray pour enregistrer les conversations, Logan, était avec moi. Il m'a demandé de quelle affaire il s'agissait. Je le lui ai expliqué et aussitôt, il a pouffé de rire. Il est vrai que les histoires de fantômes qui communiquent à travers le corps de quelqu'un sont plutôt des bêtises, des légendes d'Ecosse à raconter aux enfants pour les aider à s'endormir. C'est une folle, ne fais pas attention à ce genre d'énergumènes, m'a conseillé Logan. Seulement, je ne sais pas ce qui m'a pris, au lieu d'écouter mon collègue, puisque j'avais le portable en ma possession, j'ai téléchargé un logiciel espion afin de lire les SMS, écouter les conversations et géolocaliser Iona. Mon instinct encore une fois me dicte d'agir ainsi. Je veux avoir bonne conscience et dormir tranquille. Si me je suis trompé, je le saurai très vite. Toutefois si cette enquête aboutit à un meurtre qui s'est produit il y a deux ans et demi à cause de détournements de preuves ou d'une erreur policière, je pourrai m'en féliciter.

J'ai au moins deux heures devant moi, pour étudier cette affaire, ensuite, je dois me replonger dans l'enquête Glow. Je vais commencer par écouter les conversations enregistrées par Iona que j'ai recopiées sur mon dictaphone et ensuite sur ma clé USB. L'enregistrement sonore est parfait. Il débute par la rencontre au cabinet de Darren. Je me fais ainsi une petite idée du personnage.

Rien ne semble suspicieux, juste que c'est un homme qui est dans le contrôle. Ensuite, l'entretien suivant est entre Iona et la présumée femme de Darren sur la plage. Les échanges sont classiques, rien d'anormal jusqu'à ce que Iona révèle son identité, son lieu de résidence et la raison de sa venue. D'un seul coup on sent, de la part de son interlocutrice, un embarras, un trouble et une très forte envie de s'échapper d'un bourbier dans lequel elle vient de s'enfoncer. Gladisse révèle l'âge de son enfant, ne cache pas que Darren est le père de son petit garçon. Maintenant, devant une inconnue, on peut parler de l'essentiel et éviter les détails embarrassants. Cependant, les femmes sont bavardes et se confient souvent davantage à une anonyme. Surtout si c'est pour vanter les mérites de son conjoint. Je conçois que la fin est assez étrange et laisse dubitatif. La suite se déroule entre Iona, Darren et Gladisse. La rencontre fortuite pour le couple, mais bien organisée par Iona, me donne le sourire. Iona domine la situation. Je discerne un froid et j'imagine fortement un vent de panique à son entrée. D'ailleurs, la réponse que donne Darren à Iona en affirmant qu'il n'est pas le père rend, cette fois-ci, l'homme soupçonnable. Les coupables ont toujours des excuses à formuler pour se disculper. En règle générale, nous n'avons rien à prouver, ni à justifier sauf si on a des torts ou si on ment. La conversation se déroule de manière très intéressante. Je suis surpris de l'initiative de Gladisse d'inviter Iona à dîner. Etrange et fort contrariant, je présume, pour Darren qui ne parle plus. J'imagine que la conversation a dû être houleuse entre le couple, après le départ d'Iona. Je conclus une chose, la femme craint le mari. Elle ne lui a pas dit qu'elle avait vu Iona la veille, sur la plage. Pourquoi ? aurait-elle trop parlé. Dans un duo, il y a toujours un meneur et un suiveur. Le meneur n'aime pas être le second, ni être commandé. Il y a de fortes chances pour que Darren n'ait pas apprécié la proposition de Gladisse de convier chez eux Iona, sans l'avoir concerté auparavant. Darren a l'air d'un homme de sang froid pour dominer des situations compliquées, pour se défendre, mais chaud dans la violence des agissements ou des sentiments intérieurs. Le dernier acte se situe dans la demeure. Iona provoque Darren en parlant du fantôme, du journal intime. Il devient nerveux, inquiet à propos du journal. Iona et Darren jouent au chat et à la souris. C'est un dialogue fort intriguant et qui révèle énormément sur la personnalité des trois protagonistes. Qui est vraiment cette écrivaine ? Le fantôme est-il un prétexte pour relancer sa carrière, un destin brisé ou une légende de plus en Ecosse ? Il est évident que cette femme a la faculté de faire parler ses interlocuteurs, au point même qu'un fantôme a eu suffisamment confiance en elle pour se livrer et donner les détails de sa mort. Là où d'autres ont apparemment eu peur, ont échoué.

CHAPITRE 6
IONA

Je me suis replongée dans le roman avec l'aide de Grizel, très heureuse de se sentir à nouveau utile et d'avoir une présence à qui parler. J'ai bien compris que mon absence à Balmedie a représenté de terribles heures d'attente. Le temps est suspendu pour un fantôme. Lorsque je suis revenue du poste de police, Grizel m'attendait avec impatience. Je lui ai fourni tous les détails de ma conversation avec l'inspecteur McNeal. Elle pense qu'il m'a écouté par politesse, mais au moins, il ne s'est pas moqué de toi, m'a-t-elle dit. C'est un homme intelligent.

Nous sommes absorbées dans l'écriture du manuscrit lorsque mon portable sonne. C'est Eliott, mon éditeur. Je doute que cette fois-ci, Eliott soit heureux de la suite de mon livre dans lequel j'accuse un homme d'avoir tué sa femme. Je décroche, mais avec moins d'enthousiasme que précédemment.

— Bonjour Eliott.

— Bonjour Iona.

A l'intonation de sa voix, je devine son humeur maussade et imagine la suite de la conversation.

— Iona, votre imagination m'étonne toujours et votre écriture est encore plus assurée, mais vous allez un peu trop loin dans votre démarche. Vous ne pouvez pas accuser un homme d'avoir tué sa femme. Où est-ce que vous êtes allée chercher toutes ces bizarreries ?

— Je vous l'ai dit la dernière fois, par une source sûre, de la bouche même de Grizel. C'est authentique. Je ne vois pas l'intérêt de mentir. Tout ce que j'ai écrit est vrai, Eliott. Je suis allée déposer mon témoignage auprès de la police.

— J'espère pour vous qu'ils ne vous ont pas prise pour une folle. Cependant en attendant, j'aimerais que vous changiez les noms et les lieux. Sinon, nous risquons d'avoir une plainte de monsieur Flemming. Votre livre est bon, voire excellent, mais vous n'avez aucune preuve. A part votre soi-disant fantôme. Si, franchement, la police enquête, ce dont je doute, Iona, et que cela est avéré, alors nous verrons.

— Eliott, j'ai un début de preuve. Je me suis rendue à Balmedie pour enquêter sur monsieur Flemming et …

— Iona, vous n'êtes pas une journaliste d'investigation. Notre maison d'édition n'édite pas ce genre d'histoires à scandale. Vous ne m'avez pas habitué à cela, alors j'aimerais que vous changiez les noms, sinon je ne cautionnerai pas vos faits et actes, m'ordonne-t-il sur un ton sans appel.

— Pourtant un écrivain doit être un enquêteur dans l'âme.

— Exact, mais c'est extrêmement exagéré, abusif d'aller accuser de cette façon monsieur Flemming. Tournez-vous vers l'imaginaire. J'aimerais que le roman soit fini dans deux semaines.

— Deux semaines !

Je soupire, encore une personne pas assez ouverte sur le

monde de l'au-delà. Je ne peux pas lui en vouloir. Si je n'avais pas vu Grizel et vécu ce transfert, je n'aurais jamais cru à l'existence des fantômes. C'est exaspérant alors, je lui dis pour apaiser ses craintes, que je vais changer les noms et lieux. J'ajoute bien entendu que j'aurai fini de l'écrire dans le délai imparti. Nous raccrochons. Eliott a peur du scandale, c'est un frileux. Moi, je ne peux pas m'arrêter. J'ose espérer avoir été plus convaincante auprès de l'inspecteur et que d'ici deux semaines, la situation aura évolué.

▪

REED MCNEAL

Je suis devant l'agence immobilière qui s'occupe de la vente du manoir. J'y entre. Un homme aux tempes grisonnantes est en pleine discussion sur un bien avec son assistante. Je m'avance vers lui. Il lève le regard vers moi et m'adresse un sourire très commercial.

— Bonjour monsieur, que puis-je faire pour vous ?

— Bonjour, inspecteur chef Reed McNeal, du C.I.D, police criminelle, je cherche la personne qui s'est occupée de la vente de la maison dite Le Manoir.

Je lui montre ma carte professionnelle. C'est fou ce que les gens changent d'attitude dès que je me présente. Ils sont, d'un seul coup, angoissés, comme s'ils avaient quelque chose à se reprocher.

— C'est moi, je suis Victor. Il y a eu un meurtre ?

— Non, ou tout au moins, pas récemment. J'aimerais que vous me parliez de cette maison.

Victor se gratte le crâne.

— Elle a été achetée par une femme il y a un peu plus d'un mois, une écrivaine. Jusqu'à présent les locataires ne restaient pas longtemps dans cette maison. Des rumeurs courent qu'elle serait hantée par l'ancienne propriétaire Grizel Flemming. C'est assez drôle, car lorsque j'en ai parlé à ma cliente, elle n'a pas eu l'air effrayée. C'était elle-même une écrivaine.

— Iona Murray.

— Oui c'est bien ça.

— Quelle impression vous a fait cette femme ?

— Une bonne impression. Elle ne croyait pas aux fantômes alors lorsque je lui ai dit que la maison était hantée, elle a ri.

— Ri. De quelle façon ?

Victor réfléchit quelques instants.

— De façon amusée. Je crois qu'elle a dit que l'on croiserait peut-être lors de la visite, le fantôme et qu'entre écrivaines elles se comprendraient. C'était une boutade.

— Avait-elle l'air saine d'esprit ?

— Oui, répond spontanément Victor. Peut-être un peu triste. Je crois qu'elle voulait s'éloigner de la ville où elle habitait. Elle avait vécu une séparation douloureuse et je me rappelle qu'elle m'avait dit ne plus pouvoir écrire. Le manoir allait l'aider à s'inspirer. Oui c'est ça.

— Mais dites-moi, il vous arrive souvent de dire à vos futurs clients que le manoir est hanté ? Ce n'est pas un argument de vente, lui demandé-je, amusé.

Victor sourit, narquois

— Non si je peux éviter, mais ma cliente était intriguée. Elle ne comprenait pas pourquoi les locataires du manoir ne restaient pas et pourquoi il n'avait pas été habité depuis longtemps. Le prix de vente également l'étonnait.

— Est-elle vraiment hantée et pourquoi pense-t-on que c'est le fantôme de Grizel Flemming ?

— Certaines personnes disent avoir vu au loin son spectre, son visage à une fenêtre ou sur le toit. Les locataires ont tous signalé avoir entendu des notes de piano la nuit, des volets qui claquent, des portes qui s'ouvrent, de l'eau qui coule, le sol qui grince. Des objets en suspension dans l'air et un parfum de violette qui traverse la pièce et qui disparaît. Une présence qui les entoure. En tout cas, c'est suffisamment effrayant pour que les personnes ne restent pas. Personnellement, lors de mes visites, je ne l'ai jamais croisée. Grizel Flemming s'est suicidée en se jetant du toit. Elle ne pouvait pas avoir d'enfant et c'était un désespoir pour elle.

— Alors que pourtant elle était connue pour avoir du succès avec ses livres. Elle avait la reconnaissance du public et l'amour, puisqu'elle était mariée. Connaissiez-vous un peu le couple auparavant et pourriez-vous me parler de monsieur Flemming ?

— Je les connaissais un peu, mais ce n'était pas des amis. *A priori*, c'était un couple qui s'entendait bien. Il l'accompagnait dans chaque soirée. Monsieur Flemming a préféré quitter le manoir au plus vite car c'était assez dur de supporter cette maison sans Grizel. Grizel avait tout sauf ce qu'elle chérissait, voulait le plus au monde, avoir un enfant. Elle a laissé une lettre en ce sens. C'était devenu de plus en plus dur pour elle jusqu'à devenir insupportable.

— Elle pouvait adopter ou faire une fécondation in vitro. Il y a plusieurs moyens pour y parvenir de nos jours.

— Oui il me semble que c'est ce qu'elle a fait, mais il y a eu des échecs après plusieurs tentatives. Après je n'en sais pas plus.

— Vous n'avez jamais vu monsieur Flemming se promener avec une autre femme ?

— Non jamais.

— Est-ce que le nom de Gladisse Duff, vous dit quelque chose ?

— Non, je connais beaucoup de monde grâce à mon métier, mais ce nom ne me dit rien.

— Connaissez-vous ce visage ? je lui tends la photo de Gladisse que j'ai recopiée du portable de Iona.

Victor secoue la tête négativement.

— Que pense monsieur Flemming du fait que le manoir serait hanté par sa femme ?

Victor exprime une moue.

— Je l'ai eu rarement au téléphone. C'était sa sœur qui

gérait le manoir jusqu'à ce que ce soit Darren Flemming qui s'en charge. Une fois, j'ai voulu lui en parler et il m'a tout de suite dit que c'était des inepties, qu'en Ecosse on aimait bien raconter des légendes sur les fantômes. En Ecosse, à partir du moment où quelqu'un meurt chez soi, il est forcement devenu un fantôme qui erre dans l'enceinte de la maison, qui traverse les murs. Ce qui, j'avoue, n'est pas tout à fait faux. Monsieur Flemming ne voulait pas en entendre parler.

— Que pensez-vous de monsieur Flemming ?

— Pas grand-chose, je le plains d'avoir vécu cette tragédie. Je comprends qu'il soit parti loin.

— Je vous remercie, Victor. Si quelque chose, même d'anodin, vous revient, n'hésitez pas à me contacter.

— D'accord. Pourquoi me demandez-vous tous ces détails ? Qu'est-ce qu'il se passe là-bas ?

— Enquête en cours que je n'ai pas le droit de divulguer.

— Je comprends. En tout cas si le fantôme existe, il ne fait pas peur à ma cliente. Elle est toujours là.

Je ne réponds pas et m'éloigne en lui souhaitant une bonne journée. Je vais contacter l'éditeur de Iona, son ex-conjoint et ses amis. Pour le moment, tout porte à croire que l'écrivaine semble être quelqu'un qui à les pieds sur terre et n'a pas de problème psychologique grave. Elle ne souffre pas de démence. Si leurs témoignages concordent, je pourrai rouvrir le dossier de mon précédent collègue sur la mort de Grizel Flemming. Même si je pense, au fond de moi, que quelque chose n'est pas clair, je préfère procéder minutieusement sur la personnalité de Iona Murray.

▪

DARREN

L'écrivaine est sortie. J'ai gardé un double des clés du manoir. J'espère que les serrures n'ont pas été changées. J'ai pris deux jours de congé afin de connaître la vérité sur le fantôme de Grizel. Une autre obsession me ronge : le journal intime. Je veux le récupérer afin de savoir ce qu'a écrit Grizel. Iona a piqué ma curiosité. Mes nerfs sont à vif. Depuis son départ après notre dîner, l'ambiance est électrique entre Gladisse et moi. J'avoue que je ne suis pas à prendre avec des pincettes. Je ne suis pas tranquille et j'ai l'impression que Iona me cache autre chose. J'aimerais m'infiltrer en douce dans le manoir. Je n'ai rien dit à Gladisse, pour ne pas l'inquiéter et éviter qu'elle me harcèle. En temps normal, les histoires de fantômes ne me tracassent guère. Je vis depuis l'enfance dans cette ambiance qui règne en Ecosse et en tant que médecin, je suis très cartésien. Seulement, Iona a cité le parfum à la violette qui se diffuse et s'évapore comme par magie. C'était l'eau de toilette de Grizel. Elle a ensuite évoqué le journal intime qui tombe de la bibliothèque. Une petite voix m'alerte, me suggère de me bouger, de vérifier. C'est franchement invraisemblable, mais si Grizel est réellement un fantôme, elle risque de tout dévoiler, de briser ma nouvelle vie. Comment et par quel moyen, je ne sais pas si c'est possible ? Je suis d'une curiosité maladive et veux savoir à tout prix, c'est plus fort que moi. Je désire être maître de mon destin et ne pas me faire piéger. Ai-je vraiment à craindre qu'elle me nuise si Grizel est un fantôme ?

Bien entendu, je ne stationne pas ma voiture devant la maison, mais à l'écart dans un chemin qui longe la rive du loch. Je finis par marcher jusqu'au jardin du manoir. Je suis vêtu d'un manteau noir. Je porte un chapeau gris pour me dissimuler un peu le visage au cas où je croiserais un promeneur. Je ne veux pas que l'on me reconnaisse. La petite porte de la clôture est fermée. Je jette un rapide coup d'œil. Personne dans les environs. Alors je saute par-dessus la barrière et me dirige vers l'entrée principale de la maison. Pour mon plus grand plaisir, la clé tourne dans la serrure et m'ouvre le manoir. Lorsque je pénètre dans le vestibule, tout mon passé remonte à la surface. Des odeurs, des sensations, des émotions me submergent. De la plus belle à la plus sombre. Des images du dernier soir se dessinent. Je me retourne et regarde où était disposé le corps brisé de Grizel. Je chasse ce souvenir et referme doucement la porte d'entrée. J'enfile des gants en caoutchouc que j'ai emportés puis me dirige vers le salon. La décoration n'a pas changé. Personne n'a osé modifier quoi que ce soit. L'intervention doit être rapide, car je ne sais pas dans combien de temps Iona sera de retour. Mon but est de retrouver le journal intime ou d'autres informations utiles. Pour le moment, j'opte pour la discrétion. Rien ne doit perturber mes recherches.

Pour le reste, on verra après. Grizel communique-t-elle avec Iona et de quelle façon ? je n'ai pas de réponse, mais à toutes fins utiles, je ne veux pas que Grizel signale mes actions à Iona.

Je me dirige au deuxième étage à pas feutrés. Je me souviens d'avoir entendu Iona dire s'être installée dans l'ancien bureau de Grizel pour écrire. J'ai envie de rire, c'est nerveux, car je n'ai encore croisé aucun fantôme. J'imagine que c'était de l'esbroufe. Je pénètre dans la pièce. Ici aussi, tout est à l'identique. J'ai l'impression que le temps s'est figé, d'avoir fait un bond dans le passé.

Un ordinateur est allumé, ouvert sur une page de roman. Je reconnais tout de suite le style de présentation, de paragraphe pour avoir épousé une écrivaine. Je parcours les dernières lignes et constate avec effroi que c'est notre histoire. Iona n'a pas attendu mon approbation pour écrire la biographie de Grizel. Je lis en diagonale et remonte quelques pages en arrière hâtivement. Elle raconte tout, même notre entrevue sur la plage. Donc, rien n'était un hasard. Bien entendu. Iona est futée. Satanée écrivaine !

J'ai envie de tout effacer, mais cette manipulation ne servira à rien si Iona a gravé son roman sur un disque dur ou une clé USB. J'explore tous les tiroirs à la recherche du Saint Graal pour le ou la subtiliser. Evidemment, je ne les trouve pas, pas plus que le journal intime. Je déniche juste une photo de Grizel. Une autre époque. Pas le temps de tergiverser. Je dois imprimer le texte, mais cette opération va me prendre un temps fou et être extrêmement bruyante. Je veux lire ce roman qu'elle a écrit afin d'agir et savoir ce qui se trame dans mon dos.

Je me rappelle d'un seul coup avoir, la veille, enregistré mes comptes et glissé rapidement une clé USB dans la poche de mon pantalon. Je fouille. La chance est avec moi. Je recopie ce qui représente mon passé et probablement mon avenir, car si ce livre est édité, ma vie va être détruite, étalée au grand jour. Je finirai en prison. Finalement, je décide d'effacer le fichier du dossier et me dirige vers ce qui était notre chambre au premier étage. Peut-être vais-je trouver la clé ou le journal intime ?

Je m'introduis dans la chambre. J'ouvre un tiroir, mais je suis vite interrompu dans mon élan. Je sursaute, la porte de la chambre vient de claquer brutalement comme si un coup de vent l'avait poussée. Seulement la fenêtre n'est pas ouverte. Je me fige. J'entends toutes les portes du manoir qui tapent les unes après les autres dans un grand fracas, puis ce sont les volets qui vibrent contre le mur. C'est un bruit assourdissant. Que se passe-t-il ? La maison donne l'impression d'être en colère ou est-ce Grizel qui se manifeste ? c'est impossible, voyons, les fantômes n'existent pas et pourtant comment expliques-tu ce vacarme insolite ? me dis-je. Mon sang se glace lorsque la porte de la chambre s'ouvre à nouveau, mais cette fois ci avec une lenteur déconcertante. On s'attend à voir quelqu'un surgir, or il n'y a personne à part un fort effluve de parfum à la violette qui se diffuse dans la pièce. Je dois me rendre à l'évidence.

— Grizel, c'est toi, tu es là ? dis-je effaré.

C'est ridicule, voilà que je parle à une morte. Evidemment, seul un funeste silence me répond. Tout à coup, le miroir de la coiffeuse éclate.

— Grizel, tu es en colère apparemment.

Le choc est énorme. Je ne peux plus nier la réalité, c'est une certitude. Je cède à la panique, mais un brin de conscience ranime une petite flamme d'espoir en moi. Ne sait-elle que bouger, casser des objets ou faire du bruit ? Apparemment oui, Grizel ne semble pas avoir d'autres moyens de communication.

— Alors comme ça tu es devenue un fantôme, mais c'est tout ce que tu sais faire ? Ça m'arrange tu vois, tout à coup, j'ai beaucoup moins peur pour mon avenir. Continue à ouvrir et fermer des portes, ma pauvre Grizel.

Je m'exprime en la défiant comme pour conjurer un sort et affronter ma peur. Je reprends mon activité qui consiste à fouiller dans le tiroir. Celui-ci se referme brutalement sur mes doigts. Une douleur fulgurante me saisit. Je pousse un cri de douleur.

— Bien joué, sale garce. Alors comme ça on écrivait un journal intime. Dis-moi chérie où il est au lieu de faire des effets spéciaux. Ah mais non, tu ne peux pas parler !

Je ricane, malgré tout je ne suis pas fier de la situation. Soudainement, tout contre mon corps, je sens sa présence. Un sentiment de haine, mêlé de tristesse et de mort, m'étreint comme un étau. J'ai froid. J'ai déclenché sa furie. Subitement, le tiroir de la coiffeuse s'ouvre tout seul et je vois un rouge à lèvres se mouvoir dans le vide, écrire sur le miroir fêlé en gros caractère bien gras : ASSASSIN.

— Evidemment, tu sais écrire en tant qu'écrivaine, même morte. Oh oui, je suis un assassin, parce que tu m'as fait ce satané chantage. Tu voulais tout m'enlever, alors que l'on aurait pu s'arranger, dialoguer. Tu es contente, tu as trouvé une copine écrivaine. Vous vous amusez bien ? Je vois qu'elle écrit sur moi. Tu veux foutre ma vie en l'air, dis-je en criant, bouillonnant de rage.

Pourquoi je hurle ainsi ? Je déteste perdre le contrôle. Tout à coup, je remarque la présence de Gladisse sur le seuil de la porte, le teint blême et les yeux hagards. Il ne manquait plus que cela. Ceci dit je préfère cette présence à celle de Iona. Mais qu'est-ce qu'elle fiche ici et depuis quand est-elle au manoir ? La situation dégénère de minute en minute. Je hais cette maison et la faculté qu'ont les femmes à vouloir vous prendre sur le fait au mauvais moment. C'est une manie exécrable.

— Allons donc, qu'est-ce que tu fais ici ?

— J'ai voulu voir où tu allais. Tu es bizarre depuis le dîner avec Iona. Je t'ai appelé hier au cabinet et ta secrétaire m'a expliqué que tu avais pris trois jours de congé. Pensant que nous serions ensemble, elle m'a souhaité de bonnes vacances. J'ai attendu que tu m'en parles hier soir, mais comme tu ne m'as rien dit j'ai préféré garder le silence aussi. Je t'avoue que ton comportement m'a beaucoup intriguée. Ce matin tu as fait comme si de rien n'était en partant soi-disant au cabinet, alors je t'ai suivi. Irvin est avec une nourrice, me répond-elle d'une voix blanche.

— Qu'est-ce que tu as entendu ?

— Tout, le principal. En fait, tu m'as menti. Tu l'as tuée. Tu as dit qu'elle c'était suicidée parce qu'elle n'avait pas supporté notre liaison et le fait que je sois enceinte.

— Oui, bon c'est pareil. De quoi tu te plains, nous avons eu un enfant et une superbe maison. Si elle était vivante, tu n'aurais rien de tout ça.

— A quel prix Darren, avec du sang sur les mains. Tu l'as jetée du toit, c'est un meurtre.

Je soupire et lève les yeux au ciel. Je suis exaspéré par les simagrées et pleurnicheries de Gladisse.

— Franchement Gladisse, tu m'as cru quand je t'ai dit qu'elle c'était suicidée ? Je pense que cela t'a bien arrangée de le croire. Tu es bien heureuse de vivre dans le luxe et de m'avoir rien que pour toi. Maintenant, nous sommes dans la merde. Elle a écrit un roman sur ma vie avec Grizel et sur notre rencontre à la plage. Elle me dénonce. Je suis foutu. Et Grizel est bien un fantôme.

J'empoigne violemment le bras de Gladisse afin de déguerpir au plus vite d'ici. Gladisse me repousse. J'ai l'impression qu'elle s'apprête à piquer une crise de nerfs.

— Lâche-moi ! me dit-elle

—Bon sang Gladisse, on doit partir d'ici avant le retour de

Iona. Arrête de pleurnicher et d'être toujours la victime de je ne sais quoi. Réagis, sinon si on reste ici, tu risques fort d'être complice de tous mes actes. On y va, j'ordonne, excédé.

▪

IONA

Je stationne mon Audi devant la maison. Je sors les sacs remplis des provisions que j'ai disposées dans mon coffre. Je suis allée au marché comme de coutume et me suis promenée sur le port. J'insère les clés dans la serrure de la porte d'entrée, mais surprise, elle est ouverte. Je suis vraiment imprudente, j'ai oublié de la verrouiller. Je range dans la cuisine mes victuailles dans les placards respectifs, que j'ai achetées pour plus d'une semaine. Il est presque 18h00 et j'ai déjà faim. Je grimpe au premier étage afin de déposer mon manteau et mon sac à main dans la chambre impériale. Lorsque je pénètre dans celle-ci, je constate immédiatement que le miroir de la coiffeuse est fendu. Etrange. Je m'approche et distingue des traces légères de friction sur la glace et de fines marques rouges sur le bord du verre fissuré. Que s'est-il passé ici ? Je trouve aussi étonnant que Grizel n'apparaisse pas. Habituellement quand je reviens de l'extérieur mon fantôme me rejoint. Nous sommes régulièrement ensemble, pratiquement inséparables. Je l'appelle.

Grizel ne se manifeste pas. De plus en plus bizarre. Je me dirige vers mon bureau au deuxième étage. Aucune présence de mon fantôme. Instinctivement, je prends l'escalier qui conduit à la terrasse du toit. Enfin, je vois Grizel qui erre comme une âme en peine.

— Grizel.

Mon fantôme se retourne et m'adresse un triste regard, puis semble repartir dans une litanie, une sorte de complainte. Elle répète sans arrêt en trainaillant comme un zombie.

— Pourquoi, pourquoi pas moi ?

— Grizel, dis-moi ce qui ne va pas ? Qu'est-ce qui s'est passé pendant mon absence ?

Grizel me fixe d'un air craintif et d'une voix éplorée, elle me répond :

— Je ne peux pas, je ne peux pas te le dire. Pas le droit de le dire sinon..., me dit-elle accablée.

— Qu'est-ce que tu ne peux pas me dire ? C'est à cause du miroir cassé. Ce n'est rien.

Grizel se recroqueville sur elle-même. Elle secoue la tête et replie ses bras sur sa poitrine.

— Oui mais j'étais en colère parce que, parce que….Je n'ai pas le droit de le dire, répète-t-elle d'un ton affligé. Et eux pourquoi ils ne m'ont pas prise, pourquoi je suis toujours ici, finit-elle, implorante en contemplant le ciel.

J'ai de la peine de voir ainsi Grizel, agitée et malheureuse. Je ne trouve pas les mots justes pour la réconforter. Souvent, nous avons discuté au sujet de sa condition de fantôme. Je ne compte pas le nombre de fois où Grizel s'est confiée ou lamentée de n'être pas partie au ciel. La plupart du temps avec beaucoup d'ironie et parfois empreinte d'émotion. Jusqu'à aujourd'hui où, certainement, c'est un jour de trop. Grizel est tourmentée, profondément bouleversée, malheureuse. Mon fantôme n'arrive plus à canaliser ses sentiments, son mal-être.

— Quand on aura fini ce livre et que la police trouvera des preuves de la culpabilité de Darren, je pense que tu partiras en paix. J'en suis convaincue, je lui affirme enfin.

— Non, tu ne comprends rien, hurle-t-elle.

Grizel s'avance vers le parapet du toit et s'élance dans le vide. Ce n'est pas la première fois qu'elle agit ainsi, mais il y a fort longtemps que Grizel ne s'était pas jetée de la terrasse. Je rentre au manoir et décide de préparer mon repas que je prendrai devant la télévision afin d'oublier, pendant quelques minutes, ce sombre moment. Grizel reviendra probablement me voir dans la soirée, sinon demain. J'espère.

▪

IONA

Lorsque je me réveille ce matin, mes pensées se tournent inéluctablement vers Grizel qui, la veille, était dans un sombre état. La nuit a été difficile si bien que tôt ce matin, j'ai enfin réussi à m'endormir. Qu'est-ce qui s'est véritablement passé hier soir pour que Grizel soit en détresse, qu'elle brise la vitre de ma coiffeuse ?

Je n'ai pas arrêté de ressasser en boucle les paroles et les agissements de Grizel, ensuite des cauchemars ont tourmenté mon sommeil. La sonnette de mon portail me sort de mes songes. Je décroche le combiné de l'interphone.

— Inspecteur Reed McNeal, Madame Murray pouvez-vous nous ouvrir, s'il vous plaît ?

— Oui je vous ouvre.

Sur le moment, je suis heureuse d'avoir enfin la visite de l'inspecteur, mais l'utilisation du pronom personnel NOUS, me refroidit. Je m'habille hâtivement et regarde l'heure. Il est 10h00 du matin. Lorsque j'ouvre la porte d'entrée à l'inspecteur, je remarque qu'il est accompagné de quatre autres officiers de police en uniforme.

— Bonjour Madame Murray, désolé de vous importuner mais monsieur Darren Flemming nous a appelés ce matin, nous disant qu'il avait reçu un SMS de sa femme, hier, précisant qu'elle venait chez vous pour vous parler, mais elle n'est pas rentrée de la soirée, ni de la nuit. Il a appelé les hôpitaux, pensant qu'il lui était arrivé un accident, mais personne n'a admis une dénommée Flemming. S'est-elle présentée chez vous hier ?

— Non, je ne l'ai pas vue.

—Bon dans ce cas, nous devons procéder à une perquisition et allons fouiller votre maison.

— Pardon, mais pourquoi ?

— Vu vos antécédents avec le couple et la disparition de

madame Flemming, nous devons vérifier. Dans le cadre de notre enquête, c'est la procédure afin d'écarter toutes éventuelles suspicions.

— Je comprends.

En réalité, je ne comprends pas du tout la tournure de la situation. Reed McNeal ainsi que les trois autres officiers commencent leur inspection. Le quatrième policier reste avec moi, au cas où, je présume, j'aurais des envies de fuir. Je les suis dans leurs investigations. Pour moi, je n'ai rien à cacher, mais je détecte l'entourloupe, le traquenard. Je repense à Grizel hier et son attitude, la vitre cassée, la porte non verrouillée. Bien entendu, les policiers ne trouvent rien. Ils montent au premier niveau. Reed McNeal prend son portable et compose un numéro qu'il a noté sur un bout de papier. Quelques secondes s'écoulent et aussitôt, on entend une faible sonnerie de téléphone que je ne connais pas, retentir dans une des pièces du premier étage. C'est glauque. L'inspecteur localise le son, puis pénètre dans une des chambres que je n'occupe pas. Reed McNeal ouvre une grande armoire. Le sol se dérobe sous mes pieds. Je suis choquée, tout m'échappe. C'est le chaos. A l'intérieur, git le corps de Gladisse, inerte et recroquevillé. Le visage, au teint cadavérique, tourné vers nous. Les paupières closes. Un chandelier est posé sur sa poitrine. Elle porte un imperméable. L'inspecteur enfile des gants et contrôle le pouls, mais je me doute, avec horreur, de ce qu'il va prononcer. J'ai l'impression que ma vie ne m'appartient plus, je suis perdue.

Je tiens encore debout, mais par quel miracle. Je ne suis pas folle. J'ai toute ma tête et sais encore pertinemment ce que je fais de mes actes. Hier, quelqu'un a commis un geste irréparable et a volé le contrôle de mon destin pour m'incriminer.

— Elle est morte. Appelez l'équipe pour relever des empreintes, le médecin légiste et une ambulance, ordonne-t-il à ses coéquipiers.

— C'est Gladisse. Je vous assure, je ne comprends pas ce qu'elle fait ici. Ce n'est pas moi qui l'ai tuée, dis-je, bouleversée, à l'inspecteur.

— Malheureusement le corps est chez vous. En premier lieu, tout vous accuse. A la rigidité du cadavre, je dirais que c'est arrivé hier après-midi.

Il soulève le chandelier et le scrute en détails. Je blêmis. Je reconnais le candélabre qui habituellement se trouve dans ma chambre à coucher. L'inspecteur place l'objet du meurtre dans un petit sac en plastique.

— Il y a des traces de sang. Elle a été assommée avec ce chandelier. Vous étiez où hier après-midi ? me demande-t-il froidement.

— J'ai fait mes courses au marché puis je me suis promenée sur le port.

— A quelle heure vous êtes-vous absentée ?

— Oh eh bien entre 14h30 à 17h30.

—Nous vérifierons votre alibi. J'espère pour vous que des

gens vous ont vue et parlé avec vous.

Reed McNeal fait pencher la tête de Gladisse. Du sang coule de son crâne. Il fouille dans la poche de son imperméable et trouve le portable qu'il consulte aussitôt.

— Gladisse a écrit un message à son mari pour dire qu'elle était chez vous. L'heure du SMS indique 17h00. Vous confirmez toujours vos horaires ?

— Oui, mais lieutenant j'ai une chose à vous dire. Quand je suis revenue chez moi hier, le miroir de ma coiffeuse était cassé. Ce n'est pas ma chambre ici, je ne dors pas ici mais dans celle d'à-côté. Grizel était bizarre aussi. Elle répétait sans cesse qu'elle ne pouvait pas me le dire.

Reed effectue un signe de la main pour indiquer aux policiers de se diriger dans la chambre suivante.

— Ah oui votre fantôme. Est-il ici ?

Je regarde autour de moi.

— Non, malheureusement et curieusement.

— Je crains que cela ne vous desserve davantage. Vous êtes en état d'arrestation et serez placée en garde à vue madame Murray. Vous avez le droit de consulter un avocat. L'inspecteur me fixe des menottes aux poignets. Je n'oppose aucune résistance. Je vais contacter Kenneth qui est avocat. J'espère qu'il acceptera de m'aider malgré notre séparation et nos désaccords.

—Vous ne m'avez pas crue la première fois que l'on s'est vu ? Inspecteur, ce n'est pas moi, je vous jure. Je crois avoir été piégée.

— Je vous avais dit de faire attention à vous ET j'ai commencé une enquête. Sur vous notamment, déjà, afin de savoir si vous êtes équilibrée, saine d'esprit. Je pense qu'avec ce qui vient de se produire, maintenant votre dossier va être le premier sur la pile.

— Tant mieux finalement, si ça peut faire avancer les choses, dis-je avec fatalité.

▪

DARREN

Retour au drame

Fébrile, je remonte dans ma voiture. Celle de Gladisse est stationnée derrière moi. Pourquoi m'a-t-elle suivi ? En quelques minutes, les conséquences du comportement de Gladisse ont pris des proportions démesurées, irréversibles et ont déterminé son sort. J'ai agi sur un coup sang. Ce n'était pas volontaire. Je hais cette maison. Elle me transforme en tueur en série pour les deux femmes de ma vie, qui ont déclenché en moi une montée brutale, rapide d'adrénaline, d'énervement. Un état colérique qui se déclenche chez moi de façon subite et atteint rapidement son paroxysme.

Je roule en direction de Balmedie, mais en réalité c'est ma voiture qui me conduit. Mon esprit ressasse en boucle les événements de cette fin de journée, des images sordides :

— Bon sang Gladisse, on doit partir d'ici avant le retour de

Iona. Arrête de pleurnicher et d'être toujours la victime de je ne sais quoi. Réagis, sinon, si on reste ici, tu risques fort d'être complice de tous mes actes. On y va, j'ordonne excédé.

Je saisis son bras à nouveau, mais Gladisse m'arrache la main de son imperméable.

—Ne me parle pas comme à une godiche. Je n'ai plus confiance en toi et de toute façon je suis complice de ton meurtre. Il est hors de question que je rentre à la maison. Tu n'as aucun cœur et ne regrettes même pas ton geste, me hurle-t-elle en me frappant avec ses poings sur le torse.

Je l'attrape violemment afin qu'elle cesse sa crise de nerfs. Ses yeux expriment de la haine et de la peur, mais je pense que mon expression est pire. Elle révèle une rage intérieure.

— Arrête de hurler. On rentre à la maison et on va parler calmement. J'espère pour toi que tu ne t'es pas fait remarquer en entrant ici.

— Lâche-moi, ne me touche pas. Je ne rentre pas avec un meurtrier et un menteur, me dit-elle en me crachant au visage.

Je ne résiste pas et la gifle violemment. La claque est sans retenue, elle heurte brutalement la joue de Gladisse qui vacille sur la commode derrière elle. Sa tête a valsé. Elle est secouée, étourdie. Gladisse gémit en portant les deux mains à son visage. Je soupire, furieux. Elle l'a bien mérité. J'ose espérer que maintenant elle va se calmer. Tout à coup, elle se relève, me donne un coup de pied dans le tibia et prend la fuite vers le couloir en me traitant de malade. Décidément, Gladisse est insupportable. Il faut que je stoppe son accès de colère ou bien on ne s'en sortira pas. Dans mon champ de vision, je remarque le chandelier posé sur la commode. Sans la moindre hésitation, je la frappe avec le candélabre au crâne. Gladisse s'écroule. L'assommer me permettra au moins de la transporter hors d'ici, plus facilement, sans qu'elle gigote. Pour sa voiture, on agira plus tard. Je la retourne et la porte. Seulement, le choc n'a pas été assez fort, je ne voulais pas la tuer. Du coup, elle se débat, me rejette. Je m'assieds sur son corps, en neutralisant ses bras sous mes jambes. Gladisse commence à hurler. Je prends un coussin installé sur un fauteuil à proximité de moi et le place sur sa bouche afin qu'elle se taise. Je penche mon visage au plus près du sien et lui dit :

— Chuuut, Gladisse, arrête de crier, de gesticuler. Tu nous mets en danger. On rentre à la maison et c'est tout. Je voulais juste te calmer. Mais si tu continues comme ça, je te tue. C'est bon, c'est fini ?

La frayeur se lit dans son regard. Je crains, malheureusement, que Gladisse soit une proie facile, que jamais elle ne me pardonne ou que tôt ou tard, elle me trahisse. Gladisse est un lourd fardeau, trop vulnérable. Je secoue la tête, embrasse son front puis j'appuie plus fortement le coussin sur son nez et sa bouche pour l'étouffer. Elle me dévisage avec impuissance et horreur. Des larmes coulent de ses yeux. Je détourne le regard vers le couloir pour ne plus voir sa détresse. Après quelques instants qui me paraissent longs, je sens une certaine léthargie, torpeur s'emparer de ma victime. Je scrute à nouveau Gladisse qui semble sans vie, les yeux dans le vague, le vide. J'examine son pouls et constate qu'il ne bat plus et qu'elle ne respire plus. Je ferme les paupières de Gladisse et sa bouche encore ouverte qui cherchait de l'oxygène. Je pose un tendre baiser sur ses lèvres. « Désolé Gladisse », je murmure. Je reste assis à côté d'elle. Que vais-je faire du corps ? Je viens de tuer à nouveau. A cause de qui ? de cette satanée écrivaine et de Grizel.

— Tu es fière de toi Grizel ?

Une idée me traverse l'esprit. Puisque Iona brise ma vie, une vie que j'avais façonnée, reconstruite, je vais ruiner, anéantir la sienne. Je regarde dans l'armoire qui se tient dans la chambre, mais elle est pleine de linge. Iona doit dormir ici. Mon cerveau est en ébullition, il fourmille d'imagination. J'en profite pour effacer avec un mouchoir l'inscription au rouge à lèvres sur le miroir.

— Grizel, écoute-moi, si tu préviens, si tu racontes quoi que ce soit de tout ce qui s'est passé ici à ta chère copine Iona, je la tue. J'ai une arme, un revolver, j'ai les clés d'ici. Je connais le moindre recoin de ce manoir. Tu le sais, alors je t'ordonne de ne rien dire, de ne pas avertir ton amie, ni d'éveiller les soupçons des flics, sinon je reviendrai ici. Le jour, la nuit, peu importe. Tu as vu de quoi je suis capable. De toute façon qui pourrait croire une pauvre folle et un fantôme, lui dis-je en la menaçant.

Je me dirige vers la chambre d'à-côté et observe la seconde

armoire qui paraît être l'endroit idéal pour cacher le corps. Je pose le chandelier sur Gladisse. Il n'y aura aucune empreinte de moi, étant donné que je porte des gants. Je souris pour mon inspiration. Je saisis le portable de Gladisse et écris un SMS à mon intention. « Je suis allée au manoir, voir Iona Murray. Je t'embrasse ». Je referme les portes de l'armoire. Il est temps de partir. Je descends les escaliers. Je suis étonné que Grizel ne réagisse plus. Je suis fier de moi, mes menaces ont porté leurs fruits. J'entends la voiture de Iona. C'est trop tard, je ne peux plus passer par l'entrée principale, mais j'ai une autre issue de secours. La porte-fenêtre du salon qui donne sur le jardin et le loch. Je ne perds pas de temps. Je referme doucement derrière moi la porte et me précipite loin de ce carnage.

Dans la voiture, je réfléchis. Demain matin, j'appellerai la police pour avertir de la disparition de Gladisse. Oh Gladisse, pourquoi as-tu tout gâché ? Nous étions heureux ensemble. Il suffisait que tu fermes les yeux sur mes agissements et tu aurais continué à bénéficier de tout ce confort. Gladisse trop gentille, à l'honnête conscience.

J'ai cinq heures de route à faire avant d'atteindre Balmedie. Je fouille ma poche de pantalon pour vérifier si ma clé USB est toujours présente. Dans la bousculade, j'aurais pu perdre mon précieux Graal. Heureusement, elle ne m'a pas quitté. Je la place sur le tableau de bord. Même si je vais être fatigué de la route, j'envisage de lire le roman cette nuit afin de décider de mon avenir. Je crains, hélas, que malgré ce subterfuge, la police ne soit pas dupe très longtemps. Je pense aussi à mon petit garçon, Irvin qui se retrouve sans mère.

▪

GRIZEL

J'entends du bruit dans la chambre de Iona. Je suis surprise car je ne pensais pas qu'elle serait déjà revenue de ses courses. Habituellement, Iona m'appelle. Lorsque je franchis le seuil de la chambre, je réalise que c'est Darren. Je ne sais pas ce qui se passe en moi quand je le vois. Mes émotions sont intenses, se décuplent. C'est un mélange tumultueux de colère, de haine, d'incompréhension, d'impuissance, de surprise, de mépris qui libèrent mon énergie en rage. Mes ondes négatives produisent des effets néfastes sur le manoir. Je ne contrôle rien, je suis déchainée sur le moment, puis je m'apaise enfin.

J'ai envie de jouer avec ses nerfs. Il comprend que c'est moi. Qu'est-il venu faire ici ? Il cherche quelque chose, apparemment. J'ai appris beaucoup sur mes capacités en tant que fantôme par la force de l'esprit. J'ai acquis de solides aptitudes avec Iona. Pourquoi elle, pourquoi uniquement Iona qui me voit, me parle. Sans doute grâce à sa volonté, son charisme, son aura naturelle qui me pousse vers le haut. Lorsque je suis détachée de l'événement, de la situation, j'ai la possibilité aussi de toucher un être vivant. Seulement dès qu'il s'agit de Darren, je suis trop impliquée, trop ébranlée émotionnellement pour l'atteindre physiquement. Je brise, déplace des objets, sauf que mes pouvoirs sont limités avec Darren. Il est trop néfaste, négatif à mon grand désespoir. Je peux uniquement le blesser par le biais d'intermédiaires.

Dans le quotidien, la vie de tous les jours en tant qu'humain, nous avons tous des contacts plus ou moins faciles avec nos interlocuteurs. Il y a des individus auxquels nous nous confierons naturellement, avec lesquels nous sommes à l'aise dans l'éloquence, les compétences et d'autres avec qui nous nous sentirons inutiles, maladroits ou idiots dans nos propos. Apparemment, nous emportons, dans le monde paranormal, cet état de fait.

J'ai réussi à interrompre ses recherches dans le tiroir. Il souffre. Tant mieux. Mais il me ridiculise, se moque de moi. J'obtiens juste la sensation de froid. Je le blesse autrement avec le rouge à lèvres en l'accusant d'assassin sur le miroir. Autre surprise. Sa femme est présente. Elle l'a suivi. C'est donc elle qui me remplace. Je la trouve belle, mais fragile, sensible. Je les regarde se disputer. Iona à sa réponse à la question qu'elle se posait sur la complicité, la culpabilité de Gladisse. On s'est trompé, elle ne savait rien ou a préféré l'ignorer.

Je retrouve le Darren violent comme avec moi, ce fameux soir. J'assiste, impuissante, à leur altercation. Malgré sa délicate apparence, Gladisse se défend bien, se bat comme une lionne, mais évidemment Darren a le dessus. J'espère qu'ils vont partir. A la place de Gladisse, j'exécuterais ses ordres et le dénoncerais plus tard, mais la surprise de la traîtrise lui fait perdre pied. Je crois surtout qu'elle n'est pas capable de mentir, de jouer les hypocrites.

Je vois Darren maintenant qui étouffe sa femme. Il va changer d'avis et se rendre compte de son erreur. Ne pas recommencer et qui plus est dans cette maison. Je suis choquée, bouleversée. Darren a tué Gladisse de sang-froid, encore, et maintenant, il me menace en m'ordonnant de ne rien divulguer, sinon Iona sera en danger. Je le promets, mais en mon for intérieur, je suis convaincue que c'est un monstre, qu'il est capable du pire.

Tout à coup, troublée, je constate que le corps de Gladisse est en mouvement, se divise, se soulève. J'hallucine. Gladisse se mute en fantôme, comme moi précédemment. La mort n'était pas naturelle et trop violente pour qu'elle parte l'âme apaisée. Je pourrais me réjouir de n'être plus unique à vivre ce calvaire et pourrais même l'initier à ses premiers pas en tant que fantôme, seulement je suis navrée pour elle. Bien entendu, Gladisse, ne comprend pas ce qui lui arrive.

— Gladisse, bienvenue dans le monde des morts. Tu es un fantôme, lui dis-je avec compassion.

La jeune femme me contemple, effarée. Nous avons à peine le temps de faire connaissance que nous apercevons une lueur rouge et des ombres noires surgir des murs, du sol. Je n'ai pas distingué cette lumière, ni la présence de ces esprits lorsque je suis morte. C'est injuste. Je comprends qu'ils viennent la chercher.

J'aimerais qu'ils m'emportent avec eux. Des tentacules, des bras d'âmes noires l'enlacent, la soustraient du sol. Gladisse est effrayée. Elle me tend les mains pour que je l'extraie de leur emprise. J'entends des murmures, des râles rauques me tourner autour et qui m'exhortent à la lâcher. Ce sont les ténèbres, les esprits tortueux et sombres de l'enfer qui l'ôtent de la terre. J'ai intérêt à les écouter. Gladisse disparaît dans la pénombre en hurlant sa peine, son désespoir.

Mon attention a été détournée et j'ignore où Darren s'est volatilisé. D'ailleurs, le corps, l'enveloppe charnelle de Gladisse a disparu aussi. Peu importe. Je suis meurtrie, désemparée. Pourquoi on ne m'a pas emmenée au ciel, au paradis ou en enfer comme Gladisse. Bien entendu, je préfère le jardin d'Eden. C'est le pire châtiment que de rester entre deux mondes. Pour quelle raison suis-je punie ? Je n'ai pas mérité cette damnation. La sanction de revoir mon meurtrier d'époux me menacer, assassiner sa seconde femme et voir celle-ci partir alors que je suis encore coincée dans les limbes.

Je ne sais pas comment j'ai atterri sur le toit. Je suis trop préoccupée et ne veux pas voir Iona. Je veux la protéger, alors je ne dirai rien. C'est primordial. J'ai peur pour elle. Lorsque Iona me retrouve, elle ne comprend pas mon agitation, mon attitude. Tout m'est insupportable. Je préfère fuir et me jeter dans le vide comme pour me laver de cette infâme horreur. Il fut un temps où c'était mon rituel.

▪

REED MCNEAL

Cette affaire commence à prendre une tournure sordide. Je ne sais plus quoi penser d'Iona. Que s'est-il passé entre Gladisse et l'écrivaine pour qu'une simple conversation tourne au drame, au meurtre ? Quel genre de personne conserve un cadavre dans une armoire au lieu de s'en débarrasser ? C'est macabre. Et cette histoire de fantôme que je commençais à peine à croire, suite aux entretiens que j'ai eus avec l'agent immobilier, puis avec l'ancien conjoint de Iona, Kenneth, son amie Shona et enfin les premiers locataires du manoir, un couple avec deux enfants. Le souci avec ce fantôme est que, s'il existait, il ne s'est pas manifesté au moment précis où Iona en avait le plus besoin pour sa crédibilité.

J'observe maintenant l'équipe scientifique de l'identité judiciaire, habillée en conséquence de combinaison blanche et charlotte. Ils ont pris des photos, posé des étiquettes avec des numéros là où ils ont relevé des empreintes. Sur le miroir brisé, la coiffeuse, le chandelier et la scène de crime. Iona a été placée en garde à vue au poste de police. Je la rejoindrai plus tard soit pour l'accuser de meurtre, soit pour la relâcher faute de preuves de sa culpabilité. Une des intervenantes, Lorna passe, sur la coiffeuse, un laser à lumière ultraviolette.

— Il y a des traces de rouge à lèvres sur le miroir. On a l'impression que quelqu'un a écrit sur la glace avec du rouge à lèvres, puis a essuyé pour effacer toutes traces.

La jeune femme ouvre un tiroir et vérifie les produits cosmétiques.

— C'est celui-ci. Il est abimé et la couleur correspond.

Lorna étale de la poudre sur le tube, puis grâce à un ruban adhésif relève les empreintes qu'elle applique sur du papier plastifié. Sur le chandelier, Lorna pulvérise du ninhydrine, puis utilise une baguette aimantée avec de la poudre magnétique.

— Etrange, pourquoi écrire sur une glace avec du rouge à lèvres et ensuite l'effacer ? me dis-je. Il est clair que quelqu'un était en colère et a voulu l'exprimer de manière significative, parce que cette personne ne pouvait pas parler.

— Reed, il y a un petit cheveu blond-roux dans la bouche de la victime, me signale le coroner (médecin légiste) qui capture l'échantillon avec une petite pince et le place lui aussi dans un petit sac en plastique scellé.

— Tiens donc, intéressant, Iona est brune. Autre chose sur la mort de la victime ?

— Oui, ce n'est pas le chandelier du colonel moutarde qui a tué notre victime, elle est morte étouffée, me répond Bruce sur le ton de l'humour noir.

— Donc, elles se sont battues, Iona aurait donné un coup de chandelier sur le crâne de Gladisse et aurait fini par l'étouffer avec … Je scrute autour de moi et mon regard s'arrête sur un coussin sur le lit, puis un autre sur un fauteuil près de l'entrée.

Bruce ôte un minuscule fil de couleur rouge de la narine droite de Gladisse.

— Etouffer avec ce coussin sur le fauteuil, bien sûr. Je le confirme en confisquant l'objet du délit.

— Il faut être rudement costaud pour arriver à étouffer une personne, la porter dans l'armoire, fais-je en commentaire à Bruce.

— Elle a reçu aussi une bonne claque sur la joue et lorsque je l'examinerai pour l'autopsie à l'Institut, je pense que je trouverai d'autres traces de violences. J'ai fini, on peut l'emmener.

— Dites-moi, c'est vous qui avez fait l'autopsie de Grizel Flemming lorsqu'elle s'est suicidée ?

— Non, c'est mon prédécesseur.

— Bien, j'examinerai le dossier.

— Décidément, ce manoir attire la mort, déclare Lorna.

L'équipe a achevé de relever différents types d'empreintes possibles sur les lieux. Il est temps de quitter le manoir. Je reste en retrait, afin d'être seul quelques instants dans le hall, avant de me retirer également.

— Grizel, vous êtes là ? Je me surprends à appeler le fantôme.

Bien entendu, je n'obtiens aucune réponse. Il y a juste un léger parfum à la violette qui traverse le hall et s'évapore aussitôt, ainsi qu'un courant d'air froid. J'aurais juré n'avoir jamais senti cet effluve auparavant. Je referme la porte et rejoins ma voiture. Tout à coup, les anecdotes sur les émanations à la violette ressurgissent dans mon esprit. Iona, les premiers locataires et aussi les conversations enregistrées ont mentionné ce détail maintes fois. Pourquoi le fantôme n'est-il pas intervenu ? Il y a un autre point qui m'intrigue. Où s'est volatilisée la voiture de Gladisse, si celle-ci n'avait rien à cacher et qu'elle est venue de son plein gré ?

▪

IONA

La police a prélevé des échantillons de mon sang, ma salive et mes empreintes digitales, ainsi que sous mes ongles. Ils m'ont demandé également de me déshabiller. Une femme, officier de police, a examiné mon corps afin sans doute de vérifier si je porte ou pas des marques de bleus ou de griffures. C'est humiliant.

J'ai appelé Kenneth. Il va venir me défendre, mais étant reparti à Glasgow, il ne sera pas présent dans l'immédiat. Il m'a conseillé de ne rien dire qui pourrait être retenu contre moi, de garder le silence. Je le remercie de ne pas m'abandonner malgré nos conflits, ni de me laisser avec un autre confrère, un avocat commis d'office pour se venger de tout ce que je lui ai dit dernièrement.

Ils ont confisqué mon portable. C'est affreux de se sentir observée, accusée d'un acte que l'on n'a pas commis. Maintenant, j'attends dans une pièce fermée, assise, avec pour unique meuble, une table et une autre chaise. J'imagine que je vais subir un interrogatoire. Je suis isolée depuis au moins dix minutes. C'est long et épuisant nerveusement, moralement. Ma vie a pris un mauvais virage. J'espère que l'inspecteur Reed McNeal va élucider cette sombre histoire. Je ne peux pas être condamnée pour un meurtre auquel je suis totalement étrangère. C'est impossible ! Il y aura bien des preuves de mon innocence. Je stresse. Beaucoup de questions se bousculent dans ma tête, telles que : pourquoi Gladisse se retrouve morte dans mon armoire ? Qui a intérêt à me faire porter la responsabilité d'un acte aussi horrible ? Pourquoi Grizel ne m'a-t-elle rien dit et ne m'a-t-elle pas aidée lorsque les policiers étaient présents dans le manoir ?

La porte s'ouvre enfin. A mon grand désappointement, ce n'est pas l'inspecteur Reed McNeal, mais un autre officier, un homme d'une trentaine d'années aux cheveux auburn, les yeux marron noisette. C'est dommage, car il ne me connaît pas. Il s'assied en face de moi.

— Ce n'est pas l'inspecteur McNeal qui m'interroge ? il connaît mon histoire.

— Bonjour, je suis le sergent Holy et je remplace pour le moment l'inspecteur McNeal qui nous rejoindra plus tard. Ne vous inquiétez pas, je suis au courant, il m'a briefé.

Il pose un dossier sur la table et à sa façon d'être, il semble vouloir m'impressionner, pour que je craque probablement. Kenneth m'a révélé des détails sur la garde à vue. Cela me fait froid dans le dos. J'espère qu'il a exagéré. L'officier de police judiciaire me tend un papier notifiant mes droits et me les communiquent également verbalement. Ensuite, il me demande de décliner mon identité, date de naissance, adresse, situation professionnelle et personnelle. Une fois ces vérifications finies, l'interrogatoire débute.

— Vous êtes ici car vous êtes accusée de meurtre. Dites-moi, connaissez-vous la victime ?

— Oui, pour l'avoir rencontrée chez eux avec Darren. J'écris sur la vie de Grizel Flemming, la première épouse qui était écrivaine. J'ai demandé à monsieur Flemming s'il pouvait m'aider dans l'écriture de cette biographie, me donner des anecdotes.

— Etait-il d'accord pour participer à l'élaboration de votre projet ?

— Il a dit qu'il réfléchirait et me recontacterait, ce qu'il n'a pas fait.

— Vous enquêtez sur eux. Ne pensez-vous pas que vous avez harcelé le couple, jusqu'à aller chez eux ?

— Je ne les harcèle pas. C'est Gladisse Flemming qui m'a invitée. Après le dîner, chez eux, je n'ai pas insisté pour que monsieur Flemming me donne une réponse. Je n'ai même pas téléphoné

— Saviez-vous que Gladisse Flemming vous rendait visite ?

— Non, je n'ai pas été prévenue.

— Sur votre portable, il n'y a aucune trace de SMS de sa part, mais par mail ou sur le téléphone fixe ?

— Non plus. J'ai découvert le corps de cette dame en même temps que l'inspecteur.

— Donc, Gladisse Flemming fait cinq heures de voyage et ne s'assure pas de votre présence au manoir ? me demande-t-il inquisiteur et méfiant.

— Je vous assure que non, vous pouvez vérifier. Elle ne m'a jamais contactée.

— Nous vérifierons. Et la voiture de Gladisse, où est-elle ?

— Je n'en sais rien.

Il opine de la tête et me fixe froidement. Je parle trop, mais c'est plus fort que moi. Je suis innocente et je veux le leur prouver.

— Vous savez une conversation peut vite dégénérer en dispute puis en bagarre. Un accident est vite arrivé dans le feu de l'action. Je peux comprendre. Après, je comprends moins pourquoi vous dissimulez le corps de Gladisse dans une armoire et ensuite vous cachez la voiture. Pourquoi, ne pas avoir appelé la police ou pourquoi conserver un cadavre dans une armoire ? Êtes-vous fétichiste de corps ?

— Je vous répète que je ne l'ai pas vue hier. Je ne l'ai pas tuée. Je ne savais même pas que le corps était dans une armoire. Je ne dirai plus rien à ce sujet, réponds-je, agacée.

— Où étiez-vous hier après-midi ?

— J'ai fait mes courses au marché et me suis promenée sur le port entre 14h30 et 17h30 environ.

— Qu'avez-vous acheté et y a-t-il des personnes qui peuvent confirmer votre présence ?

— Oui, le pêcheur à qui j'ai acheté du saumon. Je suis une habituée maintenant, il vous le confirmera. Il s'appelle Roy. Il habite depuis très longtemps à Portree et possède un chalutier rouge et noir. J'ai acheté aussi des fruits et légumes à Amy.

— Avez-vous des tickets de caisse qui le prouvent ? L'heure normalement est indiquée sur les tickets.

— Oui, vous me permettez que je les retrouve ?

Holy acquiesce. Je fouille dans mon portefeuille et retrouve les petites facturettes que je lui donne. L'officier détaille avec minutie les tickets, puis pose à nouveau son regard sur moi. Le scepticisme et le regard accusateur disparaissent légèrement.

— Les horaires correspondent pour un des tickets, l'autre il y a le jour, mais pas l'heure, dit-il, plutôt embêté.

Il se lève et se retire de la pièce d'interrogatoire. Suis-je épiée, observée par la police, derrière ce miroir, peut-être sans tain comme dans les séries ou les romans policiers. Le temps défile lentement. Il se passe encore un quart d'heure avant que l'inspecteur ne ressurgisse. Il me signifie que je suis en garde à vue pour vingt-quatre heures. Avant d'être conduite dans une cellule, je suis fouillée et dépossédée de mon manteau, mon sac, mes bijoux, ma montre et même mon soutien-gorge, de peur que je me pende avec, sans doute. Ma cellule semble malheureusement être collective. La pièce mesure aux alentours de dix mètres carrés. Je suis seule pour l'instant. Il n'y a pas de chauffage et j'ai vite froid. Je pense qu'il doit faire dans les quatorze degrés. L'endroit empeste les excréments et l'urine. Il y a des matelas de trois centimètres d'épaisseur environ, tachés, et des couvertures qui sentent mauvais. Pour le moment, je reste debout à piétiner. Je perds petit à petit mes repères et la notion du temps.

▪

REED MCNEAL

J'observe le coroner, Bruce, faire ses examens médico-légaux sur le cadavre de Gladisse. Ce n'est jamais un plaisir de venir assister à une autopsie à l'Institut Médico-Légal. Je ne m'accoutume pas à voir un mort. Cependant, grâce au coroner, on apprend énormément sur les raisons du décès, et l'expertise détermine la nature des investigations à venir. Des lividités cadavériques se sont réparties de manière caractéristique sur le corps et vont définir le délai post-mortem.

— Elle est morte aux alentours de 16h45 par asphyxie. Malgré son imperméable, il y a des contusions sur le bras droit. Elle a reçu également une bonne gifle sur la joue. Je n'ai aucune empreinte de main sur la joue. La victime s'est débattue. L'auteur du crime a voulu l'arrêter en l'assommant. Il aurait pu la tuer à ce moment-là, mais je présume que le coup était seulement destiné à l'étourdir, ensuite on l'a étouffée avec ce qui semblerait être le coussin. Son corps a été déplacé après pour la mettre dans l'armoire, explique Bruce.

— L'équipe scientifique a relevé des cheveux de la victime sur le sol de la chambre à coucher à proximité de la porte. Elle a été assommée à cet endroit. Ils ont relevé sur la commode des traces de doigts appartenant à Gladisse. Tout s'est déroulé dans la chambre. On attend les résultats sur le rouge à lèvres, dis-je.

— 16h45 ! J'aimerais comprendre comment une morte peut écrire un SMS à son mari à 17h00. Ce n'est pas logique.

Mon portable interrompt mes réflexions. C'est le laboratoire chargé d'analyser le relevé des traces et des indices prélevés sur les lieux du crime.

— Inspecteur, nous avons le résultat des empreintes sur le chandelier. Sans surprise, nous n'avons que les empreintes palmaires de madame Murray. En revanche, sur le tube de rouge à lèvres, je pense que vous allez avoir de grandes surprises. Elles sont légères, je ne sais pas pourquoi, mais elles masquent les empreintes de Iona Murray, ce sont celles de Grizel Flemming. La première femme de monsieur Flemming, qui est morte.

Je reçois un coup de massue sur la tête. Le fantôme apparaît une nouvelle fois. Je crois qu'il est temps de rouvrir le dossier concernant madame Flemming.

Pour le moment, je consulte le fichier des registres aux archives de l'Institut. Je retrouve le dossier de Grizel Flemming avec des précisions sur son suicide ainsi que le nom des intervenants, l'officier de police et le médecin-légiste de l'époque qui ont constaté le décès. Je peux lire qu'un étudiant stagiaire a assisté à l'autopsie. Toutes ces précisions sont importantes pour interroger les personnes ou lire les rapports de chacun.

▪

REED MCNEAL

J'ai ressorti de nos archives de la police le dossier de Grizel Flemming, classé pour suicide. Cette histoire est ancienne de deux ans et huit mois. Je lis que c'est Darren Flemming qui a retrouvé sa femme morte, un soir devant la maison. Il était dans la cuisine à se servir un verre lorsqu'il a entendu l'impact d'un poids heurter le sol, à l'extérieur. Grizel se serait jetée du toit, laissant une lettre pleine de désespoir à son mari, sur son bureau. Elle ne supportait pas le fait de ne pouvoir avoir un enfant. Darren Flemming aurait appelé les secours. L'inspecteur chef Paden Anderson serait intervenu sur les lieux, ainsi que le coroner (médecin légiste) Neil Morrisson. Je détaille l'examen qu'a pratiqué le coroner. Je suis étonné que n'apparaisse pas le nom du stagiaire, Malcom Ross, évoqué dans les archives de l'Institut Médico-Légal. J'ai fait une copie, alors je ne peux pas me tromper. Le stagiaire aurait également pratiqué des examens, mais sur le document de nos archives, on ne le mentionne pas. Etrange. Le rapport indique que la victime a été retrouvée sur le dos. Grizel serait décédée dans les deux minutes qui ont suivi la chute mortelle. Elle aurait subi de graves traumatismes crâniens et de multiples fractures au torse et aux jambes. La mort n'a pas été immédiate. Je suis surpris. Naturellement, lorsqu'un individu franchit le cap du suicide par saut, il se jette dans le vide par l'avant. Pour ce cas, le corps ne peut pas à la vitesse où il est tombé, basculer dans un autre sens ou bien c'est volontaire dans le but de se rattraper. Je dois rencontrer le coroner et le stagiaire de l'époque afin de les questionner.

On frappe à ma porte, c'est mon collègue, le sergent Holy. Je l'interroge du regard.

— Elle dit être innocente. Ne pas l'avoir vue et elle a de sérieux alibis, me dit-il en me donnant les tickets de caisse. Il faudrait faire un tour au marché, voir un pêcheur qui s'appelle Roy à qui elle a acheté du poisson, l'heure manque mais le jour est exact et une certaine Amy pour les fruits et légumes.

— Je connais bien Roy. Je suis un habitué. J'irai le voir. Il y a quelque chose qui n'est pas clair dans la mort de Gladisse, ni dans celle de Grizel Flemming.

— Ce sont les deux femmes de Darren Flemming. Ce manoir est un piège de mort pour ses épouses. Le mari n'a pas de chance. Tu y crois à cette histoire de fantôme ?

— De plus en plus. J'espère que Gladisse n'est pas devenue un fantôme, elle aussi, je songe à voix haute. A propos de fantôme, as-tu connu l'inspecteur Paden Anderson et le coroner Neil

Morrisson ? Ils se sont chargés de l'affaire du décès de Grizel à l'époque.

— Oui vaguement. Il me semble que le coroner connaissait Darren Flemming. A ce propos, selon tes souhaits, nous avons demandé à monsieur Flemming de venir nous voir. Il sera là demain en début d'après-midi. Nous ne lui avons encore rien dit à propos de la mort de sa femme.

— Parfait. Nous en profiterons pour faire un test de paternité afin de savoir s'il est le père d'Irvin. Que penses-tu de Iona Murray ?

— A moins d'être une excellente comédienne, je ne pense pas qu'elle soit l'auteure de ce meurtre. Et puis elle a des justificatifs. Elle n'était pas sur place au moment du meurtre.

— Moi non plus je n'y crois pas. Son attitude parle pour elle. De plus, il y a plusieurs détails qui me semblent étranges, comme ce SMS écrit par Gladisse à 17h00 à l'attention de son mari. Un quart d'heure après sa mort. Ce cheveu retrouvé dans la bouche de Gladisse et les empreintes de Grizel Flemming sur le rouge à lèvres. On a l'impression que quelqu'un veut l'incriminer à sa place.

Lorna, de l'équipe scientifique, surgit à ma porte. Elle me tend un rapport d'analyse.

—Inspecteur, il n'y aucune trace d'empreinte sur Gladisse qui correspondrait à Iona Murray. Nous n'avons pas trouvé à qui appartenait le cheveu blond-roux dans la bouche de Gladisse. Pour le coussin, il n'y a aucune empreinte. A mon avis, l'assassin avait des gants.

— Blond-roux, je ne voudrais accuser personne, mais monsieur Flemming avait à l'époque les cheveux blond-roux, fait remarquer le sergent.

Je réfléchis à cette trace de rouge à lèvres effacée et les empreintes de Grizel sur le tube. Qu'a-t-elle voulu écrire et pour qui ? Je me remémore la conversation enregistrée lors du dîner chez les Flemming. Iona a été trop loin dans sa provocation et Darren a sans doute pris peur.

— J'ai comme la certitude que dans cette pièce il y avait trois personnes. Et si monsieur Flemming était venu au manoir afin de vérifier que son ex-femme était un fantôme, vérifier les dires de Iona Murray. Il s'est senti menacé. Je me rappelle sa réaction quand Iona a parlé de parfum à la violette et du journal intime. Mais pourquoi aurait-il tué Gladisse, son épouse ? Bon sang que s'est-il passé pour que cela dégénère à ce point ?

Je dois vérifier les alibis de Iona, mais aussi celui de Darren Flemming ce jour-là.

— C'est quand même hallucinant. Grizel Flemming meurt suite à un suicide par saut et Darren Flemming n'a jamais été inquiété. Dans le rapport, on ne le soupçonne jamais. Alors que ce soit un suicide ou un meurtre, le conjoint est toujours le premier dans la ligne de mire de la police. C'est un cas d'école. Dis-moi est-ce que tu sais où habite le coroner Neil Morrisson ? je demande au sergent Holy.

—A l'époque, il vivait à Portree, mais je ne peux pas t'en dire plus.

— Ok, je vais faire une recherche. Peux-tu sillonner le coin à la recherche de la voiture de Gladisse ? Vérifie tous les sentiers qui longent le loch à proximité du manoir.

Le sergent Holy hoche la tête puis quitte mon bureau. Je soupire. J'avais pris cette histoire de fantôme et de meurtre au second degré. Bien entendu, j'avais une affaire en cours ordinaire, mais prioritaire. Seulement, voilà, Iona Murray se trouve en garde à vue pour meurtre et j'ai l'impression que Darren Flemming n'est pas étranger à cette situation. Je savais, d'après mes investigations auprès des proches de Iona, qu'elle était droite et sincère. Elle sortait certes d'une dépression nerveuse suite à une tromperie et rupture avec son conjoint, mais Iona avait la tête sur les épaules. Cela ne m'a pas empêché de remettre mon enquête à plus tard, et lorsque j'ai découvert le cadavre dans l'armoire, de penser que Iona était foncièrement inconsciente pour garder le corps de Gladisse. Il faut que j'avance vite pour comprendre les tenants et les aboutissants. Surtout, je dois parler au coroner et à ce fameux stagiaire à qui il n'a pas été permis de s'exprimer sur l'autopsie.

▪

GRIZEL

Je suis atterrée. La police est venue chercher Iona et ils l'ont emmenée dans la voiture de police. Ils ont trouvé le corps de Gladisse dans une armoire. Je n'ai pas assisté à ce qui s'était passé après le meurtre, où Darren avait transporté le corps. Je pensais qu'il l'avait pris avec lui. J'étais ailleurs trop absorbée par le fantôme de Gladisse et les esprits qui ont volé son âme. J'avais peur et j'étais choquée. Darren m'a menacée. Je voulais protéger Iona mais au lieu de cela, à cause de moi, elle va être accusée d'un meurtre qu'elle n'a pas commis. C'est pire. Quand vais-je la revoir ? Comment prouver que Iona n'a rien d'une tueuse. C'est horrible. Darren va encore s'en sortir. Je suis un fantôme sans espoir, un monstre d'égoïsme, bloquée dans un manoir qui mène à un destin tragique les femmes qui y habitent.

▪

IONA

J'ai fini par m'asseoir sur un des matelas dégoutants. J'ai froid et j'ignore quelle heure il est. J'ai complètement perdu la notion du temps. Une jeune femme est en garde à vue aussi dans la même cellule que moi. Je m'interroge sur son délit. Sans doute se pose-t-elle la même question à mon sujet. C'est usant nerveusement de ne pas savoir ce qui va m'arriver. Ma vie est devenue un champ de ruines, du grand n'importe quoi. Je suis une épave bonne à envoyer à la casse.

Un instant, je me dis que je n'aurais jamais dû habiter ce manoir, ni me préoccuper de l'histoire de Grizel. Je venais à peine de sortir d'une crise, d'un profond mal-être et me voilà confrontée à un meurtre. Je vais avoir un casier judiciaire chargé. A tous les coups, Eliott ne voudra plus entendre parler de moi. Il m'avait prévenue que sa patience avait des limites, et va probablement me chasser de sa maison d'édition. Je vais avoir une mauvaise réputation dans le milieu littéraire.

L'instant d'après, je me secoue et me dis que la vérité va bien finir par éclater. Kenneth est un bon avocat. Il me sortira de là. Je ne pensais pas devoir recourir à ses services après ce qui s'était passé entre nous. Comme quoi, la vie nous réserve bien des surprises. Cela n'empêche que Eliott qui est frileux et ne veut être impliqué dans aucune histoire, n'en démordra pas et se séparera de moi. Quant à Grizel, elle m'a trahie, ne s'est pas manifestée au moment où c'était nécessaire, ne m'a pas prévenue. Je comprends maintenant pourquoi elle était si agitée la veille. Elle a dû voir ce qui s'était tramé. Alors pourquoi Grizel ne m'a-t-elle pas aidée ? Elle n'arrêtait pas de répéter qu'elle ne pouvait rien me dire. Enfin, de là à me laisser accuser de meurtre, c'est injuste. J'ai mené une enquête sur Darren pour le dénoncer et voilà comment elle me remercie. Je dois me calmer, rester positive car je suis en train de m'enfoncer lentement mais sûrement dans les flammes de l'enfer.

Relève-toi. Cela ne sert à rien de ruminer. Tu le sais. Cela ne fait pas avancer les choses. Tu as déjà vécu une situation humiliante. Alors utilise ton temps à réfléchir autrement, plutôt à ce meurtre qu'à t'éparpiller. Qui a tué Gladisse et pourquoi ? Qui a intérêt à m'en faire porter la responsabilité ? La seule personne qui est capable de ce geste est Darren, lui-même. Grizel n'est pas une criminelle. Elle ne serait pas capable même par jalousie de commettre un acte irréparable. De plus, quel en serait le mobile ? Pourquoi Gladisse était-elle au manoir ? Elle ne devait pas être seule, mais logiquement accompagnée de Darren. Je me souviens que la porte d'entrée n'était pas fermée à clé, alors que je suis certaine de l'avoir verrouillée. Darren aurait donc encore un double ? La prochaine fois, je changerai les serrures. Darren s'est senti menacé parce que j'ai trop parlé. Il a voulu vérifier que Grizel existait bien en fantôme, a voulu chercher son journal intime. Quel désastre ! Et si Darren avait lu le roman sur mon ordinateur ? Je l'ai laissé ouvert sur la dernière page. Ce serait la catastrophe. Il sait tout. Darren peut anticiper mes faits et gestes. Quelle andouille je suis ! Je ne suis pas assez prudente.

Mais après, le couple se serait disputé et leur altercation aurait mal tourné. Peut-être que finalement, Gladisse ignorait tout du premier meurtre et qu'elle a vraiment cru à un suicide. Sinon quel autre sujet aurait amené une empoignade ? Le fait que Gladisse prenne de l'assurance, des initiatives à l'encontre de Darren et finisse par le menacer.

Quand je vais rentrer, si on me libère, bien entendu, je vais retrouver mon manoir glauque. Il y avait un cadavre dans la chambre contiguë à celle où je dors. Je ne suis pas rassurée. De savoir que la mort rôde chez moi, que Darren est capable de tuer, de sang-froid une deuxième fois, sa seconde femme, me terrifie. J'ai peur. J'espère que Gladisse n'est pas aussi devenue un fantôme qui erre dans ma maison. Cela commence à faire beaucoup. Je ne vais pas pouvoir gérer deux spectres à la fois. Je suis dans un sacré pétrin. Et si je changeais de métier ? Au cas où je perdrais mon éditeur et que plus personne ne veuille me lire, je peux toujours faire visiter mon manoir hanté. Il y a un public pour ce genre d'engouement. Ce serait un véritable succès. J'éclate de rire nerveusement. La jeune femme d'à côté me dévisage. Elle me prend pour une cinglée, c'est sûr.

▪

REED MCNEAL

J'ai trouvé les coordonnées du stagiaire Malcom Ross qui a participé à l'autopsie de Grizel Flemming. J'ai rendez-vous à 15h00 sur le port à Portree dans un pub. Ayant de l'avance, je flâne sur le quai dans l'espoir d'apercevoir le chalutier rouge et noir de Roy, le pêcheur. Le prochain marché a lieu demain matin, mais je veux gagner du temps. Je dois bien ça à Iona. Je remonte le col de mon manteau, car l'air s'est rafraîchi.

Bingo ! Je le vois avec son bonnet rouge et sa salopette de ciré jaune. Roy est sur son bateau, à ranger ses filets et ses casiers remplis de crustacés, crabes et homards. Je me dirige droit vers lui. Des effluves de poissons et de fruits de mer envahissent mes narines. J'adore respirer l'odeur de l'iode.

— Salut Roy.

Roy lève ses yeux bleus malicieux et son visage buriné vers moi.

— Ah Reed, comment vas-tu ? Je n'ai pas ton saumon aujourd'hui, mais du homard que je vais livrer aux restaurants.

— Cela m'a l'air bien appétissant, mais aujourd'hui c'est pour le boulot en qualité d'inspecteur-chef que je viens te parler. Dis-moi, as-tu vu hier au marché Iona Murray ? Je lui montre une photo de l'écrivaine.

— Iona Murray, l'écrivaine, oui je l'ai vue. C'est une habituée. Elle est venue dans l'après-midi m'acheter du saumon. Pourquoi qu'est-ce qui se passe ? Rien de grave, j'espère.

— Ca dépend pour qui. A quelle heure environ l'as-tu vue ?

Roy se frotte le crâne. Il réfléchit.

— Aux alentours de 15h30, oui c'est ça, je le sais parce que j'ai reçu un appel et j'ai vu l'heure sur mon portable. On a discuté un bon quart d'heure. C'est une charmante femme. Dis-moi qu'est-ce qui se passe ?

— Elle est soupçonnée de meurtre. On a retrouvé le corps d'une femme, hier chez elle. Mais j'ai la conviction que ce n'est pas elle qui l'a tuée. Iona Murray avait un sérieux alibi. Toi.

Roy regarde en direction du manoir.

— C'est affreux. Décidément ce manoir pue la mort. Il faudrait le détruire. D'abord ce suicide avec Grizel Flemming et puis son fantôme qui traîne. Bon je sais que toi en tant que flic tu es très terre-à-terre et que tu n'y crois pas.

— Non ça m'intéresse au contraire. Iona Murray était venue m'en parler il y a quelques temps. Elle disait qu'elle était entrée en contact avec Grizel. D'après elle, c'était un meurtre maquillé en suicide.

— Bah ! si ça peut aider dans ton enquête, sache que moi, en rentrant de la pêche, j'ai aperçu, sur le toit, le fantôme de Grizel et pas qu'une seule fois ! Je te jure que je ne bois pas. Le manoir est réputé pour être hanté. Iona également m'en a parlé quelques fois. Je la trouve incroyable car elle disait qu'elle avait réussi à dialoguer avec Grizel et qu'elle écrivait un roman sur elle. Iona m'avait glissé que Grizel ne s'était pas suicidée, mais elle n'a pas voulu en dire plus. Je n'ai pas insisté. Mais si tu veux mon avis, Iona Murray n'est pas une criminelle, c'est quelqu'un de bien.

— Je te remercie Roy. On va enquêter. Je te laisse. Pour la prochaine fois, garde-moi deux saumons. A plus !

On se sépare car l'heure du rendez-vous approche. Je rentre dans le pub à l'ambiance feutrée. Il est situé entre deux maisons aux couleurs éclatantes. Lui-même a une devanture bleue. Il y a peu de clients. Il est trop tôt. Malcom ROSS est assis à une table, avec un verre de bière. Je le reconnais car il m'a donné une description de sa tenue vestimentaire et de son look. Malcom porte un pull blanc. Il a les cheveux châtain, frisés, hirsutes. Il fait penser à un intellectuel qui s'arrache les cheveux parce qu'il cogite trop sur des questions difficiles.

— Malcom Ross ? Bonjour je suis l'inspecteur Reed McNeal.

Il hoche la tête et scrute autour de lui, gêné.

— J'ai préféré que l'on se voie ici, parce que chez moi, les gens vont se demander pourquoi un inspecteur vient me rendre visite. C'est plus discret.

— Je vois, pas de problème.

J'en profite pour commander un diabolo menthe.

— Bon alors j'ai bien repensé à cette histoire. Il y a des choses qui m'avaient marqué à l'époque. Quand je suis venu sur le terrain, le manoir donc, le jour où madame Flemming est morte, je me rappelle, que Neil Morrisson, le coroner, connaissait monsieur Flemming. Apparemment, c'était des copains de classe et ils se côtoyaient en dehors. Etant médecins tous les deux, ils se sont fait des accolades. J'étais en formation à l'époque, une formation qui est en relation avec mon métier actuel. Le jour de l'autopsie, j'ai fait remarquer à Neil, que Grizel Flemming avait des bleus, des contusions sur les bras, sur le cou également comme si on avait voulu l'étrangler ou serrer trop fort. Il y avait aussi des marques dans le dos comme si elle s'était heurtée au parapet. Des coups qui n'ont rien à voir avec la chute de quelqu'un qui veut se suicider. Neil m'a affirmé que si et qu'il allait le noter sur le rapport. Il faut dire que le corps était dans un piteux état. Je voulais faire le mien, mais il m'a dit que les stagiaires devaient juste observer et n'avaient aucune note à rédiger. Cela m'a paru étonnant sur le moment, mais comme il était très professionnel et sûr de lui, je n'ai plus eu de doutes. Mais maintenant, je vous avoue que des fois j'y pense. Je suis anesthésiste-réanimateur et coroner à l'hôpital, alors je suis confronté régulièrement à la mort. Depuis, j'en ai vu des personnes en formation et elles notent, elles participent à l'autopsie avec leurs observations.

— Je n'en doute pas. Seulement voilà, les marques sur le cou, ainsi que sur le dos, ne sont pas indiquées sur le rapport.

Malcom blêmit.

— Merde. Vous pensez que c'était un meurtre et que Neil a voulu le cacher ?

— Cela y ressemble de plus en plus. Donc Neil et Darren Flemming se connaissaient bien. Plusieurs photos ont été prises du corps, normalement ? C'est la procédure. Je n'en ai vu qu'une seule.

Malcom réfléchit quelques instants.

— Oui je me souviens, il y a des photos qui ont été prises sur place et au moment de l'autopsie.

— Ok. Je vous remercie Malcom pour votre aide très précieuse. Vous n'y êtes pour rien vous savez, mais aujourd'hui, dites-vous que vous avez certainement contribué à rétablir la vérité et grandement aidé la police. On vous convoquera, je pense d'ici quelques jours pour témoigner.

Je finis de boire mon verre et décide de rendre visite à Neil Morrisson. Cette affaire semble de plus en plus louche. Il y a trop de détails négligés par mon prédécesseur Paden Anderson dans cette enquête pour laisser passer des informations déterminantes. Mon collègue est parti à la retraite mais j'ose espérer qu'il n'a pas été complice, lui non plus. Les erreurs judiciaires, ça arrive malheureusement de temps en temps. Tout à coup, je pense à un élément crucial pour la suite de l'enquête et téléphone à Bruce, le coroner.

— Dis-moi, Bruce, depuis combien de temps possède-t-on l'appareil photo qui sert à l'autopsie pour les enquêtes ?

— Oh ! on l'a depuis cinq ans au moins. Pourquoi ?

— Bon, je suppose que les photos de l'autopsie de Grizel Flemming ont été effacées de l'appareil. Le stagiaire qui a assisté Neil Morrisson à l'époque, affirme avoir vu des contusions dans le dos, le cou et les bras. Marques qui n'ont rien à voir avec son suicide. Neil ne les a pas notées sur son rapport. Alors il serait bien de récupérer les photos effacées. On a des chances de les récupérer sur un lecteur de clés USB externe et on pourra ainsi récupérer les photos effacées en téléchargeant le logiciel de récupération d'images.

— Ok on a ça. Je m'en occupe. C'est urgent, je suppose.

— Oui extrêmement urgent. Merci Bruce. Téléphone-moi surtout, dès que tu as récupéré les photos et transfère-les moi sur mon portable. J'irai rendre une petite visite à monsieur Morrisson dès que je les recevrai.

Mon portable m'indique qu'un interlocuteur essaye de me joindre. C'est le sergent Holy.

— Je te laisse, j'ai un autre appel, dis-je à Bruce. Oui je t'écoute.

— On a retrouvé la voiture de Gladisse Flemming. Elle est garée à deux pas du manoir, dans un chemin qui se nomme Kiston Way et qui longe le loch. Le véhicule est stationné tout au fond. Il y a des traces de pneus qui précèdent la Golf, ce qui indique qu'elle n'était pas seule.

— J'arrive. Je ne suis pas loin.

Après quelques minutes de route, je retrouve la voiture de mon collègue stationnée près du chemin indiqué que l'on remarque à peine. Il faut vraiment prêter attention ou connaître parfaitement le coin. Je continue à pied le chemin jusqu'au véhicule abandonné, une VW Golf bleu foncé. Le sergent Holy m'attend.

— Bon, alors, cela prouve qu'elle n'était pas seule à venir au manoir. Cependant pourquoi venir à deux voitures ? j'observe.

J'inspecte les traces de roues qui précèdent la Golf. Ce ne sont pas les mêmes marques de pneus pas plus que le modèle. Je suis devenu un fin connaisseur en ce qui concerne les voitures. Avec notre métier, à la recherche d'empreintes, nous sommes confrontés à tous genres d'individus. De plus, j'idolâtre les coupés sport alors je reconnais immédiatement les pneus d'une Aston Martin Vantage la V8, modèle de 2018. Le propriétaire a donc les moyens de s'offrir ce joli bijou. Il est riche. L'étau se resserre de plus en plus autour de Darren.

— Darren Flemming est venu en premier, certainement pour vérifier au manoir l'existence de Grizel en fantôme, le journal intime et peut-être autre chose. Gladisse n'est pas venue avec lui, car je suppose qu'il ne l'a pas prévenue. Elle l'a suivi discrètement, sinon pourquoi venir à deux voitures. Il y a eu une altercation entre eux. La raison, on ne la connaît pas encore. A moins que….Si Darren n'a pas mis au courant Gladisse de ses projets, c'est qu'elle ignorait que Darren avait tué Grizel. Elle l'a surpris, a pris peur et il l'a tuée. Iona étant la source des problèmes, il a laissé le corps de sa femme pour la faire accuser de meurtre elle, Iona, à sa place. C'est ainsi qu'il a monté le stratagème suivant : s'envoyer un SMS, depuis le portable de Gladisse, dans lequel cette dernière est censée l'informer qu'elle se rend chez Iona. Bien joué, sauf qu'au bout d'un moment la vérité remonte à la surface. Il y a toujours des preuves, d'infimes indices comme l'heure du SMS qui ne correspond pas avec celle de la mort de Gladisse, des gens qui parlent. Il n'y aucun meurtre parfait.

— Alors que fait-on avec Darren Flemming ? on attend toujours demain ? me demande le sergent Holy.

— Rien de plus. Monsieur Flemming doit se présenter dans nos locaux demain en début d'après-midi. Il me faut encore plus de preuves matérielles. J'attends des photos que Neil Morrisson aurait prises lors de l'autopsie, mais qui n'apparaissent nulle part dans le rapport, ni les contusions qui n'ont rien à voir avec la chute.

— Ok, j'ai appelé une dépanneuse, pris les photos du véhicule et des traces afin de compléter le dossier.

— Parfait. Appelle la secrétaire de monsieur Flemming et demande-lui s'il était à son cabinet médical hier. Moi je vais faire un tour au manoir pour essayer de discuter avec notre fantôme.

— Vraiment ! Bon courage alors. Moi j'appelle et je te tiens au courant.

Je remarque le scepticisme du sergent Holy dans l'intonation de sa voix et son regard à propos du fantôme.

— Soit ouvert s'il te plaît. D'ailleurs trouve-moi un médium spécialisé dans le monde du paranormal. Pas un charlatan, quelqu'un de sérieux et de reconnu. Je crois que l'on appelle ça des médiums clairvoyants.

— Tu veux ça pour quand ?

— Comme d'habitude pour maintenant, lui dis-je, avec un grand sourire et une petite tape sur l'épaule pour l'encourager.

— C'est parti.

J'en profite pour parcourir les quelques mètres sur la plage du loch afin de rejoindre le manoir. Il faut un peu moins de dix minutes pour atteindre la maison. La petite porte du jardin est fermée, alors je décide d'enjamber la barrière. Je scrute les fenêtres afin de distinguer une forme qui pourrait être le fantôme de Grizel, mais je ne remarque rien. J'aimerais comprendre pourquoi certains sont prédisposés à voir et communiquer avec des fantômes alors que d'autres en sont incapables. Est-ce une question de sensibilité, d'énergie, d'empathie ou de dons extra-sensoriels ?

Roy dit l'avoir observé plusieurs fois sur le toit. Les locataires précédents ont éprouvé des sensations désagréables et vu des objets se déplacer seuls. Iona la voit et a réussi à dialoguer avec Grizel. Elle a eu également le droit à un transfert. J'ai bien senti que Iona était d'une grande sensibilité. C'est une artiste, une écrivaine qui se nourrit de ses émotions pour écrire. Deux points communs avec Grizel. Le fantôme a dû se sentir en confiance.

Je m'introduis dans le hall. Je n'aime pas perdre du temps et je ne peux pas me le permettre. Pour Iona, je dois aller droit au but. Je ne sais pas à quoi m'attendre, ni comment procéder. Moi qui ne croyais pas à l'existence des fantômes, je vais tenter de collaborer avec un être immatériel pour une enquête.

— Grizel, c'est l'inspecteur Reed McNeal, je ne vous veux aucun mal. Il faut m'aider et, par conséquent, aider Iona. Si vous ne voulez pas que Iona soit accusée de meurtre, par n'importe quel moyen, montrez-moi la vérité sur ce qui s'est passé hier.

Un courant d'air glacial me pénètre ainsi qu'un parfum à la violette traverse la pièce comme la dernière fois. La porte d'entrée claque brutalement. Je sursaute. J'avais oublié de la fermer.

— C'est vous ce froid, ce parfum et cette porte qui claque ?

Je ressens comme une présence, une sensation de mort tout près de moi. Ce n'est guère agréable et je suis oppressé au niveau de la cage thoracique. Si la situation perdure, je ne vais pas être efficace. L'électricité clignote constamment pendant quelques minutes dans l'entrée, le salon, l'escalier et le premier palier.

— Grizel, je ressens comme une impression de mort et je n'arrive pas à réfléchir tranquillement. Je veux aider Iona, alors aidez-moi autrement, faites-moi confiance.

Tout s'arrête. J'entends des bruits de pas dans l'escalier. Je grimpe à l'étage pour la suivre. La porte de la chambre où se trouve le scellé, grince. C'est le lieu où s'est produit le meurtre. Grizel veut me faire comprendre qu'elle se trouve ici. Je passe sous la banderole de la police. Je perçois encore cette impression de mort, mais c'est plus léger et supportable. J'ai froid. J'ai les mains glacées. Le tiroir de la coiffeuse s'ouvre. C'est étrange. Je vois un rouge à lèvres suspendu dans le vide inscrire sur le miroir **ASSASSIN, DARREN A TUE DEUX FOIS : IL M'A POUSSEE DANS LE VIDE ET A ETOUFFE GLADISSE.**

C'est impressionnant, mais efficace. Cela confirme bien que c'est Grizel qui a écrit la première fois sur la vitre. Je prends une photo avec mon portable. Cela ne suffira peut-être pas à convaincre un juge, mais c'est un point de départ.

— Merci Grizel. C'est vous qui avez cassé le miroir et écrit dessus ?

— Oui, écrit-elle.

— Pourquoi, que s'est-il passé pour qu'il tue Gladisse, qu'est-il venu faire ici ?

Le rouge à lèvres s'immobilise sur la coiffeuse. J'ai sans doute trop demandé. Une vague de froid plus importante souffle dans ma nuque. J'ai la chair de poule du sommet de mon crâne jusqu'aux bouts de mes orteils. Je suis submergé par des émotions négatives, puis soudainement les manifestations de présence cessent. Je retrouve un peu de chaleur et de force. Des pas résonnent dans le couloir ainsi que des coups dans le mur. Je file le bruit qui me guide vers le deuxième étage. Une autre porte vibre violemment. C'est un signe. Je présume que cela signifie que je dois entrer dans cette pièce. C'est apparemment un bureau avec un ordinateur allumé. J'entends comme quelqu'un qui pianote sur les touches du clavier. La souris du PC bouge dans tous les sens. La petite flèche s'affole et passe d'un fichier à un autre. Je m'approche, mais reste à distance afin de ne pas encore être englouti par une douche de froid et de mort. Que cherche-t-elle ?

Grizel, finalement, stoppe son ballet infernal et ouvre une page Word vierge. Elle tape quelques lignes. Je lis :

Le manuscrit a disparu. Je ne le retrouve plus. C'est la biographie que Iona a écrite sur moi. Nous avons travaillé ensemble. C'est Darren qui l'a effacé, j'en suis sûre. Heureusement que Iona l'a sauvegardé sur une clé USB. Il cherchait quelque chose. Je l'ai surpris dans la chambre de Iona. Il me provoquait, se moquait de mon état. J'étais en colère. J'ai brisé le miroir. Je ne pouvais pas le toucher, trop d'émotions, alors j'ai écrit "Assassin". Gladisse est arrivée. Elle l'a suivi. Elle n'était pas au courant du meurtre. Il m'a tuée il y a deux ans, suite à une dispute, il m'a poussée du toit. Je l'ai surpris en pleine conversation avec Gladisse qui était sa maitresse à l'époque. Je n'ai pas supporté qu'elle soit enceinte. J'ai voulu le virer de ma vie, de mon testament, de tout, alors il m'a tuée comme il a tué Gladisse. Il a écrit la lettre en se faisant passer pour moi, expliquant mon geste, mon suicide. Je ne pense pas que c'était sa première intention de tuer Gladisse. Il l'a assommée avec un chandelier pour sans doute la calmer, l'emmener de force, mais comme elle paniquait, ne voulait plus partir avec lui, il l'a étouffée avec un coussin. Il m'a intimé l'ordre de ne rien dire, sinon il a menacé de tuer Iona, si je lui répétais ce qui s'est passé ou si je disais tout à la police. Je n'ai pas vu qu'il cachait le corps dans l'armoire. J'étais trop préoccupée par les esprits noirs qui emmenaient Gladisse au ciel.

Moi je suis toujours là. Prisonnière, coincée ici. Je me rends compte que j'ai eu tort de me taire, mais j'avais trop peur pour Iona. Darren est horrible. Relâchez Iona, s'il vous plaît. Elle est innocente. Innocente. Innocente. Signé GRIZEL FLEMMING

Grizel imprime le document que je récupère aussitôt de l'imprimante. Je suis stupéfait par la tournure des événements et d'être en communication avec un être irréel, avec le monde de l'au-delà, dont je ne croyais aucunement à l'existence. Je suis choqué, mais il faut que je me ressaisisse. Je doute que les confessions d'un fantôme soient suffisantes auprès de la justice. N'importe qui pourrait avoir écrit cette lettre. Il n'y a que ma parole qui fait foi en tant qu'inspecteur de police. C'est pourquoi un médium clairvoyant est nécessaire aussi dans cette affaire. Pour moi, il n'y a pas de doute, je vais relâcher Iona. Je vais m'en charger personnellement. Je comprends aussi pourquoi Grizel n'est pas intervenue lors de l'arrestation de Iona. Darren Flemming l'a menacée. Le puzzle est reconstitué.

— Merci Grizel. On va faire le nécessaire. Darren Flemming va être arrêté.

Mon portable m'indique un message. C'est Bruce qui m'envoie les photos de l'autopsie de Grizel. Je les consulte. Maintenant, je peux rendre visite à Neil.

— Au revoir Grizel, à bientôt.

Je quitte le manoir, perturbé. Ce que j'ai vécu est troublant. Je ne sais pas si je suis heureux de savoir que l'on peut rester enfermé entre deux univers ou le fait qu'il y ait bien autre chose après la mort. Ce n'est pas rassurant. Replonge-toi dans ton enquête, Reed.

Apparemment, Neil n'est plus coroner depuis plus d'un an et a totalement changé de vie. Neil possède une maison d'hôte sur l'A855 qui mène au célèbre Old Man of Storr. Je suppose qu'il a un succès monstre auprès des touristes, du fait que ce site représente le joyau et le symbole de l'île de Skye. Il figure sur toutes les cartes postales, ainsi que tous les guides touristiques qui le recommandent. Beaucoup de randonneurs ou de touristes aiment faire l'ascension pour observer ce monolithe de cinquante-cinq mètre de haut. Le sommet rocheux et la colline du Storr située à l'arrière évoquent le visage d'un vieil homme. Il surplombe un magnifique massif de petits monts et de lochs. Le paysage environnant est grandiose, énigmatique.

Je n'ai pas prévenu Neil Morrisson que je venais l'interroger. Je ne voulais pas qu'il se prépare mentalement à mentir et anticipe ses réponses. Prendre au dépourvu un individu malhonnête est la meilleure façon de le confronter à ses mensonges. Ses gestes et ses expressions le trahissent. D'ailleurs j'ai la ferme intention d'être direct et offensif. Mon téléphone sonne à nouveau. C'est le sergent Holy.

—Inspecteur, j'ai appelé la secrétaire de Darren Flemming. Elle me confirme qu'hier monsieur Flemming était en congés. Il a prévu de s'absenter trois jours, aujourd'hui inclus. Elle me dit aussi que la veille Gladisse a appelé au cabinet, voulant parler à son mari, et qu'elle n'avait pas l'air au courant de cette prise de congés. Gladisse s'est rattrapée, en disant qu'elle avait oublié, que Darren lui en avait parlé, mais la secrétaire ne l'a pas crue.

— Ok je te remercie. Je suis sur la route pour voir Neil Morrisson. On se rappelle.

Je stationne mon véhicule dans la cour de la maison d'hôte laquelle, j'avoue, se remarque de manière majestueuse dans ce relief d'un vert éclatant. La demeure est magnifique avec ses murs blancs comme de la neige et son clocher dans la tour centrale. On dirait presque un hôtel. Neil a certainement bien gagné sa vie en tant que Coroner et a su investir intelligemment son argent. D'ailleurs pourquoi avoir stoppé sa carrière de médecin pour vivre du tourisme, ce qui est plus aléatoire ?

J'entre. La maison est extrêmement bien chauffée. Un peu trop même. Il n'y a personne à l'accueil, alors je signale ma présence en appuyant sur une cloche de comptoir. Je ne patiente guère longtemps. Un homme, vêtu d'un polo bleu foncé et d'un pantalon blanc, surgit d'une pièce avoisinante. Il a un léger embonpoint, les cheveux châtain et un sourire chaleureux.

— Bonjour monsieur, bienvenue dans notre maison d'hôte.

—Bonjour, je vous remercie, je souhaiterais parler à monsieur Neil Morrisson.

— C'est moi.

— Inspecteur-chef Reed McNeal du C.I.D, j'enquête sur la mort de Grizel Flemming. Vous étiez, à l'époque, le coroner qui en a fait l'autopsie.

Neil Morrisson pâlit légèrement. Son sourire s'éclipse.

— Pouvons-nous nous entretenir dans un endroit tranquille ? J'aimerais vous poser quelques questions au sujet de cette dame.

— Mais naturellement, veuillez me suivre, je vous prie.

Une fois dans une pièce, à l'écart :

— Ah... oui... madame Flemming. Effectivement, je m'en suis chargé. Pourquoi enquêtez-vous, elle est morte par suicide ? Si je me souviens bien, elle s'est jetée du toit de sa maison la malheureuse.

— Oui mais il y a du nouveau. Il semblerait que l'on ait aidé madame Flemming à se jeter du toit. Pourquoi ne pas avoir indiqué sur le rapport d'autopsie que Grizel Flemming avait des marques dans le dos et le cou ? Ce sont des bleus qui ont été observés par votre stagiaire de l'époque Malcom Ross et qui n'ont rien à voir avec une chute du toit. Vous lui aviez dit que c'était au contraire dû au saut et que vous l'indiqueriez vous-même sur le rapport. Or je ne le vois nulle part sur le rapport d'autopsie. Pourquoi ?

Neil Morrisson s'agite, il est de plus en plus nerveux.

— Pourquoi, comment voulez-vous que je m'en souvienne ?

— Je pense que vous vous le rappelez très bien, et je me propose de vous rafraîchir la mémoire. Monsieur Darren Flemming était votre ami à l'époque. Peut-être toujours d'ailleurs. Vous avez voulu le protéger et sans doute vous a-t-il promis quelque chose. Elle est belle cette maison, dis-je sur un ton ironique.

— Vous accusez monsieur Flemming d'avoir tué sa femme et moi d'avoir caché des preuves ?

— Alors expliquez-moi pourquoi une seule photo de Grizel Flemming apparaît dans le rapport d'autopsie pour la police, alors qu'une dizaine d'autres ont été effacées, mais heureusement retrouvées. Elles auraient dû figurer dans le rapport.

Je montre à Neil les photos que Bruce m'a envoyées. L'homme se pince les lèvres et avale sa salive anxieusement.

— La mémoire vous revient. C'est de la dissimulation de preuves, le fait de détruire, d'effacer des traces ou de soustraire, altérer un document public dans le but de faire obstacle à la vérité, cela s'appelle du recel, monsieur Morrisson. Un délit qui est passible selon le cas de trois à cinq ans d'emprisonnement.

Des gouttes de sueur perlent sur son front. Cette fois, Neil rougit. Il fléchit, c'est le moment d'abattre mes cartes.

— Je vous conseille d'avouer et je peux vous assurer que votre peine sera allégée. Je vous en donne ma parole. Les preuves sont contre vous, monsieur Morrisson et contre monsieur Flemming. Dites-moi la vérité. Monsieur Darren Flemming vous a-t-il menacé ou promis une récompense pour que vous vous taisiez ?

Neil Morrisson me regarde, effrayé. Il soupire.

— Bon d'accord. Quand j'ai vu les contusions, j'ai compris que ce n'était pas normal. Je lui en ai parlé. Il m'a menacé, puis m'a dit que si je l'aidais, en contrepartie, il m'offrirait une belle somme d'argent pour mon silence. J'ai été faible sur ce coup-là et j'ai accepté.

— Mais Paden Anderson ne s'est jamais posé de questions à ce sujet ?

— Oh non, Paden n'était pas calé question autopsies. Cela a été facile. Il se fiait à moi et n'a jamais été capable de déterminer l'heure d'un décès comme le font certains flics. En plus, il était pressé de partir à la retraite, alors, pour lui, sa dernière enquête était un suicide, et basta. Moi ça m'arrangeait. Je n'en suis pas très fier, mais je vous en prie, je suis innocent. J'ai préféré arrêter mon métier et ne plus entendre parler de Darren.

— L'innocence aurait été de tout dévoiler à la police. Cela aurait évité un second meurtre, celui de Gladisse, sa seconde femme. Je vous arrête pour recel et corruption passive.

Il me demande la faveur d'avertir sa femme. J'accepte volontiers. Puis, je lui énonce ses droits, pendant que Neil Morrisson, penaud, se laisse menotter.

— Vous avez le droit de garder le silence. Si vous renoncez à ce droit, tout ce que vous direz pourra être et sera retenu contre vous devant une cour de justice. Vous avez droit à l'aide d'un avocat et à ce que celui-ci soit présent lors de l'interrogatoire. Si vous n'en avez pas les moyens, un avocat vous sera commis d'office. Durant chaque interrogatoire, vous pourrez décider, à n'importe quel moment, d'exercer ces droits, de ne répondre à aucune question ou de ne faire aucune déposition.

Pour le moment, l'enquête progresse minutieusement. Je dois admettre que nous avançons facilement dans cette affaire pourtant ardue au premier abord et liée au paranormal. J'ai beaucoup de chance que le fantôme communique avec moi, mais aussi d'avoir récupéré les photos de l'autopsie. Je suis satisfait pour Iona et Grizel. Darren Flemming va être accusé d'homicide volontaire et de corruption active. Cela me semble aisé et trop simple. Je n'ai pas la confiance chevillée au corps, et, du reste, j'ai un mauvais pressentiment. Je vais contacter mes collègues à Aberdeen, afin d'aller chercher et arrêter dès ce soir Darren Flemming à son domicile.

CHAPITRE 7
GRIZEL

Je suis coupée du monde depuis que Iona a été arrêtée par la police, ce matin. J'aimerais tant l'aider, mais je suis impuissante. Je me sens ridicule et coupable de n'être pas intervenue. Etant bloquée au manoir, je dois attendre une prochaine visite de la police. Alors lorsque j'entends la porte du manoir s'ouvrir et la voix de l'inspecteur, je vois cette fois l'opportunité de me manifester. Je suis comblée, car il sait que j'existe et Reed veut communiquer avec moi. Sur le moment, je suis très méfiante, car j'ai peur que ce soit un piège. J'ai tellement été déçue. Mon mari, l'homme que j'ai tant aimé, n'a pas hésité à m'assassiner.

Seulement, c'est l'unique façon de faire libérer Iona. C'est compliqué. Ce policier, Reed McNeal, est comme les autres. Il ne me distingue pas ni ne m'entend parler. Il ressent apparemment cette vague de froid et de sensation de mort que je projette éternellement. C'est incontrôlable. Alors la seule solution est l'écriture. Le moteur de toute ma vie. Même fantôme, c'est ma façon de m'exprimer. Heureusement, l'inspecteur est à la recherche de la vérité, alors il me suit sans difficulté à l'étage. Il n'est pas effrayé par le paranormal, l'univers des morts.

Le miroir ne suffit pas. J'ai l'idée de tout raconter sur l'ordinateur, mais je suis choquée. Le manuscrit a disparu. Iona l'a enregistré sur une clé USB qu'elle porte en permanence sur elle.

Ce n'est pas le problème. Je devine juste que le manuscrit a disparu suite à la venue de Darren. Cela ne peut être que lui. Il sait tout maintenant. A moins qu'il n'ait pas eu le temps de le lire, ni de le sauvegarder sur une clé. Cela m'étonne. Darren ne laisse rien au hasard. Il ne faut pas le sous-estimer. Iona est en danger. L'inspecteur doit la protéger. Je suis heureuse, j'ai réussi ma mission car Iona va être libérée et Darren condamné. Ce n'est plus qu'une question de temps. Il y a bien une justice dans ce monde.

▪

IONA

On m'a changée de cellule en raison du nombre d'arrivées de détenus en garde à vue. Je suis maintenant dans une cellule individuelle. Je ne me sens plus observée bizarrement par mes codétenues, ni obligée d'entendre des commentaires graveleux ou indélicats. Du coup, malgré l'épuisement nerveux dans lequel je me trouve, je suis vaincue par la fatigue. Je me suis assoupie sur mon matelas déglingué et puant. Le sommeil est mon refuge, une échappatoire provisoire. Je suis en train de rêver que l'on m'ouvre ma cage et que Kenneth me dit que ma garde à vue a pris fin. Il me touche le visage. C'est bien agréable. Je réalise soudainement que Kenneth est vraiment présent. Il me répète de me réveiller, que tout est fini. J'émerge de mon sommeil et je vois effectivement Kenneth ainsi que l'inspecteur Reed McNeal dans ma cellule.

— Iona vous êtes libre. On a suffisamment de preuves contre Darren Flemming pour l'inculper, me déclare Reed.

— Que ce soit pour le premier et le deuxième meurtre ? je lui demande, étonnée.

— Oui, nous avons retrouvé le stagiaire qui a assisté à l'autopsie de Grizel Flemming. Il a témoigné contre le coroner Neil Morrisson. Vous aviez raison, elle avait des contusions dans le dos, le bras et le cou qui n'ont pas été citées par le coroner. Ceci avait été fait volontairement. Il a avoué. Il y était bien obligé, nous avons des photos qui le prouvent. L'heure du SMS de Gladisse ne correspondait pas avec l'heure de sa mort et Grizel nous a été d'une grande aide.

— Grizel !

— Oui, je vous expliquerai plus tard ou elle vous expliquera. Rentrez chez vous et reposez-vous. Vous l'avez mérité.

Je suis abasourdie. J'ai presque envie que l'on me pince, tellement cela me semble irréel et magnifique. La police me rend mes affaires personnelles. L'inspecteur me pose une dernière question.

— Dites-moi, vous avez enregistré votre roman sur une clé USB que vous avez sur vous, je suppose ?

— Oui, pourquoi ?

— Grizel n'a pas retrouvé votre roman sur le PC. Darren l'a effacé selon elle, mais il a certainement tout enregistré. Il sait tout. Normalement, nos confrères d'Aberdeen vont le chercher, ce soir, à son domicile et il va être transféré ici.

— Oh donc il sait que je suis venue vous voir. Je suis en danger ?

— Non, vous ne craignez rien. Mes confrères vont l'arrêter et nous l'amener au poste. Tout ira bien.

— Merci inspecteur pour ce que vous avez fait pour moi.

Je suis reconnaissante envers cet homme qui a agi avec intelligence. Il m'a sauvé la vie.

— Je n'ai fait que mon travail et l'intuition paie, malgré ma difficulté, au début, à croire au paranormal, me dit Reed avec un grand sourire bienveillant.

Kenneth me propose de me ramener au manoir. J'accepte. Bien que la situation s'améliore, je suis vidée de toute énergie, complètement déconnectée de la réalité. J'avance comme un robot. Il y a eu trop de bouleversements dans ma vie ces dernières semaines. Lorsque nous sortons du poste de police, la nuit est tombée. Il est 21h30. Une femme nous accoste. Elle tient un bloc-notes à la main.

— Bonsoir, Iona, je suis Fiona du Daily Press à Portree, je voudrais savoir ce que vous ressentez d'être enfin libérée et ce que l'on vous reprochait ?

Kenneth la repousse et lui dit gentiment, mais fermement.

— Non s'il vous plaît, laissez-la tranquille. Prenez rendez-vous si vous voulez une interview.

La journaliste exprime une grimace de mécontentement, mais ne se prive pas de me prendre en photo. Kenneth la menace et lui dit que si elle se sert du cliché, nous porterons plainte contre elle. Je suis harassée, incapable d'ajouter un mot. Si la photo est utilisée, je vais faire peur ou émouvoir. Je dois avoir vraiment mauvaise mine, car si je me souviens bien, j'ai été arrêtée ce matin au lever du lit. Je n'ai pas eu le temps de faire une toilette. Heureusement, la voiture est garée non loin. Nous partons enfin au manoir. C'est juste à ce moment-là que je craque. Des larmes coulent le long de mes joues. Je ne les retiens pas. Cela fait du bien de libérer ses émotions.

— Je sais que ça a été éprouvant pour toi, la garde à vue. Je suis navré de ne pas avoir été à tes côtés tout de suite. L'important est que l'inspecteur soit maître de l'enquête. Tu as eu beaucoup de chance de tomber sur lui, surtout avec cette histoire de fantôme, me dit Kenneth, gentiment.

— Oui, mais j'ai apprécié ton soutien et tes conseils avisés malgré notre séparation. C'était horrible d'être accusée de meurtre alors qu'on se sait pertinemment non coupable, de ne plus être maître de mon destin, d'être abusée. Je comprends maintenant pourquoi tu fais ce métier, Kenneth.

Nous arrivons au manoir. Je suis heureuse de le revoir et à la fois pas rassurée de savoir qu'un deuxième meurtre y a été commis. J'ai une petite hantise. Nous pénétrons dans le hall. Kenneth a des frissons. Il ne semble pas à l'aise.

— Je vais prendre une chambre d'hôtel pour deux ou trois jours. Si tu as besoin de quoi que ce soit, appelle-moi. Je ne sais pas comment tu fais pour habiter ce manoir. Il est lugubre et je n'aime pas ce que je ressens.

Je souris et comprends, cela doit être l'effet Grizel.

— Je te remercie, Kenneth. Bonne soirée.

Il m'embrasse tendrement sur la joue. Il a du courage de m'approcher car je porte certainement l'odeur de la prison. Je le sens moi-même. Kenneth attend probablement autre chose de moi dans les jours qui suivent ou pour l'avenir. J'apprécie qu'il n'en dise rien car, de toute façon, je préfère rester ainsi, que nous soyons amis. Nous nous quittons. Je m'aperçois que j'ai évolué, que j'ai pardonné. Mes sentiments ont changé, je ne suis plus dans la haine ni dans la colère.

J'ai besoin de prendre une douche, de me laver de tous les soupçons qui ont pesé sur moi, de la crasse des cellules, de la mort qui rôde sans arrêt autour de moi.

▪

REED MCNEAL

Voilà une affaire rondement menée. Je suis satisfait de cette journée. J'ai innocenté quelqu'un qui était injustement accusé. Je reçois un appel de l'inspecteur en charge d'arrêter Darren Flemming chez lui à Balmedie.

—Inspecteur McNeal, c'est l'inspecteur Gunn. Nous sommes au domicile de monsieur Flemming. Il n'y a personne à son domicile. Cela fait une heure que nous attendons. Nous allons rester cachés près de chez lui pour surveiller son arrivée.

— Parfait, mais il n'y avait pas son fils, ni une nourrice ?

— Non rien.

— Il est tard pourtant. Êtes-vous sûr que tout est chez lui, qu'il n'a pas pris des affaires, des jouets ?

— Non, apparemment.

— Prévenez-moi dès que vous avez du nouveau.

Je suis inquiet car j'ai le sentiment que Darren Flemming ne reviendra pas à son domicile. Un père qui doit jouer l'homme inquiet parce que sa femme a disparu, resterait à garder son fils au domicile. Il a lu le manuscrit et il sait que son projet d'accuser Iona du crime de sa femme, Gladisse, ne fonctionnera pas longtemps. Il faut être particulièrement fort pour affronter la police. Il se sent menacé. J'ai sous-estimé cet homme et j'aurais dû donner l'ordre de l'arrêter bien avant. Je vais donner l'alerte pour les aéroports ainsi que pour la frontière entre l'Ecosse et l'Angleterre. Il y a une dizaine de routes qui traversent la frontière. Je demanderai à ériger des points de contrôle. Je dois aussi faire surveiller le domicile de Iona. Mauvais pressentiment. Je suis en train de me créer des scénarios dans ma tête. Je suis peut-être dans l'erreur. A ma grande surprise, demain, Darren se présentera à la convocation car il est sans doute parti dormir chez sa sœur ou un proche. Il veut se faire passer pour un père protecteur ou un homme dans le doute, la peur. Ce témoin sera probablement utile pour l'aider à le disculper. Il a un enfant en bas âge. Pauvre gamin. Il me fait de la peine car il n'a pas de chance avec une mère assassinée par un père psychopathe.

▪

IONA

Je suis passée directement dans la salle de bains où j'ai ôté hâtivement mes vêtements sans me regarder dans le miroir. J'ai passé un long moment sous la douche et je me suis frottée comme une malade pour enlever cette puanteur. Maintenant, je sens bon le savon et le shampooing. J'enfile un peignoir. J'ai évité la chambre, mais maintenant je n'ai plus le choix. Il y a un scellé qui me barre le chemin. Je l'arrache. Je vois le miroir fêlé avec l'inscription au rouge à lèvres. **ASSASSIN, DARREN A TUE DEUX FOIS. IL M'A POUSSEE DANS LE VIDE ET A ETOUFFE GLADISSE**. Je pense à Gladisse et revois son corps inanimé dans l'armoire, ainsi que son visage livide. Vais-je réussir à dormir cette nuit dans ma maison qui accumule les meurtres et - je ne l'espère pas - les fantômes ? Je ne crois pas que je passerai la nuit dans ma chambre à coucher habituelle, ni dans celle d'à côté. Elles ont été les témoins d'un crime. Heureusement, il y a une troisième chambre.

Il est temps que je parle à Grizel. Je l'appelle. Il ne se passe pas une minute avant que je la voie apparaître sur le seuil de la porte, avec sa sempiternelle chemise de nuit en dentelle, rose délavé. Son visage blafard exprime une certaine honte.

— Je suis désolée de ne t'avoir rien dit et t'être laissée te faire arrêter par la police sans intervenir, mais je me dois de te raconter ce qui s'est vraiment passé.

J'écoute avec attention le récit de mon fantôme qui a vécu un horrible moment. Je suis terrifiée par les actes odieux de Darren. Je comprends maintenant le silence de Grizel et son attitude. Je ne suis plus déçue, ni fâchée contre elle. Je la remercie plutôt d'avoir interféré en ma faveur auprès de l'inspecteur, lorsqu'il est venu. Je suis soulagée égoïstement de savoir que Gladisse a été emportée dans l'au-delà, même si j'ai de la peine pour elle. Je n'aurais pas supporté un deuxième fantôme. Gladisse n'était donc pas complice du premier meurtre de Darren. Je suis un peu angoissée à l'idée d'aller me coucher. J'ai peur d'avoir des images glauques qui ressurgissent une fois la lumière éteinte, couchée dans mon lit et que le moindre bruit me fasse sursauter.

J'efface l'inscription sur la glace et propose à Grizel de continuer le roman.

— Darren a sauvegardé le roman, j'en suis certaine. Il sait que tu es allée à la police, que tu écris la vérité sur lui et qu'une fois le roman édité, tout le monde saura qui il est, ce qu'il a manigancé, me confie Grizel inquiète.

— Ne t'inquiète pas, Darren va être arrêté incessamment. Nous n'avons plus rien à craindre.

Mon téléphone portable sonne. C'est Eliott, mon éditeur. Il sait sans doute que j'ai été placée en garde à vue. Une journaliste était déjà informée de mon arrestation. A l'époque des réseaux sociaux, les rumeurs et les nouvelles se propagent vite dans ce monde de l'information. J'appréhende sa réaction au moment où je décroche.

— Bonjour Iona, j'ai appris pour votre arrestation. Je sais aussi que vous êtes innocente. J'ai appelé l'inspecteur machin chose. Il m'a tout raconté, alors il faut absolument terminer ce livre. J'ai organisé une conférence de presse pour demain en fin de journée qui se tiendra au manoir, afin de révéler votre histoire à la presse. Cela va faire une excellente pub pour lancer le livre. Finalement, c'est une bonne chose ce qui vous est arrivé, m'explique Eliott, enjoué.

Il ne manque pas de toupet. Non seulement, Eliott ne prend pas de gants pour savoir comment je vais, mais en plus, il organise une conférence de presse, chez moi, sans me demander mon avis. Elliott ne me respecte vraiment pas.

— Bonjour Eliott, je vais bien merci, lui dis-je sur le ton de l'humour. Je suppose que je peux cette fois mettre les vrais prénoms et les lieux ?

— Bien entendu, cela va de soi.

— Il y a quelques jours, ce n'était pas le même son de cloche. Eliott, je préfère ne pas faire de conférence au manoir, mais ailleurs. Je connais les journalistes, ils sont arrogants et sans gêne. Je ne veux personne chez moi. De toute façon, s'ils s'imaginent voir Grizel, ils se trompent. Je refuse, vous comprenez ? Ce n'est pas un animal de foire, ni un monstre, j'exige froidement.

— Ok, je comprends. Je serai là et j'ai sélectionné les journalistes. On fera la conférence dans le jardin, mais pas à l'intérieur. Il faut que vous compreniez que le fait de faire l'interview au manoir, est un magnifique tremplin, une superbe promotion commerciale pour faire connaître votre roman, pour vous relancer. Les lecteurs adoreront savoir ce qui est arrivé à leur écrivaine et comment elle s'est relevé de ce nouveau défi. Ils vous attendent. Il faut le faire, Iona.

— Si vous le dites. En avez-vous parlé à l'inspecteur McNeal et pas machin chose ? Cela peut avoir un impact sur l'enquête. Darren Flemming doit être arrêté. S'il apprend par le biais des médias ce que je m'apprête à faire, il peut échapper à la police, lui dis-je, agacée.

— Oui, nous avons parlé et c'est pour ça que j'ai organisé la conférence à 17h00. Normalement, monsieur Flemming sera déjà arrêté.

— D'accord, alors faisons cela, je réponds à contrecœur.

— Parfait, je veux que le roman soit terminé d'ici une semaine. Soignez votre image, soyez présentable pour la conférence de presse. A demain, Iona.

Nous raccrochons. Je suis excédée par l'attitude d'Eliott. En consultant mon téléphone, je m'aperçois que j'ai reçu beaucoup de messages et d'appels pendant ma garde à vue. Je les écouterai ou regarderai plus tard quand je serai plus disposée à le faire.

— Eliott a raison, c'est une bonne chose la conférence demain. Si jamais un journaliste ose entrer ou fait le malin, j'ai une petite astuce pour lui en enlever l'envie. Je peux toujours m'amuser. Mes anciens locataires ne sont jamais revenus, me déclare Grizel avec un sourire énigmatique presque effrayant. Elle m'adresse un petit clin d'œil.

Je souris. Il est vrai que je veux protéger Grizel, mais c'est plutôt les autres qui ont à craindre d'elle. Nous nous plongeons dans le roman jusque tard dans la nuit. J'ai pratiquement fini. J'aimerais que le dénouement soit heureux, se termine de façon positive comme pour Grizel. J'espère que le fait de la venger, de faire inculper Darren et d'écrire un roman de sa vie, lui permettra enfin de partir en paix au ciel. Elle le mérite. Je serai triste de ne plus la voir, de la perdre car c'est une amie, mais heureuse de la savoir parmi les siens, à sa place.

▪

REED MCNEAL

Mes collègues de la police judiciaire d'Aberdeen ont attendu le retour de Darren Flemming à son domicile. Toute la nuit ainsi qu'une partie du lendemain, ils sont restés cachés à guetter l'entrée de la demeure, mais le médecin n'est jamais apparu. J'ai appelé la sœur de Darren qui m'a dit n'avoir aucune nouvelle de son frère. Nous avons, bien sûr, vérifié. J'ai également alerté les aéroports d'Inverness, de Dundee et de Glasgow de la présence d'un individu dangereux avec photo à l'appui. Les frontières terrestres ont aussi été prévenues. Pour le moment, aucune trace de Darren Flemming n'est signalée.

Il est 14h00, l'heure où Darren a été convoqué dans nos locaux. Je scrute avec fébrilité ma montre, la porte, mon téléphone fixe ou mon portable. Rien ne bouge, ne sonne. Mes doigts pianotent nerveusement, sans cesse, sur mon dossier. Mon pied tape rageusement la mesure sur le sol. Je ne supporte plus cette attente et suis de mauvaise humeur. Je me lève de mon siège, stressé et sors de mon bureau. Il y a toujours cette effervescence dans les couloirs, qui, habituellement, me plaît. Le personnel entreprend ses obligations quotidiennes. Mes collègues plaisantent entre eux ou vaquent tranquillement à leurs occupations classiques. Ordinairement, j'aime cette ambiance parfois insouciante qui permet d'évacuer la tension, la pression avant ou après une intervention difficile. En cette minute, j'ai envie de gueuler, que tous partagent mon anxiété, même ceux qui ne sont pas concernés. Ils sont nombreux. Je voudrais que les officiers de police comprennent qu'il y a un danger imminent, qu'un criminel a échappé à notre vigilance. Le sergent Holy et un officier me rejoignent. Il est maintenant 14h15.

— Il ne viendra pas. Darren est sans doute loin, me dit le sergent.

— Oui sans doute. Je vais aller à la conférence de presse, prévenir Iona. Comment a-t-il fait pour échapper à nos contrôles ? Il a forcément lu le roman dès son arrivée chez lui et, aussitôt, il s'est sauvé loin car il a compris qu'il ne pouvait pas nous duper, mais où est-il parti ? A-t-il une résidence secondaire ou des amis qui l'hébergent, des complices ? Il faut éplucher tous ses appels du poste fixe de son domicile ainsi que le portable de Gladisse pour connaître tous ses contacts. Demandez à l'inspecteur Gunn de fouiller la maison à la recherche de tous documents prouvant l'existence d'une résidence secondaire sinon un agenda avec la liste des relations avec qui il a pu être en contact que ce soit de près ou de loin. Exécution ! j'ordonne sans complaisance.

— Bien inspecteur. Autre chose, tu m'as demandé de chercher un médium clairvoyant sérieux. J'ai trouvé une femme qui habite Dunvegan, une dénommée Aileen Baxter. Elle va venir d'ici une heure se présenter. Je suppose que c'était pour convaincre les jurés au tribunal de l'existence des fantômes. Alors je ne sais pas si…

— Qu'est-ce que tu ne sais pas ? Si elle est toujours utile ? Oui, d'ailleurs, elle va venir avec moi au manoir tout à l'heure. C'est parfait. Merci. Tu peux disposer. Je conclus en étant d'une humeur moins massacrante. Voilà une bonne nouvelle qui me réjouit enfin.

Je me rends bien compte que mon ton n'était pas enclin à l'amabilité. Je décide de prendre l'air afin de m'oxygéner. Je veux éviter de faire exploser ma colère sur quelqu'un d'innocent. J'avertis toutefois l'officier de police à l'accueil de m'appeler au cas où Darren Flemming se présenterait, mais je n'y crois plus. Il a trop d'avance sur nous.

▪

DARREN
Retour au jour du drame

Il est 23 heures lorsque je rentre enfin chez moi à Balmedie. Je suis fatigué de la route mais je ne compte pas dormir. L'adrénaline, la peur du lendemain, le danger me poussent à lire le roman qu'a écrit cette satanée écrivaine. J'irai chercher Irvin demain matin chez la nourrice. Comment vais-je lui annoncer que sa maman est décédée ?

Je passe une nuit blanche à lire le manuscrit. A l'aube, ma décision est prise. Elle s'est mûrement forgée au fur et à mesure de ma lecture. Cependant, ce dessein était une ébauche à laquelle j'avais déjà pensé ces derniers mois, bien enfouie dans ma tête, mais prête à ressurgir. Quand on est coupable de meurtre, il ne faut jamais se croire tranquille mais plutôt se préparer au pire. Je ne vais pas rester les bras croisés à attendre que la police me piège. Forcément le leurre que je leur ai offert sur un plateau ne fonctionnera pas longtemps. J'ai probablement commis des erreurs. Je ne dois pas sous-estimer l'inspecteur en charge de l'affaire. Il est jeune, malin et ne part pas à la retraite comme son prédécesseur. Je soupçonne aussi Neil Morrisson d'être faible et de fléchir rapidement sous la pression.

Alors voilà, j'ai un ami, propriétaire d'un jet privé, qui possède un atelier de fabrication de faux papiers d'identité. Je l'ai connu au golf. Je me suis toujours dit qu'il serait utile. Je ne sais pas si entre bandits ou criminels nous nous attirons comme des aimants. Cependant, le jour où je l'ai rencontré, ça a été une aubaine à saisir. Je vais lui demander de l'aide. Il m'hébergera dans une de ses résidences secondaires, loin d'ici. Sur une île, aux Caraïbes. Il ne refusera pas. L'argent a le pouvoir de me libérer d'embarras, de me sortir de l'engrenage dans lequel je me suis fourré à cause de Grizel et Iona. Irvin sera heureux là-bas. Il oubliera son malheur d'avoir perdu sa maman. Je vais rester caché aussi longtemps que possible, afin que l'on m'oublie. Au début,

Irvin prendra des cours par correspondance ou alors j'engagerai une institutrice à domicile, une préceptrice. Il est six heures du matin, peu importe, ma vie est en jeu. Un trafiquant n'a pas d'heure pour être réveillé. Je compose son numéro. Après j'irai récupérer Irvin chez sa nourrice, ensuite j'appellerai l'inspecteur McNeal pour l'avertir que Gladisse n'est pas rentrée, qu'elle a disparu.

▪

IONA

La conférence de presse a lieu dans une dizaine de minutes. Habituellement, j'aime rencontrer, discuter avec mes lecteurs à propos de l'histoire de mes romans. En revanche, j'ai toujours détesté parler de moi. Je ne sais jamais quoi dire et j'ai toujours l'impression d'être maladroite.

Il y a une dizaine de journalistes dans le jardin côté loch. Eliott a bien préparé la mise en scène. Il a installé des chaises et une petite estrade. Je suis devant le lavabo de ma salle de bains et brosse mes longs cheveux noirs pour la énième fois, tout en répétant mon discours devant le miroir. Je n'ai rien écrit, mais c'est juste pour m'aider psychologiquement à entendre ma voix, à être fluide. Je n'ai jamais écouté une de mes interviews réalisées à la radio ni à la télévision. C'est pourquoi j'échappe régulièrement à l'exercice. Je suis vêtue d'un tailleur noir avec chaussures beiges à talons. Dehors, il fait froid, alors je vais porter un manteau rouge qui fera ressortir ma chevelure. Les journalistes apercevront juste ma jupe et mes jolies jambes recouvertes de bas noirs. Elles ont toujours été un atout charme, car mes jambes sont fines. J'en suis fière. Eliott m'a conseillé de me mettre en valeur, alors je m'exécute.

Je reçois un appel de Reed. L'inspecteur est au manoir. Il souhaite me parler avant la conférence de presse. Je lui ouvre la porte d'entrée que j'ai fermée à clés.

— Bonjour Iona. Vous êtes très belle, me complimente Reed.

— Bonjour Inspecteur. Merci. Eliott, mon éditeur, m'a demandé de soigner mon image, il faut faire plaisir.

Reed sourit chaleureusement, mais je le sens soucieux.

— Oui enfin, votre image, si je peux me permettre, est toujours parfaite. Je voulais vous avertir que malheureusement Darren Flemming n'a pas été arrêté. Il n'est jamais rentré chez lui et ne s'est pas présenté au poste. Bien entendu, il ne répond pas à nos appels. Alors, depuis hier, nous avons alerté les aéroports et les frontières terrestres afin qu'ils nous avertissent, mais nous n'avons plus aucune trace de lui.

J'ai l'impression que mon estomac a dégringolé dans mes chaussures. Je reste abasourdie. J'ai un vertige. Cet homme a une chance monstrueuse, insolente. Il ne va tout de même pas s'en sortir encore et encore !

— Ce n'est pas possible. Que fait-on alors ?

— J'ai posté cette nuit des hommes à proximité de votre domicile pour surveiller au cas où, et dans les jours prochains, des hommes à moi resteront à surveiller chez vous. Il faut rester prudent, mais je ne pense pas qu'il soit assez fou pour se présenter ici. C'est trop dangereux pour lui. Surtout si c'est médiatisé. A l'heure qu'il est, il est loin. Faites la conférence qui est prévue. Si vous voulez, je peux intervenir auprès des journalistes afin de parler de Darren ? Eliott me l'a suggéré, mais je préférais avoir votre accord.

— Oui s'il vous plaît, faites-le avant mon discours. Je vous remercie pour votre aide. Je ne sais pas comment j'aurais fait sans vous et votre soutien.

— Vous avez eu l'intelligence de venir me voir avec beaucoup de preuves en main. Même si j'avoue n'avoir pas été entièrement convaincu la première fois, votre intégrité a fait le reste, me dit-il en portant affectueusement une main sur mon bras.

Je ne sais pas ce qui me prend, mais instinctivement, je me blottis contre Reed, qui ne me rejette pas et m'enlace contre lui. Ce réconfort ne dure que quelques secondes, mais il me donne de la force et du courage pour affronter les journalistes.

— On y va, me propose-t-il-en m'aidant à mettre mon manteau. Puis il ajoute :

— Ah j'oubliais, je suis venu avec un médium clairvoyant, quelqu'un de sérieux, de réputé. C'est une femme, Aileen Baxter. Elle peut nous aider à comprendre pourquoi Grizel est toujours ici, et, *a fortiori,* à convaincre les jurés lors du procès. Voulez-vous qu'elle intervienne auprès des journalistes ?

— Pourquoi pas ? Au moins, ce sera peut-être pris davantage au sérieux.

Nous passons par la porte-fenêtre du salon et retrouvons les journalistes qui s'impatientent. Les appareils photos crépitent. Les journalistes s'en donnent à cœur joie. J'aperçois Kenneth qui me fait un petit signe de la main. Eliott vient vers moi.

— C'est l'inspecteur qui va parler en premier, je l'informe aussitôt.

Eliott invite Reed McNeal à monter sur l'estrade et aussitôt les journalistes s'asseyent.

— Bonjour à tous. Je suis l'inspecteur-chef Reed McNeal du C.I.D de la police judiciaire de Portree. Je vais vous expliquer pourquoi je suis ici, mais j'aimerais que l'on ne m'interrompe pas. Il y a quelques temps, madame Iona Murray est venue me voir. Elle m'a informé qu'elle habitait le manoir et qu'un meurtre y avait été commis il y a deux ans et vingt-huit jours très exactement. Grizel Flemming, écrivaine, habitait ici avec son mari Darren. Elle s'est suicidée en sautant du toit car elle ne supportait plus ne pas pouvoir avoir d'enfants, malgré le succès de ses livres et sa vie. L'écrivaine a laissé une lettre à ce sujet. Tout ceci est faux, m'a révélé Iona. Ce jour-là, Grizel a surpris une conversation entre son mari et sa maîtresse sur le toit-terrasse du manoir. Au cours de cette conversation, Gladisse Duff disait être enceinte. Bien entendu, vous imaginez le drame que cela représentait pour Grizel. La dispute a tout de suite dégénéré. Grizel a menacé son mari de ne rien lui laisser et de partir sur le champ. Darren a, sans hésitation, précipité sa femme du toit-terrasse faisant passer cet acte pour un suicide. Comment le sait-elle, me direz-vous ? Par la bouche de Grizel. Je suppose que vous avez entendu que ce manoir était hanté. C'est vrai, il est hanté par le fantôme de Grizel. Iona a réussi à entrer en contact avec elle. Par transfert, elle a vu ce qui s'était passé ce jour-là. Avant de venir me voir, elle a préféré mener son enquête sur le couple. C'est difficile de faire admettre à la police qu'un fantôme vous a révélé avoir été assassiné.

J'entends des rires, mais les journalistes sont attentifs. Ils boivent les paroles de l'inspecteur.

— Lorsque Iona s'est présentée devant moi, elle avait beaucoup d'arguments et de preuves. J'ai écouté. J'étais partagé. Iona Murray semble être une femme qui a la tête sur les épaules, mais je ne crois pas aux fantômes. Cependant, j'ai l'habitude d'interroger des suspects ou des témoins. Je connais les gestes qui trahissent ou qui sont sincères. Je suis intuitif alors j'ai commencé à enquêter. Bien entendu, j'avais une affaire en cours qui me semblait plus importante, alors je ne me suis pas précipité. Il y a deux jours, nous recevons un appel de monsieur Flemming nous signalant la disparition de sa femme. Il avait reçu un SMS de celle-ci la veille l'informant qu'elle se rendait chez Iona Murray pour discuter. Le jour même, nous nous sommes présentés au manoir.

Nous avons retrouvé le corps de Gladisse Duff dans une armoire. L'autopsie a révélé une mort par étouffement. Nous avons placé en garde à vue Iona Murray car il était évident que tout l'accusait. Nous avons mené une enquête. Beaucoup d'indices ont prouvé le contraire. Les indices et témoignages ont montré que Darren Flemming avait assassiné sa seconde femme et voulu faire accuser Iona Murray. Nous avons arrêté le Coroner Neil Morrisson qui avait procédé à l'autopsie de Grizel Flemming à l'époque, pour dissimulation de preuves. Il a avoué avoir été acheté pour son silence par monsieur Darren Flemming. Aujourd'hui, monsieur Darren Flemming est recherché. Il ne s'est pas présenté à l'audition ni chez lui. Des policiers sont en faction devant le domicile de Iona Murray pour assurer sa protection. Je vous remercie de m'avoir écouté. Si vous avez des questions, j'y répondrai volontiers. Je laisserai la place ensuite à Iona et nous vous présenterons Aileen Baxter qui est un médium clairvoyant afin que vous compreniez plus aisément la situation.

J'admire le discours éloquent et l'habileté de Reed à s'exprimer sans une once d'hésitation. Les journalistes ont pris des notes ou enregistré son intervention. Bien entendu, une fois les propos achevés, les mains se lèvent et les questions fusent. Reed sélectionne au fur et à mesure.

— Inspecteur, dîtes-nous quels sont les indices et le témoignage qui ont prouvé l'innocence de Iona Murray ? demande un homme.

— Le SMS de Gladisse indiquait 17h00 alors que l'heure de la mort se situe aux alentours de 16h45. Nous avons vérifié les appels sur le portable et sur le fixe, ainsi que l'ordinateur de Iona Murray. Il n'y a rien qui avertit de l'arrivée de Gladisse chez Iona. Le couple habite Balmedie qui est à cinq heures de route d'ici. Habituellement, il est toujours préférable de s'assurer de la présence de la personne quand vous venez lui rendre visite après autant d'heures de route. Ensuite, nous avons retrouvé le véhicule de Gladisse garé sur un chemin. Il y a des traces de pneus d'une autre voiture qui indiquerait la présence de quelqu'un d'autre. Nous avons le témoignage d'un pêcheur qui dit avoir servi au moment du crime, Iona Murray qui est une habituée. Et enfin, le témoignage de Grizel, elle-même, qui a été témoin du meurtre de Gladisse.

— Le fantôme de Grizel ? Comment s'est-elle manifestée et comment a-t-elle communiqué avec vous ?

— J'ai ressenti du froid et une sensation de mort. Je ne l'ai jamais vue, mais perçue par des odeurs de parfum, une présence qui ne s'explique pas, des bruits de pas, de porte qui s'ouvre ou qui claque. Je lui ai demandé de l'aide et elle l'a fait par écrit.

— Où pensez-vous que Darren Flemming a disparu et que faites-vous pour le retrouver ?

— Il peut être n'importe où à l'heure qu'il est. Nous faisons tout le nécessaire pour le retrouver. Nous avons prévenu tous les aéroports d'Inverness, de Dundee et de Glasgow de la potentielle présence de cet individu ainsi que les frontières.

Reed semble avoir fait le point et le tour des questions des journalistes. Il se tourne vers moi et m'invite à monter sur l'estrade. Je suis impressionnée, mais son regard bienveillant me stimule. Je contemple le loch face à moi avec ses montagnes qui se dessinent à l'horizon. J'inspire profondément puis je me lance.

— Bonjour à tous. Je suis Iona Murray. Il y a plus de deux mois, maintenant, je suis venue ici en vacances pour me ressourcer après une séparation difficile d'avec mon conjoint. Je n'arrivais plus à écrire suite à une grosse dépression. J'ai eu le coup de foudre pour Portree ainsi que pour cette maison. Je l'ai achetée bien que l'agent immobilier m'ait avertie que ce manoir était hanté par l'écrivaine Grizel Flemming. Je suis comme l'inspecteur, je ne crois pas aux fantômes. L'Ecosse est peuplée d'histoires de fantômes, mais ce n'est jamais justifié. Ce manoir me plaisait pour son histoire. Je me sentais prête pour un nouveau démarrage. Trois semaines après mon installation, des manifestations étranges ont commencé. Des bruits peu anodins comme du piano qui se joue la nuit, des bruits de pas, des sensations de froid et de présence, un parfum à la violette. Des volets et des portes qui claquent jusqu'au moment où j'ai vu le fantôme de Grizel. Cela n'a pas été simple et même plutôt effrayant. Contrairement aux autres habitants, je ne suis pas locataire. Je suis propriétaire alors je ne peux pas partir comme ça. J'ai préféré comprendre, entrer en contact avec elle et j'y ai réussi. Elle m'a fait confiance, mais ça a été douloureux car je ressentais sa peine, de la souffrance ou la mort dès qu'elle m'approchait. Je crois que nous avons mutuellement appris à nous apprivoiser. J'ai trouvé son journal intime, enfin c'est elle qui a fait en sorte que je le trouve. Je l'ai lu ce qui m'a permis de mieux la connaître de son vivant, de la trouver plus humaine à mes yeux. Un soir, Grizel s'est transférée dans mon corps afin que je m'imprègne bien du dernier jour de sa vie, de me convaincre que Darren l'avait assassinée. C'était affreux, mais c'était la solution idéale afin que je comprenne. C'est à ce moment que j'ai décidé d'écrire un roman sur Grizel et aussi d'enquêter sur Darren afin qu'il soit inculpé de meurtre. Je devais la venger et ne pouvais laisser cet homicide impuni maintenant que je savais tout. Je pense que n'importe qui aurait agi de la même façon.

Une journaliste lève la main. Je reconnais la femme qui m'attendait à la sortie de ma garde à vue.

— Quelle enquête avez-vous menée ? Il a été dit que vous étiez allée à Aberdeen puis à Balmedie.

— C'est exact. J'ai cherché l'adresse de Darren Flemming et j'ai trouvé son cabinet à Aberdeen. Je l'ai rencontré et je lui ai proposé de m'aider à écrire mon roman. Ce qu'il a refusé sur le moment. Plus tard j'ai été invitée chez eux. J'avoue avoir suivi monsieur Flemming jusqu'à son domicile et provoqué une rencontre sur la plage à Balmedie, proche de chez eux. C'est Gladisse, de sa propre initiative, qui m'a invitée à un dîner. Cela m'a permis de les provoquer, de voir leur réaction. J'ai dit que le fantôme de Grizel hantait les murs du manoir et que j'avais retrouvé le journal intime de sa femme.

— Comment a-t-il réagi ? Ne pensez-vous que vous les avez harcelés ?

— Non je n'ai harcelé personne. Darren Flemming est un criminel. Il a fait bien pire. Je l'ai juste provoqué et taquiné. Il n'a pas très bien réagi, mais c'est toujours le cas lorsque la personne est coupable. Il ne me croyait pas à propos du fantôme et lorsque je lui ai mentionné le parfum à la violette, il s'est senti fort mal à l'aise. C'est pourquoi, il est venu en cachette au manoir afin de vérifier mes propos.

— Un second meurtre a été commis au manoir. Avez-vous vu le second fantôme hanter vos murs ?

— Non. Grizel m'a dit qu'elle avait été emportée par des âmes noires.

Certains journalistes gloussent de nervosité et d'autres se regardent entre eux, effarés.

— N'avez-vous pas peur de vivre ici depuis ? C'est plutôt effrayant deux morts dans ce manoir.

— Il est vrai que lorsque je suis revenue de ma garde à vue, je n'étais pas rassurée. D'ailleurs je n'ai pas dormi dans ma chambre habituelle et j'ai préféré écrire mon roman jusqu'à tard dans la nuit en compagnie de Grizel.

— A propos de votre roman, quand pensez-vous le finir et l'éditer ?

— D'ici une semaine. Vous serez avertis de sa sortie très prochainement.

— De quoi parle-t-il exactement ?

— C'est une biographie de Grizel. De sa rencontre avec Darren, ses débuts d'écrivaine et de ses succès, son désir d'avoir un enfant jusqu'au crime dont elle a été victime. Je raconte l'après-vie en tant que fantôme et ce qu'elle a ressenti, ce qu'elle a vécu. Croyez-moi tout est authentique car c'est elle-même qui me communique son histoire. Je parle de notre rencontre et vous saurez tout sur l'enquête que j'ai menée. Je l'ai écrite de manière romancée, mais je pense que cela va bouleverser et remuer les esprits les plus durs ou hermétiques au monde du paranormal.

— Vous pensez que ce livre va donc relancer votre carrière et diriez-vous que Grizel vous a permis de renouer avec l'écriture ?

— Il est vrai que depuis des mois, je me suis laissée déborder par mes émotions, par ma déprime suite à des problèmes personnels. Depuis que j'habite Portree, je me sens revivre. Je voulais reprendre l'écriture. Bien entendu l'histoire de Grizel m'a passionnée et donc je dirais qu'effectivement grâce à elle, j'ai renoué avec l'écriture. J'espère que ce roman plaira à mes lecteurs dont je me suis éloignée pendant quelques temps. Je ne vous cacherais pas que j'espère que ce livre aura du succès. Je ne vais pas vous dire le contraire.

— Où en êtes-vous dans votre vie sentimentale ? demande un homme.

La question est embarrassante car Kenneth est présent dans l'assemblée et ce n'est pas le débat. Autant se débarrasser au plus vite de cet importun par l'humour.

— Je suis séparée, célibataire et compte pour le moment y rester. Pourquoi, étiez-vous intéressé ? dis-je en souriant.

Quelques journalistes, ainsi que l'homme concerné par la réponse, éclatent de rire.

— Certaines rumeurs disent que vous avez fait le buzz pour faire parler de vous et que la maison n'est pas hantée.

— Ce ne sont que des rumeurs et je peux vous assurer que cette maison est bel et bien hantée. Je n'aime pas faire parler de moi hormis pour mes romans. Je pense avoir, dans le passé, assez prouvé mon intégrité, mon sérieux et ma discrétion. Il y a toujours des opportunistes médisants pour dire du mal des artistes. Je réponds froidement.

— Comment expliquez-vous que le fantôme de cette femme soit toujours là dans ce manoir et pourquoi avez-vous réussi à communiquer avec elle ? Avez-vous des dons extra-sensoriels ?

Enfin voilà un point crucial et intelligent à éclaircir et qui va me permettre de présenter le médium.

— C'est une excellente question. Je pense que Grizel n'est pas partie au ciel car sa mort a été brutale. Non je n'ai aucun don. J'ai seulement, contrairement aux précédents habitants, fait en sorte de comprendre. Malgré ma peur, mon appréhension, j'ai essayé d'aller vers elle, de lui parler. Elle était seule, abandonnée à son sort, perdue. Imaginez-vous mourir et devenir fantôme, c'est horrible. Vous êtes coincé, condamné à être isolé au même endroit, éternellement en colère et trahi. Je la plains. Je me suis liée d'amitié avec Grizel alors je la plains sincèrement. J'aimerais vous présenter un médium clairvoyant qui vous parlera certainement mieux que moi des fantômes.

Enfin je vais pouvoir me libérer de ces questions. Reed convie d'un signe de la main la femme qui se tient à ses côtés. Je me retire de l'estrade et rejoins l'inspecteur.

— Bravo, vous vous en êtes bien tirée, me murmure Reed.

La femme dégage un grand charisme. Elle est âgée d'une soixantaine d'année et semble très bohème de par son apparence. Le médium est habillé d'une jupe ainsi que d'un gilet très amples et colorés. Elle porte des bijoux en accord avec ses vêtements dans un camaïeu d'ocre. Ses cheveux extrêmement courts sont d'un noir corbeau. Le médium pose sur l'assistance un regard bienveillant. C'est étrange, mais quand on la regarde on se sent apaisé et confiant.

— Bonjour à tous. Je m'appelle Aileen Baxter. Je suis médium clairvoyant depuis mon enfance, ce qui veut dire que je vois ce que personne d'autre ne peut voir comme un esprit, des scènes, des situations. Je perçois des messages de l'au-delà pour les transmettre. Cela peut arriver à l'état d'éveil mais aussi lors de rêves prémonitoires. Votre question était pourquoi ce fantôme est il toujours là ? Parce que c'est une âme en détresse qui, en réalité, cherche quelqu'un pour la voir et l'aider, qui cherche la lumière. C'est une âme tourmentée qui n'a pas compris ce qui lui était arrivé. Grizel tourne en boucle dans ce manoir, car elle est malheureuse, en colère. Elle ne comprend pas son état et le geste de son mari. J'aide les fantômes à repartir par le dialogue, en négociant, en les aidant à se diriger vers la lumière, vers l'au-delà, en les libérant mais, parfois, c'est impossible. Il m'est arrivé de prévenir les habitants de maisons hantées, que ce n'est pas la peine d'essayer. Il y a trop de forces négatives et les âmes ne laisseront pas le pouvoir d'agir. J'aide aussi les gens qui souffrent de leurs présences. Ici c'est différent. Je crains que le dialogue ne suffise pas non plus avec notre fantôme, mais vous ne craignez rien. Lorsque je suis arrivée tout à l'heure au manoir, j'ai immédiatement ressenti de la peine, la douleur et la colère. J'ai tout de suite vu des flashs de ce fameux soir sur le toit-terrasse. Iona, vous dites ne pas avoir de dons, mais lorsque je vous regarde, je vois une aura, un halo de lumière qui émane de vous. Soyez consciente que tout le monde n'a pas la faculté de voir un fantôme, de lui parler. Si vous avez réussi c'est que, tout simplement, vous avez le don d'ubiquité. Nous parlerons ensemble toutes les deux, si vous voulez bien, de la façon d'aider Grizel.

— Pensez-vous que si Darren est arrêté, Grizel sera enfin en paix et décidera de partir ? je lui demande.

— Oui il y a de fortes chances pour que cela se fasse.

— Les maisons ont-elles une âme ? interroge un homme.

— Une âme créée par charge électromagnétique. Tout objet émet des ondes vibratoires, irradie. Porter des bijoux anciens n'est pas anodin. Il y a des objets maléfiques, chargés de mémoires négatives, des lieux d'où émanent des énergies polluantes.

La conférence de presse s'achève.Les journalistes se retirent. Kenneth, me voyant bien entourée, préfère s'en aller. De plus, j'ai l'impression que les histoires de fantômes ne l'emballent pas et que le manoir l'effraie. Aileen Baxter me dévisage avec ses grands yeux noirs. Elle semble lire dans mon esprit.

—Puis-je entrer quelques minutes avec vous ? me demande-t-elle.

— Bien entendu.

Je la précède et ouvre la porte fenêtre du salon. Le médium pénètre dans la pièce, suivi de Reed et Eliott. Elle fait quelques pas. Eileen paraît s'imprégner de l'atmosphère. Je remarque Grizel qui a pris de la hauteur et nous observe depuis la mezzanine de la bibliothèque. Le médium l'aperçoit aussi immédiatement. Elles se contemplent mutuellement dans un silence religieux. Eliott m'accapare tout à coup.

— Bravo Iona pour le discours tout à l'heure. C'est une pub du tonnerre de feu. Vous verrez, votre carrière va rebondir et votre roman aura un grand succès. J'attends le reste du manuscrit à la fin de cette semaine. Maintenant, je vais y aller, car je ne me sens pas très bien. Il fait froid ici et il y a une ambiance lourde. Je ne sais pas comment vous faites ? me dit-il, frissonnant.

— C'est l'effet Grizel. Normal elle est ici, lui déclaré-je, amusée.

— Ok, ok, je ne la vois pas, mais bon amusez-vous bien, moi cela me glace les os. Mon équipe viendra retirer l'estrade et les chaises, demain. On se téléphone. Au revoir, prononce-t-il en se dandinant et fuyant d'un air peu assuré.

L'inspecteur Reed McNeal contrôle son portable qui vibre. Il m'invite à son tour à le suivre à l'extérieur.

— Il fait meilleur ici, dit-il. Je dois vous quitter et retourner au poste. Nous avons une nouvelle affaire qui démarre. Eileen est venue en voiture. Je peux vous laisser seule avec elle ?

— Oui bien entendu, Inspecteur. Elle a l'air sérieux. Espérons que cela aidera Grizel à se sentir mieux. J'attends de vos nouvelles très vite. Cela voudra dire que vous avez retrouvé Darren, mais sachez que vous êtes le bienvenu ici. Revenez quand vous voulez. Je vous offrirai un café ou un thé.

— Je ne vous promets pas, mais j'espère vous donner très vite des nouvelles. Nous ferons le maximum pour le retrouver.

Pour le café, je n'y manquerai pas, ce sera avec grand plaisir. A bientôt Iona, me dit Reed en m'adressant un charmant sourire.

Reed McNeal s'en va. Je pénètre à nouveau dans le salon. Je n'ai pas assisté au contact entre Aileen et Grizel. Le médium et le fantôme ne sont plus présents dans la pièce. Je ne sais pas où se trouvent les deux femmes et ne cherche aucunement à me joindre à leurs confidences. D'ailleurs, qui me dit qu'il y a eu un échange entre elles ? J'en profite pour plier les chaises restées dans le jardin. La conférence de presse s'est bien déroulée. Je suis fière de moi car je n'ai pas eu d'hésitation, ni de blanc. Quel chemin parcouru depuis mon entrée au manoir. Je ne suis plus la même.

— Iona !

C'est Eileen Baxter qui revient vers moi.

— Alors, avez-vous discuté avec Grizel, à apaiser ses craintes, sa souffrance ? m'empressé-je de lui demander.

— Oui c'est une entité bien ancrée dans le manoir, qui s'accroche. Il existe un lien très fort entre vous qui a permis de la rendre plus humaine, moins fragile, moins esprit frappeur ou vengeur. Grâce à vous, Grizel a su décupler de la force comme l'écriture, le fait de se projeter dans votre corps. Seulement la colère et le désespoir sont toujours présents et l'empêchent de partir vers la lumière. Elle ne comprend pas pourquoi personne n'est venu la chercher comme cela a été le cas pour Gladisse. Cela a été un second contrecoup. Certainement la lumière était là lors de sa mort, mais Grizel ne l'a pas vue. Elle était trop tourmentée et préoccupée par son sort pour l'apercevoir. Il lui faut un choc puissant comme, je présume, l'arrestation de Darren. Je vous félicite pour le courage que vous avez eu d'affronter Grizel. Vous devriez continuer à l'avenir à parler avec les entités pour les aider, m'encourage-t-elle.

— Non je ne préfère pas, c'est exceptionnel et assez éprouvant. Je me suis liée d'amitié avec Grizel alors je l'accompagnerai, je l'aiderai à affronter ses peurs. Je vais faire tout mon possible pour qu'elle reparte heureuse, mais ce sera la dernière fois. Je ne croyais pas aux fantômes, alors imaginez le choc, je lui confie.

—J'imagine, en effet. Je pense que votre rencontre a été bénéfique à toutes les deux.

—Mais dites-moi, habituellement comment ils se manifestent avec vous ?

— Cela se passe le plus souvent la nuit. Je suis réveillée et je sens une présence. Je vois des formes dans ma chambre, ce sont les lumières qui clignotent ou la télé qui s'allume toute seule. Vous l'avez vécu vous-même, d'après ce que je comprends. On me demande « Pouvez vous m'aider ? ». Ce sont des défunts qui cherchent une sortie. Certains s'accrochent, sont agressifs ou en colère. Il faut négocier, comprendre la raison de leur agressivité, rester en contact. J'aide cinq à six personnes par semaine ainsi.

Nous discutons encore un moment puis nous nous quittons

avec une foule d'images et d'histoires passionnantes de fantômes qui hantent l'Ecosse et notre monde.

CHAPITRE 8
IONA

Cela fait six mois que le roman est édité. Je suis comblée car le livre est un best-seller. Il connaît le succès escompté par Eliott. J'espérais moi aussi, mais je ne m'attendais pas à un tel succès qui s'étend au-delà de nos frontières et dans le monde. Je suis ravie de cette reconnaissance et heureuse de rencontrer mes lecteurs, de vivre ainsi de ma passion. Auparavant, j'étais une écrivaine connue uniquement en Grande-Bretagne. Maintenant, je suis invitée dans des émissions littéraires de télévision ou de radio afin de parler du roman, au moins deux fois par semaine. Et encore, je m'efforce de ralentir le rythme de mes interventions car si j'écoutais Eliott, ce serait beaucoup plus intense. Je voyage à travers l'Ecosse, l'Angleterre et l'Irlande pour dédicacer mon livre dans des librairies ou des Salons du Livre. Des projets sont en cours pour la France, les Etats-Unis et le Japon. Il est loin ce temps où je déprimais, doutais de mon avenir en tant qu'auteure et femme. Kenneth, bien entendu, a tenté de me reconquérir, mais je ne suis pas la même personne qu'auparavant et ne l'aime plus d'amour. Il m'a trop fait souffrir. Nous sommes restés copains, mais nos rencontres sont toujours en dehors de nos lieux d'habitations respectifs. Kenneth ne supporte toujours pas l'ambiance du manoir et moi je n'ai guère le temps de lui rendre visite. Alors nous nous appelons de temps en temps ou parfois, nous prenons un verre dans un pub. Il a été une aide précieuse et ne m'a jamais rejetée lorsque j'avais besoin de lui pendant ma garde à vue. Je lui en suis reconnaissante. Ceci dit, rares sont les personnes qui viennent me rendre visite au sein même du manoir, car la maison continue à en effrayer plus d'un. Elle est toujours hantée par Grizel et le fait qu'un deuxième meurtre a eu lieu, terrifie. Alors j'ai fait construire une véranda-piscine dans mon jardin, côté portail, avec un espace convivial pour déjeuner ou goûter afin d'accueillir mes invités en toute sérénité. Ainsi ils n'ont pas l'impression de se sentir observés, ni de ressentir de mal-être. La véranda est équipée d'un isolant thermique permettant d'avoir chaud l'hiver ainsi que l'été. En Ecosse, à cette saison, nous ne sommes pas spécialement inondés de soleil et n'étouffons pas de chaleur non plus.

Reed McNeal me tient régulièrement informée des dernières nouvelles de Darren qui demeure introuvable. Pourtant les médias ont diffusé à la télévision la photo du fugitif. Tout à coup, je me dis : et si Darren avait recouru à la chirugie esthétique ou avait changé d'identité ? Il s'est volatilisé dans la nature. Reed vient me voir de temps en temps lorsque son travail lui permet de se libérer. Cela peut être à n'importe quelle heure, même tard le soir. Reed est libre, étant célibataire. Moi cela ne me dérange pas, n'ayant pas d'horaire, non plus. Nous avons tissé une belle histoire d'amitié. Bien que, par moments, je pense à lui autrement. Il a un charme fou, il est intelligent et généreux, mais c'est un homme qui a un métier prenant et dangereux. Je m'inquièterais sans cesse pour lui. De toute façon, Reed n'a jamais essayé de me séduire.

Quant à Grizel, mon cher fantôme enchaîné au manoir, je crains qu'elle ne s'envole à jamais. Je suis un peu égoïste car au fond de moi, je souhaite qu'elle reste là. Je l'aime beaucoup. Cela me ferait de la peine de ne plus partager nos moments de complicités.

▪

IONA

Le portail automatique s'ouvre. Enfin, je suis au manoir. Je m'étais juré de ne pas changer la porte d'origine en fer forgé noir, mais des journalistes ou des petits curieux s'amusaient à s'infiltrer et prenaient des photos du manoir. Alors, j'ai préféré la sécurité et la discrétion.

Il est presque minuit, je reviens de l'aéroport d'Inverness. Je suis exténuée et n'ai qu'une seule hâte, c'est de m'étendre pour dormir. La journée a été particulièrement riche et intense. Aujourd'hui, j'ai voyagé en dehors de la Grande-Bretagne. Les lecteurs français sont friands d'histoires de fantômes. Je suis allée en France, à Paris, pour dédicacer mon roman à la Fnac des Champs-Elysées puis à la Pyramide du Louvre. Eliott aime faire sensation et les évènements de grande envergure. J'ai ainsi découvert la plus belle avenue du monde. Nous sommes à trois semaines de Noël. Les magasins sont ornés d'illuminations et de décorations qui scintillent. Entre deux séances de signatures, j'en ai profité pour faire des emplettes au pas de courses.

Je dépose mes sacs remplis de cadeaux dans la chambre. Je me déshabille et me love dans une nuisette blanche à manches longues, puis je me couche. Mon téléphone portable sonne. C'est Reed. Il suit mes aventures littéraires.

— As-tu fait bon voyage et est-ce que Paris a bien la réputation d'une ville fascinante ?

— La journée a été harrassante, mais oui le vol s'est bien passé. Paris a de magnifiques monuments. Il y a beaucoup trop de circulation. C'est étourdissant. Les Français sont charmants. J'ai mal au poignet à force de signer. J'ai trouvé le vin que tu désirais, je lui réponds, pêle-mêle.

— Ah ! Superbe, je te remercie. Tu es victime de ton succès. Nous le goûterons ensemble pour fêter une grosse victoire. Il y a deux jours, nous avons démantelé un trafic de faux-papiers grâce à l'arrestation d'un homme interpellé pour coups et blessures. Il a dénoncé un gros circuit parallèle de fabrication de documents car lui-même était en possession d'une fausse carte d'identité. Nous avons commencé à mettre pas mal de monde sous les verrous.

Je suis déçue, à la façon dont il a commencé à me le dire, pendant une seconde, l'idée m'a frôlée, que Darren avait été arrêté.

— Oh félicitations, Reed ! Je ne peux m'empêcher de réprimer un bâillement et mes paupières se ferment toutes seules.

Désolée, je suis crevée. On peut se voir demain soir. Tu me raconteras tout cela autour d'un verre et d'un bon repas.

Reed rit.

— Volontiers, avec plaisir. C'est moi, aussi, je t'appelle à des heures bien tardives après ton voyage. Je comprends, mais j'avais envie d'entendre ta voix. Bonne nuit Iona. A demain.

Je raccroche et m'assoupis rapidement. Je n'ai ni la force ni le courage de déplacer mon portable sur ma table de chevet. Il est au bout de mes doigts sur le drap. Je m'endors profondément. Mon sommeil est vite peuplé de rêves bizarres avec des lecteurs aux looks patibulaires qui font la queue pour que je leur dédicace mon livre. Tout à coup, ces visages se métamorphosent en plusieurs Darren qui m'adressent un sourire angoissant. Ils me disent « C'est fini pour toi ». Je me réveille brutalement, la respiration haletante. Je sursaute à nouveau. J'ai l'impression de poursuivre mon cauchemar. Je devine une présence, une silhouette dans l'obscurité à côté de mon lit. Mon cœur s'emballe. L'individu allume la lumière tamisée de ma lampe de chevet. Je suis paralysée par la peur et elle m'empêche de pousser un hurlement de terreur. C'est Darren. Je crains hélas que ce soit cette fois une abominable réalité. Il est assis sur une chaise à m'observer avec un verre de vin blanc à la main et dans l'autre, un pistolet. Une bouteille de vin est posée sur une autre chaise. Je reconnais le Chardonnay que j'ai acheté pour Reed à Paris. Darren a une expression vindicative. Ses yeux sont injectés de sang. Un rictus sournois se forme sur ses lèvres.

— Bonjour Iona. Félicitations ! Je vois que tu as du succès grâce à Grizel et à moi, à ce meurtre. Je me pose une question : si je n'avais pas tué Grizel, où en serais-tu actuellement ?

Je me tais, le silence parfois est la meilleure réponse. Je réfléchis à la façon dont je vais m'échapper de ses griffes. Il me propose un verre. Je ne bouge pas. A quoi joue-t-il ? Cet homme est fou.

— Je t'ordonne de le prendre sinon je te loge une balle dans le crâne, me dit-il froidement en pointant son arme vers moi.

Je prends le verre à contrecœur. Il se verse à son tour du vin.

— Trinquons et buvons ensemble à ta santé et à la mienne. Tu me dois bien ça.

Je goûte au cépage. C'est peut-être la dernière fois que je savoure un verre de vin.

— Je peux te tutoyer, je crois. Tu habites ma maison, tu as osé détruire ma vie. J'ai été obligé de fuir, de quitter ce que j'avais construit. En une journée et une nuit, ma vie a changé de sens. Grâce à une connaissance, à un ami, j'ai changé d'identité et fui sur une île des Caraïbes, à Antigua. Sais-tu qu'Antigua a 365 plages ? me demande-t-il avec un flegme étrange.

Je fais signe que non et continue de boire tout en cogitant. Mon portable est toujours sur le lit à moitié emmitouflé sous les draps. Il est du côté où Darren n'est pas assis. Il ne le distingue pas. Je félicite ma paresse de ne pas l'avoir rangé, ni éteint. Mon portable est resté sur mon dernier contact c'est-à-dire Reed. Discrètement, je glisse mon doigt sur le sigle du téléphone. Merci aux progrès, à la nouvelle technologie et la chance qui ne m'abandonne jamais. J'espère que Reed va répondre et entendre la conversation.

— J'avais une belle vie à nouveau sur cette île paradisiaque. J'étais caché le temps que l'on m'oublie. A cause de toi et ton copain le flic, j'ai été obligé d'abandonner mon métier de médecin-cardiologue, discrétion oblige, mais ma profession me manque. Seulement voilà, McNeal ainsi que toute sa clique a démantelé plusieurs ateliers de faux-papiers dans lesquels je m'étais impliqué. J'en ai ras le bol de t'avoir dans mes basques UNE NOUVELLE FOIS et de fuir sans arrêt, à cause de toi. J'ai un enfant à élever, moi !

Je pense à Reed et à la conversation que nous avons eue avant de raccrocher. Je lorgne à nouveau mon portable et je vois que mon appel n'a pas été intercepté. Je clique à nouveau sur le sigle du téléphone. Décroche s'il te plaît, Reed ! Mords à mon hameçon !

— Il fallait y penser avant de tuer Gladisse, dis-je en retrouvant du courage, quant à l'usine de faux-papiers, c'est un de vos gars qui vous a trahis en se faisant arrêter, répliqué-je, piquante.

J'ai tort de jouer la provocation, mais c'est plus fort que moi. Darren m'adresse un sourire luciférien qui me refroidit instantanément.

— Fais la maligne, mais je pense que tu vas beaucoup moins rire dans quelques secondes quand tu apprendras que dans ton verre, j'ai glissé de la conine, principal alcaloïde de la grande ciguë. Il s'agit d'une des plantes les plus célèbres depuis le suicide de Socrate face à sa condamnation. C'est un poison, me dit-il en savourant chaque mot et l'effet que cela produit sur moi.

Je lâche mon verre, effrayée et angoissée. Comment ai-je pu être aussi sotte d'accepter de boire ? C'est violent.

— Il y a une bonne et une mauvaise nouvelle. La bonne nouvelle est que le délai d'apparition des symptômes est de une à deux heures après l'ingestion. La mauvaise nouvelle est que la description de Platon, des symptômes de son intoxication est normalement bien différente et plus impressionnante. Il a été dit que peut-être de l'opium aurait été versé dedans pour diminuer ses souffrances.

— Tu es un malade, Darren. Tu es médecin-cardiologue. Tu dis que ton métier te manque. C'est contradictoire. Tu sauves des vies et au lieu de cela, tu passes ton temps à tuer des personnes. Tes deux femmes, et moi maintenant. Qu'est-ce qui va m'arriver au juste et pourquoi cette mort affreuse ? dis-je avec rage et désespoir.

— Ah bonne question. Je me venge de tout ce que tu m'as fait subir. Je veux que tu ressentes de la peur, des doutes et de la souffrance. Comme j'ai pu ressentir. Je veux que ce soit lent et horrible pour te punir de t'être mêlée de ce qui ne te regarde pas. Si tu préfères, je peux t'abattre d'un coup avec une balle dans le cœur ou la tête ? Mais ce n'est pas drôle et bien trop rapide pour moi, alors au lieu de cela, je préfère une mort plus lente. Je vais t'expliquer ce qui va t'arriver. Tu vas avoir des convulsions violentes, tes yeux seront exorbités, la salive s'écoulera de ta bouche et un délire furieux te prendra. Bon je résume un peu trop vite. Veux-tu savoir réellement quelle sera chaque étape de ton agonie ? me demande Darren sur un ton fourbe.

J'ai envie de l'insulter, de crier, mais à la place, je lui crache dessus. Il s'essuie du revers de la main et rit d'une manière démoniaque.

— Ce n'est pas grave. Je comprends ta colère. Alors les premiers signes sont une irritation pharyngée, une hypersialorhhée, traduction pour ta culture générale : une sécrétion surabondante de la salive et du fluide muqueux buccal, une polydipsie oui ce qui veut dire une soif excessive. Une difficulté d'élocution. Iona, même si tu me suppliais de te loger une balle dans la tête pour t'épargner les souffrances, je ne le ferais pas. Ta mort à petit feu sera ma récompense, mon dédommagement. Je continue pour les symptômes ?

Je hoche la tête. Sur le moment, je préfèrerais mourir d'une balle dans le crâne au vu de la souffrance qui m'attend, mais finalement, je me raisonne. C'est une aubaine. Le temps est mon allié pour me sauver de cette situation. Je prie pour que Reed reçoive cet appel et arrive dans les temps. Darren est fou, sadique, un psychopathe.

— Tu auras des troubles digestifs comme la dysphagie : une sensation de gêne ou de blocage dans la bouche, les nausées, les vomissements et les douleurs abdominales. Au niveau des signes généraux : la pâleur, l'hypothermie et l'asthénie intense. Pour les troubles neurologiques : maux de tête, vertige, somnolence, fasciculation comme des contractions de fibres musculaires, la photophobie qui se traduit par une intolérance à la lumière, des troubles de l'accommodation, de la mydriase, de l'amaurose : perte complète de la vue puis les fameuses convulsions avec rhabdomyolyse qui se traduisent par une dégradation des cellules musculaires. Quant aux symptômes neuromusculaires, ils seront associés à la paresthésie et la paralysie musculaire progressive ascendante avec risques d'apnée et d'asphyxie. Enfin, arrivera l'insuffisance rénale et la mort, finit-il, grandiloquent.

Il se lève de sa chaise et fait le tour de mon lit. Je crains que Darren ne voie mon portable, alors je pose ma main dessus, puis mon avant-bras pour le cacher.

— Assassin, psychopathe, tu es fier de toi. Un jour tu finiras en prison.

— Peut-être, ou pas. Mais au moins, je me serai vengé.

Son regard plein de folie parcourt mon avant-bras. Il penche la tête. Son expression provocatrice et diabolique s'efface. Darren se précipite sur moi et arrache mon portable. Il le contemple.

— Sale garce, tu as appelé ton flic.

Il colle le portable à son oreille et dit :

—Inspecteur McNeal, vous écoutez ? Darren déclenche le mode haut-parleur.

— Oui, Darren j'ai tout entendu, vous êtes foutu, on arrive sur les lieux. Vous êtes cerné. Si vous voulez que tout finisse bien, laissez-vous arrêter. Il ne vous sera fait aucun mal.

— Rien du tout. Je me battrai jusqu'au bout, déclare-t-il en hurlant comme un dément.

Furieux, Darren lance violemment le portable contre le mur, puis se dirige vers la porte. Tout à coup, il me dévisage, d'un air cruel et sadique.

— Adieu Iona, c'est chacun pour soi. De toute façon quoiqu'il advienne, tu es morte. Il n'y a aucun antidote pour l'empoisonnement à la conine. Tu vas souffrir le martyre.

Je suis horrifiée. Darren ouvre doucement la porte et surveille le couloir. Il saisit la clé de ma porte. Je me précipite mais trébuche. Il est trop tard, Darren m'enferme à l'intérieur. Jusqu'au bout, il veut que ce soit l'horreur et que je ressente l'isolement, la peur. Mon portable est cassé, inutilisable. J'entends les sirènes des voitures de police qui signalent leur présence. J'espère que durant cette épreuve épouvantable, Darren ne va pas échapper une fois de plus à la police. Il connaît les moindres recoins du manoir et il est prêt à tout. Est-ce la panique ou déjà le début de symptômes ? J'éprouve des effets, une gêne dans le pharynx lorsque je déglutis. Un coup de feu résonne dans le manoir. Je hurle, afin de me faire entendre, qu'ils sachent que je suis enfermée ici. Seulement, ma gorge me brûle, me pique. Les effets sont plus rapides que prévu, malheureusement. Je veux croire qu'il y a encore des solutions miracles pour m'en sortir et que Reed a décroché au bon moment pour entendre que j'ai été empoisonnée, qu'il a prévenu des médecins, un centre antipoison. Je me sens impuissante. Maintenant une soif excessive me dévore. Je glisse des doigts au fond de ma bouche afin de me faire vomir.

▪

DARREN

Je m'enfuis de la chambre. Il est trop tard pour que je sorte par la grande porte. Le manoir est encerclé par la police. Il va être bientôt assiégé, investi de toutes parts, alors je vais dans la chambre où j'ai caché le corps de Gladisse dans l'armoire. Personne ne connaît tous les passages secrets mieux que moi. La police ne sait pas à qui ils ont affaire. Ils sont sur mon territoire. Il y a une trappe au plafond qui conduit directement à la bibliothèque du second étage. Elle est très discrète, on la remarque à peine. Je déplace une belle échelle en bois qui sert de décoration et que l'on ne soupçonne pas d'être utile autrement. Je me hâte car à tout moment, la police peut surgir. Ils vont fouiller chaque pièce ou recoin. Je grimpe dessus afin de me hisser à l'intérieur de la trappe que je referme avec soin. J'atterris immédiatement dans la bibliothèque à l'étage au dessus. C'est une pièce magnifique de dix-huit mètres carrés où les murs sont tous recouverts d'étagères en bois, remplies de livres. Il n'y a pas de fenêtre. Un vieux fauteuil de velours rouge est disposé au milieu de la bibliothèque afin qu'on puisse s'installer confortablement pour lire en toute tranquillité. Des poutres apparentes en bois ornent le plafond. Le sol est revêtu de parquet et de tapis beiges. Des appliques murales illuminent la pièce de façon tamisée. On a l'impression que le temps est suspendu. J'apprécie cette odeur de bois et de vieux papiers qui flottent. J'ai toujours aimé me réfugier ici, pour lire, téléphoner en cachette à Gladisse. Quelle regrettable erreur de ne pas l'avoir fait ce fameux jour ! Que de drames j'aurais pu éviter !

C'est un endroit bien douillet où il fait toujours chaud. Mais pas ce soir. Il fait bien frisquet. J'ai des frissons qui me parcourent l'échine. Si je me suis faufilé ici, ce n'est pas pour bouquiner bien entendu, mais pour mieux me cacher et m'éclipser hors du manoir par des chemins dérobés. Je m'approche d'un rayonnage et me concentre. Je compte jusqu'à un certain nombre, puis je tire sur un livre. Ma mémoire n'a pas failli. Aussitôt une porte camouflée s'ouvre sur un petit abri secret. Il est hors de question que je reste indéfiniment ici. C'est juste pour rejoindre l'escalier en spirale de la tour ronde qui se trouve juste de l'autre côté du mur. Jadis, personne n'empruntait ce passage à la cloison et marches de pierre. C'est trop étroit. J'imagine que c'est toujours le cas. Il y a des buissons qui dissimulent une ouverture au sous-sol. Je vais attendre que cela se calme dans cette petite pièce, puis le moment voulu, je me sauverai.

Je suis sur le point de m'introduire à l'intérieur quand je ressens à nouveau ce froid glacial et un certain parfum à la violette. Grizel ! Elle était dans la bibliothèque depuis le début. Voilà pourquoi il faisait si frais en pénétrant ici. Je ne suis pas le seul apparemment à affectionner la bibliothèque et c'est regrettable. Certainement, étonnée par ma subite présence, Grizel n'a pas bougé d'un millimètre lorsqu'elle m'a vu entrer, afin de m'observer. Dommage. C'est pour cela que je n'ai pas décelé les effluves à la violette instantanément. Décidément, Grizel va encore me mettre des bâtons dans les roues. Maintenant, j'imagine qu'elle s'avance vers moi puisque j'ai un goût de mort qui m'oppresse.

— Les nuits doivent être longues, ma pauvre Grizel, alors tu passes ton temps à lire. Cette nuit c'est différent. J'en ai marre, je dois encore fuir à cause de Iona et le flic McNeal, alors je suis venu me venger. J'ai empoisonné ta copine avec de la conine. Alors au lieu de me faire tes effets spéciaux, tu devrais la rejoindre pour l'accompagner dans son agonie. Oh ! mais peut-être qu'elle sera un fantôme, elle aussi. C'est bien pour toi. Moi, je dois me tirer car les flics sont ici.

Ce sentiment de mal-être, d'étouffement s'éloigne. Grizel est tombée dans mon piège. Elle va aider moralement sa grande amie l'écrivaine. Que peut-elle faire d'autre ? La porte de la bibliothèque s'ouvre. Grizel est dans l'incapacité de passer au travers comme tous fantômes qui se respectent. Ridicule. La porte se referme dans un grand fracas assourdissant. J'ai eu tort de croire à la naïveté de Grizel. Elle est en train d'alerter les flics de ma position. Ce n'est pas fini. La porte vibre violemment. Les étagères ainsi que les bouquins tremblent comme si un séisme de grande ampleur s'était déclenché. J'ai réveillé la colère de Grizel. Je dois fuir par le passage secret, mais je suis stoppé rapidement dans mon élan. Je suis assommé par des livres volumineux projetés par Grizel. J'entends la police dans le couloir. Il faut que je déguerpisse. Je me glisse dans l'abri et referme rapidement l'accès secret. J'espère gagner du temps. Je manipule un loquet et aussitôt le mur se lézarde. J'accède directement à l'escalier en colimaçon de la tour. Je dévale les marches deux à deux. Je discerne des pas derrière moi. C'est probablement l'inspecteur Reed McNeal qui est à mes trousses. Il me somme de m'arrêter, que je n'irai pas loin, que la police est partout. Je tire dans le vide afin de le freiner. Le coup retentit dans la tour. Soudainement, je m'arrête dans ma course effrénée, une spirale infernale et patiente afin qu'il soit vraiment dans mon collimateur. Reed ne s'attend pas à ce que je l'affronte. Je braque mon révolver dans sa direction. L'inspecteur surgit rapidement. Je vise la poitrine de Reed, mais une force violente et invisible me débarrasse de mon arme à feu. Mon pistolet valdingue, dégringole loin de moi. Grizel est encore intervenue. Je sens son parfum à la violette. Je me battrai jusqu'au bout. Reed lit dans mon esprit et me décoche un coup de poing en pleine figure. Je chancelle.

— C'est fini Darren, au nom de la loi, je vous arrête. Vous avez le droit de garder le silence. Si vous renoncez à ce droit, tout ce que vous direz pourra être et sera utilisé contre vous devant une cour de justice. Vous avez droit à l'assistance d'un avocat et à ce qu'il soit présent lors de l'interrogatoire. Si vous n'en avez pas les moyens, un avocat vous sera fourni gratuitement, me dit McNeal en me menottant.

J'éclate de rire, j'ai les moyens, je pense, de m'offrir les services d'un avocat.

— Nous avons beaucoup trop de preuves contre vous. Vous n'êtes pas près d'être libéré. Vous allez croupir en prison et à mon humble avis vous perdrez définitivement votre humour. J'espère que Iona va s'en sortir, sinon je vous massacre, me dit Reed en colère.

— Ça mon vieux, il n'y a pas d'antidote, alors je vous confirme, elle ne s'en sortira pas. Je réplique cela dans un rire sardonique, en savourant la bombe, l'effet que cela produit sur Reed.

Nous sortons de la tour. C'est la pleine lune. Elle éclaire le sombre loch plongé dans le noir et ses montagnes environnantes. Des officiers de police sont dans le jardin. Ils contemplent le prédateur, le dangereux criminel que je suis. Les policiers encadrent l'inspecteur. Une dizaine de voitures de police sont présentes dans la cour, côté portail. Les gyrophares illuminent l'obscurité. Tout ce petit monde est venu spécialement pour moi. Quelle reconnaissance ! Je plaisante au fond de moi afin de faire taire mon angoisse, ma peur de la prison. Mon avenir est bien compromis à cause de mes femmes. Grizel s'est vengée avec brio. Je pourrais faire en sorte qu'ils me tirent dessus et me logent une balle dans la tête afin d'échapper à ma sentence. Seulement, je tiens à ma vie, à ma petite personne. Peut-être ne vais-je pas être condamné trop sévèrement ? Une ambulance est stationnée devant le perron, forcément pour Iona. Je m'assieds sur le siège arrière de la voiture qui m'est destinée. Reed reste ici bien entendu. Je peux dire adieu à ma belle vie, au luxe. Je ne m'inquiète pas pour mon fils Irvin. Il ira probablement chez ma sœur, mais il va me manquer ce petit bonhomme. J'espère qu'il aura une meilleure étoile que son père et qu'il prendra d'excellentes décisions pour son avenir.

▪

GRIZEL

Chaque nuit, je dois occuper mon esprit. Malheureusement nous, les fantômes, nous ne connaissons pas le sommeil, ni la fatigue. Pendant que les autres dorment, rêvent, nous attendons que le jour chasse la nuit. La bibliothèque du deuxième étage est plus chaleureuse que celle du salon, alors je passe mon temps à lire. C'est un havre de paix, un petit cocon. On n'entend rien du monde extérieur, ni de l'intérieur. Les bruits sont étouffés. C'est le seul endroit extrêmement bien isolé. Je connais certains livres sur le bout des ongles. Je viens de remettre un bouquin sur son étagère lorsque j'aperçois Darren surgir du sol. Imaginez ma surprise ! Je ne savais pas qu'il y avait une issue. Je suis choquée et inquiète par sa présence dans le manoir. Je ne bouge pas, bouleversée. Que fait-il ici ? J'espère que tout va bien pour Iona ? Je réfléchis. Je réalise que la pièce qui se tient ci-dessous est la chambre à côté de celle de Iona, celle aussi où Darren a osé entreposer le cadavre de Gladisse dans l'armoire. En ce moment précis, être fantôme pour espionner quelqu'un est particulièrement délicieux. J'épie Darren. A mon grand étonnement, je découvre un autre passage secret que je ne connaissais pas. Et Darren, pendant toutes ces années, s'est bien abstenu de me le révéler. Finalement, mon mari était un inconnu pour moi. Cette fois, je m'approche de lui, car je veux savoir ce que Darren manigance. Lors de mon déplacement, Darren devine ma présence par mon parfum, le froid et la mort que je procure. Il me parle d'un poison qu'il a administré à Iona et de son agonie prochaine. C'est horrible. Je suis effondrée. Il faut que je sois à ses côtés. D'un seul coup, l'espoir renaît quand Darren m'avoue que la police est dans le manoir et qu'il s'apprête à s'enfuir par des chemins dérobés. Tu es particulièrement stupide mon pauvre Darren. C'est une chance pour moi. Alors je décide d'intervenir en faisant le plus de bruit possible pour que Reed sache où il se situe. Ma colère et mon désespoir sont particulièrement fatals pour Darren. Je le ralentis, c'est le but, mais Darren s'enfuit. Ce n'est pas grave, je l'ai bien observé. Lorsque Reed McNeal apparaît dans la bibliothèque, je bouge le livre qui déclenche le mécanisme et la porte dissimulée s'ouvre sur le sas. Reed comprend que je suis présente. Il me remercie et se lance à la poursuite de Darren. J'ai un mauvais pressentiment pour Reed et je veux contribuer à l'arrestation de mon assassin de mari. Je me lance dans cette course-poursuite et j'ai eu raison. Darren change de tactique et attend sa cible, Reed, afin de le tuer ou le blesser au moment le plus opportun. Darren sans aucune pitié aurait achevé l'inspecteur. De toutes mes forces, de toute mon âme, je lui arrache son arme. C'est une belle victoire, une sublime vengeance. Il va payer pour mon meurtre et celui de Gladisse. Je regarde avec délectation la voiture de police emporter Darren au poste. Je suis soulagée et me sens libérée d'un poids immense. Je pense tout à coup à Iona qui agonise. Le mal est encore en train de sévir dans nos murs. Je ne supporterais pas que Iona meure, qu'elle soit la troisième victime du bourreau Darren. Je pénètre à nouveau dans le manoir et en gravissant l'escalier, je prie à voix haute en m'adressant au ciel, j'implore les divinités :

— S'il vous plaît, épargnez Iona, elle ne mérite pas de mourir. Emportez-moi à sa place, je ferai tout ce que vous voulez, je serai votre humble serviteur, épargnez-lui les souffrances les plus atroces.

Lorsque j'arrive à son chevet, des médecins sont sur place et s'occupent de Iona qui est d'une extrême pâleur. Les urgentistes lui provoquent des vomissements et un lavage d'estomac rapide. Un brancard d'ambulancier est à proximité, prêt à transporter Iona à l'hôpital de Portree. Un médecin discute avec Reed de l'état de santé de Iona.

— Il n'y a effectivement pas d'antidote, mais des remèdes pour provoquer des vomissements, pour un lavage d'estomac rapide. On administre aux patients des purgatifs et du charbon de bois qui a des effets désintoxiquants. Les boissons aux effets diurétiques importants comme le thé ou le café sont utiles pour éliminer toutes traces du poison. Quand Iona aura des difficultés à respirer, il sera nécessaire de procéder à une respiration artificielle bouche-à-bouche. Dès qu'il sera nécessaire, il faudra agir très rapidement au niveau des voies respiratoires, en l'intubant et en la ventilant, en lui administrant des antibiotiques pour procéder à une décontamination digestive et des anticonvulsants pour éliminer les convulsions. La patiente est prête à être transportée à l'hôpital, mais elle ne le veut pas. Elle souhaite une hospitalisation à domicile. Une équipe va effectivement apporter l'équipement approprié et prodiguer des soins à domicile.

Je m'approche de Iona. Sur son visage se porte toute la misère du monde et une infinie tristesse. Elle essaye de me dire quelques mots mais apparemment c'est impossible. Je lui fais comprendre qu'elle n'a pas besoin de s'exprimer.

—N'essaye pas de me parler, garde tes forces. Je suis navrée pour tout ça mais sache que Darren a été arrêté. C'est fini pour lui. Je vais essayer de faire quelque chose pour que tu souffres moins.

Intuitivement, je pose ma main à quelques centimètres au-dessus de sa poitrine et commence à murmurer des prières. Je veux lui donner mon énergie afin de la sauver, de lui épargner toutes les souffrances. Je lui offrirai ma vie, mais puisque je suis un fantôme et que j'ai une petite chance d'être écoutée par l'au-delà, j'invoque une nouvelle fois l'autre monde. Au début, ma requête est identique à la précédente, puis à tout coup, je m'exprime dans une langue étrangère que je ne comprends pas moi-même. Je débite des mots mystiques qui sortent rapidement de ma bouche. J'ai l'impression qu'une force supérieure, divine, m'occupe. Je suis transcendée par une puissance céleste et angélique. Soudainement, je suis aveuglée par une lueur blanchâtre qui illumine toute la chambre. Tous les individus qui se situent dans la pièce sont des silhouettes, des ombres noires. Est-ce réel ? Suis-je la seule à la voir ? J'ai l'impression que non. Iona contemple, étonnée, cet embrasement. Elle semble être absorbée par ce rayonnement. La poitrine de Iona se soulève puis s'affaisse brutalement. Elle pousse un grand soupir. Des voix me chuchotent que j'ai été entendue, que Iona est libérée de ses douleurs. La lumière s'estompe et l'éclat de la chambre redevient homogène. Les médecins et Reed se précipitent sur Iona. Son spasme les impressionne, les alarme. Ils veulent l'accompagner, la soutenir dans sa souffrance. Iona ouvre les yeux. Son teint paraît moins pâle. Les traits tirés par la souffrance s'atténuent. Reed, qui ne se doute de rien, lui caresse instinctivement le visage. C'est mignon. J'aimerais lui dire qu'il n'a pas à craindre de la perdre, que tout va bien se passer maintenant. Tout à coup, un éclair fend l'espace de la chambre et ouvre une brèche, un chemin vers une autre dimension. Un tunnel apparaît d'un éclat aussi lumineux que la lueur précédente. Des voix m'appellent. Là-haut, ils m'attendent et me disent qu'enfin je suis prête à partir, que je n'ai pas à avoir peur, que ma mission est accomplie. Je suis soulagée, heureuse, mais j'aimerais avoir le temps de dire au revoir à Iona. Je me tourne vers elle. Mon amie, ma sœur, me fixe du regard. Apparemment, Iona perçoit aussi le tunnel vers l'au-delà. Elle a compris. Je suis triste de la quitter ainsi mais lorsque je vois Reed à ses côtés, je suis délivrée, rassurée. Iona est en bonne compagnie. Elle ne sera pas seule dans la vie.

— Je suis prête, il est temps pour moi de partir. Darren est arrêté, tu ne vas pas mourir et tes souffrances vont disparaître. Mes prières ont été entendues. Tu as quelqu'un auprès de toi qui a de grands sentiments à ton égard et le succès en tant qu'écrivaine. Je peux m'en aller. Ils m'attendent là-bas. J'ai été heureuse de te connaître, Iona, ma fidèle amie. Dis au revoir à Reed pour moi.

Je vois des larmes d'émotion dans ses yeux. Elle me sourit et me dit émue :

— Merci douce Grizel. Elle est belle cette lumière. Tu vas me manquer ! Tu peux partir, je ne t'oublierai jamais.

Ces derniers mois, je vivais par procuration le succès de Iona et j'étais fière. C'est mon histoire qui demeure et perdure par écrit. J'ai été vengée. Maintenant, il est temps de laisser derrière moi mon passé, le manoir et Iona. Les médecins sont autour d'elle à l'examiner. Sur le moment, lorsqu'elle s'adresse à moi, ils pensent que Iona délire, mais les secouristes réalisent bien vite qu'elle est saine et sauve. C'est un miracle. Reed, plus discret, me murmure un remerciement et hoche la tête pour me signifier un bon voyage. C'est un adieu déchirant et rapide, mais il est vite comblé par la joie, la sérénité qui m'attend dans la lumière. Je suis enfin libre et libérée de mes chaînes.

▪

REED MCNEAL

Retour à l'appel de Iona

Je raccroche avec Iona. Il est plus de minuit. La journée a été une fois de plus longue mais fructueuse. Nous travaillons depuis quelques jours avec la brigade de lutte contre la fraude documentaire. Suite à une simple arrestation pour coups et blessures, nous avons remonté une grande filière de faux-papiers. Ainsi, une vague d'interpellations et de perquisitions est effectuée depuis deux jours, en Ecosse mais aussi hors de nos frontières. Je suis très heureux. Nous avons arrêté de gros bonnets.

Je me déshabille et me glisse sous la douche afin de me délasser, puis décide de grignoter quelque chose avant d'aller me coucher. Je me concocte un mini-sandwich au saumon avec mozzarella, crème fraîche légère, aneth et ciboulette. Mon portable est toujours à proximité. On ne sait jamais. Normalement, je suis de repos, mais professionnel jusqu'au bout, je préfère être disponible au cas où. Lorsque je le récupère pour manger dans le salon, je m'aperçois que Iona a tenté de me joindre. A cette heure-ci ? Surprenant puisqu'elle était fatiguée ! Mon portable est sur le mode silencieux, c'est pourquoi je n'y ai pas prêté attention. Aussitôt, mon téléphone vibre à nouveau. C'est encore Iona. Etrange. Que se passe-t-il ? Je décroche. Je n'ai pas directement Iona en ligne, mais j'entends une conversation un peu éloignée, comme si on m'avait involontairement appelé. En général, lorsque cela se produit, c'est assez drôle et cocasse. Sauf que j'ai la forte impression qu'il n'y a pas de hasard, ni d'erreur, d'autant plus qu'elle insiste. Je perçois la voix d'un homme ainsi que celle de Iona. J'augmente le son et tends l'oreille. Au bout de quelques instants, Iona prononce le nom de Darren. Il est chez elle et la menace. Je comprends qu'il l'a empoisonnée. Aussitôt, j'appelle mes collègues au poste pour donner l'alerte et le sergent Holy que je réveille en fanfare. Paniqué, je téléphone ensuite à Bruce, le coroner, afin d'avoir son avis médical sur le poison administré à Iona. A-t-elle des chances de s'en sortir ? Bruce m'avoue qu'il n'y a pas d'antidote, mais qu'il y a les moyens d'apaiser les souffrances du patient, soulager, évacuer le poison si l'intervention est pratiquée à temps. Un compte à rebours a débuté. Bruce me conseille vivement d'avertir le centre antipoison pendant que lui-même s'occupe des urgentistes. Mon cœur bat la chamade. Je suis devenu trop proche de Iona pour agir avec indifférence. Il est compliqué et difficile d'être rationnel en tant que policier ou médecin lorsque l'on s'occupe d'un conjoint, d'un ami et de la famille. En général, nous évitons puisque nous sommes beaucoup moins pertinents, cohérents et c'est mon cas à cet instant précis. Je souhaite absolument retrouver l'homme cartésien, réfléchi et judicieux que je suis afin d'être efficace et n'avoir aucun regret.

Nous sommes sur la route. Pratiquement au Manoir. J'écoute toujours la conversation entre eux. Darren est un provocateur sans limites. Subitement, son ton change. Darren se met, à présent, à l'insulter car il s'est aperçu que Iona m'avait contacté en secret. Il s'adresse à moi maintenant :

— Inspecteur McNeal, vous écoutez ?

— Oui Darren, j'ai tout entendu, vous êtes foutu, on arrive sur les lieux. Vous êtes cerné. Si vous voulez que tout finisse bien, laissez-vous arrêter. Il ne vous sera fait aucun mal.

— Rien du tout. Je me battrai jusqu'au bout, déclare-t-il en hurlant comme un dément.

Dans sa folie et colère, Darren a certainement cassé le téléphone, puisque des grésillements surviennent aussitôt et que je perds le contact définitivement. J'ai donné des directives aux officiers de police afin de cerner le manoir côté loch et portail. Darren ne peut pas nous échapper, mais rien n'est impossible, il l'a déjà fait une fois, alors restons prudents. Les secours ont ordre d'attendre le temps que nous investissions le manoir pour empêcher des heurts, des blessés, voire des morts supplémentaires. Deux équipes d'interventions cheminent sur les lieux. L'une pour faciliter l'avancée des urgentistes et secourir au plus vite Iona. C'est probable, mais nous imaginons amplement que Iona n'a pas quitté sa chambre. L'autre équipe scindée en deux, dont je fais partie, a pour mission d'arrêter Darren. Je ne pense pas que notre homme soit resté auprès de sa victime. Il s'est enfui. Le manoir, je le crains, peut révéler différentes cachettes. Nous fouillons toutes les pièces du rez-de-chaussée, puis pénétrons au premier étage. J'entends tout à coup, une porte qui claque bruyamment. Je comprends que c'est au niveau supérieur. Etrange ce manque de discrétion. Je monte quatre à quatre les marches. Je réalise que ce raffut assourdissant n'est provoqué par personne d'autre que Grizel. Elle nous avertit. La porte, qui se situe sur la gauche du palier, vibre violemment ainsi que tous les meubles. Il y a de la lumière qui filtre sous la porte. J'entre dans la bibliothèque. Je suis déjà venu ici avec Iona. Etonné, je ne remarque aucune présence de Darren sur les lieux. J'inspecte l'endroit et soudainement un livre bouge. Il déclenche un mécanisme qui, aussitôt, ouvre une porte dissimulée dans la bibliothèque parmi les livres. Grizel vient de m'aider encore dans ma chasse à l'assassin. Je la remercie sincèrement. Je m'introduis dans un sas qui me mène à une tour, avec un escalier en colimaçon. Surprenante cette maison ! Elle dévoile des passages secrets improbables et incroyables. J'entends les pas précipités de Darren et je me lance dans une course-poursuite. Darren tire dans le vide. Je suis vigilant, mais prompt car la balle peut ricocher sur le mur et malencontreusement m'atteindre. L'escalier est étroit. Soudainement, Darren est face à moi et pointe son révolver sur ma poitrine. Il s'est arrêté dans sa course effrénée et m'attendait sournoisement. J'ai un léger temps de retard et donc pas le temps de riposter, de me défendre. Darren va me loger une balle dans la poitrine. Au lieu de cela, son arme lui échappe. Grizel ! Elle me sauve la vie. J'en profite pour assommer Darren d'un bon coup de poing afin de l'arrêter définitivement. C'est avec un plaisir fou non dissimulé que je lui dicte ses droits et le menotte. Darren se moque encore de moi, mais profites-en car derrière les barreaux, tu vas perdre ton humour ! Je savoure ma victoire, mais heureusement Grizel est intervenue plusieurs fois, sinon cela aurait été beaucoup plus fastidieux. J'encadre Darren jusqu'à la voiture de police et me précipite au chevet de Iona qui est entourée de médecins.

Je peux abandonner ma carapace et me soucier de Iona en tant qu'homme, ami. Je demande l'avis d'un médecin qui m'explique la procédure, les remèdes pour alléger ses souffrances. Je suis surpris de la décision de Iona qui préfère être soignée à domicile. Un vent de fraîcheur me parcourt le dos. Grizel nous a rejoints. J'ai un infime espoir que Iona ne meure pas. Tout à coup, je crains le pire. La poitrine de Iona se soulève de façon impressionnante puis s'affaisse. Tous les médecins secouristes se précipitent. Moi aussi. Iona pousse un soupir. J'espère que ce n'est pas le dernier ! Je ne peux m'empêcher de la toucher, de lui caresser le visage. Je veux la soutenir. J'ai peur de la perdre définitivement et je ne le supporterais pas. Mes sentiments sont plus profonds que je ne l'imaginais. Je crois que je suis amoureux. Iona, très blême auparavant et grelottante, semble retrouver de légères couleurs. Elle paraît moins souffrir et sourit même. Iona fixe un angle de la pièce. Elle articule quelques mots. Sur le moment, je pense qu'elle délire, mais rapidement, je suis soulagé et comprends qu'elle s'adresse à Grizel pour lui dire toute sa reconnaissance. Notre fantôme, par miracle, a guéri et arraché Iona des griffes de la mort. En contrepartie Grizel part définitivement au ciel. La lumière l'emporte. Je ne peux la voir, dommage. Iona me racontera. Il y a finalement une justice. Grizel, enfin, mérite le paradis. Je ne la remercierai jamais assez de tout ce qu'elle a fait ce soir pour nous tous.

▪

IONA

Lorsque mes symptômes se manifestent et qu'un coup de feu retentit dans le manoir, je ne résiste pas à l'envie de crier que je suis dans ma chambre, enfermée. Ma gorge me brûle et me gêne au plus haut point. Je ne laisse échapper qu'un simple geignement. J'ai extrêmement soif. Je suis terrifiée de la vitesse à laquelle mes souffrances progressent. Alors, je tambourine à ma porte. J'entends des policiers de l'autre côté. Je leur explique que ma porte a été verrouillée par Darren. Ils me demandent si celle-ci s'ouvre vers l'intérieur. Je confirme. Les policiers me conseillent de reculer car ils vont l'enfoncer. Enfin après quelques minutes de martèlement, des officiers de police ainsi que des médecins surgissent. Je suis soulagée et épouvantée car de la bave s'écoule légèrement de la commissure de mes lèvres. Les médecins urgentistes me préconisent de m'allonger et m'interrogent sur mes douleurs, le poison administré et la quantité approximative ingérée. Avec beaucoup de difficulté d'élocution, je leur raconte les faits, la boisson et les effets de la conine. Un des médecins, Edan, d'une gentillesse extrême, me rassure et m'inquiète à la fois. Il m'explique qu'effectivement je vais ressentir tous ces symptômes, mais même si aucun antidote n'existe, il y a des remèdes, des solutions qui se sont révélés la plupart du temps efficaces. Il faut se battre, y croire. C'est un compte à rebours qui a commencé. Les médecins ont apporté un brancard. Normalement, je ne refuserais pas d'être transportée à l'hôpital, mais à cet instant précis, je les sollicite afin d'être soignée à domicile. J'ai le pressentiment, une intuition qui me guident. Je ne sais pas pourquoi, mais une petite voix me dicte de rester chez moi. Je ne veux pas quitter Grizel. D'ailleurs pourquoi est-elle absente ?

J'ai eu la chance de pouvoir leur fournir les derniers éléments et d'exposer mon souhait car il m'est impossible de parler davantage. Des maux de tête me compriment le crâne. Edan me donne des purgatifs afin d'évacuer le poison, de laver mon estomac en provoquant des vomissements. J'ai le droit également a du charbon de bois possédant des effets désintoxiquants. Je me sens vraiment mal. Je hais Darren pour cette épreuve abominable, cette perversion et j'espère qu'il sera sous les barreaux incessamment. Des vertiges me donnent l'impression de valser, puis s'ensuivent des douleurs au niveau du ventre. Je ferme les paupières. Tout à coup, j'ai une intense envie de vomir. Je me redresse afin de rejeter ce maudit poison. Edan est assis à mes côtés. Il me soutient, m'encourage, me parle doucement. J'entends la voix de Reed. J'ai à peine la force de le regarder. Je suis soulagée de savoir que Darren a été arrêté. Grizel, apparaît enfin. Mon fantôme bien-aimé ! Je tente de lui dire à quel point je suis heureuse qu'elle soit à mes côtés. Rien ne sort. Elle s'approche de moi et me dit :

— N'essaye pas de me parler, garde tes forces. Je suis navrée pour tout, de n'avoir pas été à tes côtés plus tôt. Sache que

Darren a été arrêté. C'est fini pour lui. Je vais essayer de faire quelque chose pour que tu souffres moins.

Grizel place sa main à quelques centimètres au-dessus de ma poitrine et commence à murmurer des prières.

— S'il vous plaît protégez Iona, elle ne mérite pas de mourir. Emportez-moi à sa place, je suis prête. Je ferai tout ce que vous voulez, je serai votre humble serviteur, épargnez-lui les souffrances les plus atroces.

Oh Grizel ! comme tu es adorable, mais vont-ils t'entendre dans l'infini céleste ? Désolée, je doute. Soudainement, Grizel s'exprime dans une autre langue. Elle débite des paroles d'un autre monde. J'ai l'impression que Grizel n'est plus celle que je connais, qu'une force divine la possède. Tout à coup, une puissante lumière blanche illumine toute la pièce et m'aveugle. Reed, Edan, Grizel et tous les autres ne sont plus que des ombres noires. La lueur s'estompe et s'infiltre dans mon corps. Je suis secouée d'une énergie violente, des milliards de petites aiguilles me percent la chair. Ma poitrine se soulève sous l'onde de choc et s'affaisse aussitôt. Je pousse un soupir de quiétude. En quelques secondes, je ne ressens plus ni souffrances, ni douleurs au crâne, à l'estomac. Le ciel l'a écoutée. Reed me caresse la joue. Tous les médecins se sont précipités à mon chevet. Brusquement, un éclair fend l'espace de la chambre et ouvre une brèche, un chemin vers l'au-delà. Etonnamment, j'aperçois ce tunnel dont l'éclat est aussi lumineux que précédemment. J'ai du chagrin. Là-haut, les anges viennent chercher Grizel. Ils l'ont entendue. Elle est magnifique cette lumière. Je ne peux pas retenir Grizel. C'est logique, mon amie doit partir. Grizel est prête. D'ailleurs des voix me chuchotent de lui dire adieu et me signifient que ce n'est pas mon destin de monter au ciel. Grizel me contemple d'un air triste et ajoute :

— Je suis prête, il est temps pour moi de partir. Darren est arrêté, tu ne vas pas mourir et tes souffrances vont disparaître. Mes prières ont été entendues. Tu as quelqu'un auprès de toi qui a de grands sentiments à ton égard et le succès en tant qu'écrivaine. Je peux m'en aller. Ils m'attendent là-bas. J'ai été heureuse de te connaître Iona, ma fidèle amie. Dis au revoir à Reed pour moi.

L'émotion me submerge. Je suis à la fois émue et heureuse pour elle car elle va enfin connaître la sérénité, et, en même temps, triste de la quitter. Je suis partagée, divisée par d'innombrables sentiments. Je souris, mais je ne peux réprimer les larmes qui coulent de mes yeux.

— Merci ma douce Grizel. Elle est belle cette lumière. Tu vas me manquer ! Tu peux partir, je ne t'oublierai jamais.

Grizel se retourne et marche vers le tunnel. Lorsqu'elle entre dans la lumière, Grizel disparaît et le passage lumineux se dissout. Je suis libérée et sauvée de ce poison mortel, mais je me sens infiniment seule. J'ai perdu mon amie, ma sœur de littérature. Je vais avoir besoin de temps pour admettre sa disparition. Je suis en deuil. Les médecins sont autour de moi et ont beaucoup de mal à expliquer ce si prompt rétablissement dont ils tirent une grande satisfaction. Edan préfère rester cette nuit afin de surveiller l'évolution de ma convalescence. Reed a compris. Lorsque nous nous retrouvons un moment seuls, Reed me dit :

— C'est Grizel, ce miracle n'est-ce pas ?

— Oui elle a prié afin que je sois sauvée et a demandé qu'elle soit prise à ma place. L'au-delà l'a entendue. Elle est partie à mon grand regret, mais je n'avais pas le droit de la retenir. Grizel sera à jamais dans mon cœur, ne puis-je m'empêcher de lui confier.

— On peut la remercier aussi d'avoir contribué à l'arrestation de Darren et de m'avoir sauvé sans doute de blessures mortelles. Je pense qu'elle a bien mérité sa place au paradis, ajoute Reed.

— Oui elle a bien mérité sa place, mais pour le moment, je suis triste car j'ai perdu une amie, une confidente. Je me sens bien seule, lui dis-je avec de l'émotion dans la voix.

Reed se penche vers moi et me contemple avec plein d'amour. Il m'enlace tendrement puis il m'embrasse sur les lèvres. Je réponds avec délice à son baiser.

—Tu n'es pas seule, je suis là pour toi maintenant, m'avoue Reed.

Je suis comblée de bonheur à la révélation de ses sentiments. Au plus profond de moi, je savais en devenant propriétaire du manoir, qu'il m'inspirerait pour écrire de nouveau, que je renaîtrais de mes cendres. J'étais à mille lieues d'imaginer que je croiserais le chemin d'un fantôme dont je ne soupçonnais même pas l'existence, que je serais placée en garde à vue pour une histoire de meurtre et qu'enfin je tomberais amoureuse de l'inspecteur de police dont j'étais le fruit de l'enquête. Il semblerait, afin de n'être jamais déçu, qu'il faille toujours écouter son intuition, sa première impression. J'ai vécu une aventure totalement improbable et incroyable digne d'un roman. Pour une écrivaine, c'est légitime, non ?

SI VOUS AVEZ AIME CETTE HISTOIRE ET QUE VOUS AVEZ ACHETE CE ROMAN SUR AMAZON, N'OUBLIEZ PAS DE LAISSER VOTRE AVIS SUR AMAZON, AFIN DE FAIRE CONNAÎTRE L'AUTEUR. CELA NE PREND QUE QUELQUES MINUTES. SINON VOUS POUVEZ EN PARLER AUTOUR DE VOUS OU SUR FACEBOOK.
MERCI INFINIMENT D'AVANCE ET AUSSI POUR M'AVOIR LU. A BIENTÔT POUR D'AUTRES AVENTURES.

DU MEME AUTEUR

2042, LE DERNIER JOUR, EDITE LE 24 JUIN 2014
CŒURS D'EBENE, EDITE LE 10 SEPTEMBRE 2017

Printed in Poland
by Amazon Fulfillment
Poland Sp. z o.o., Wrocław

34813101R00170